ИЗБРАННЫЕ РАССКАЗЫ А.П.ЧЕХОВ

契诃夫短篇小说选

[俄罗斯] 契诃夫——著　纪薇——译

山西出版传媒集团　北岳文艺出版社
·太原·

图书在版编目（CIP）数据

契诃夫短篇小说选 /（俄罗斯）契诃夫著 ；纪薇译.
太原：北岳文艺出版社，2024.9. -- ISBN 978-7-5378-6882-2

Ⅰ. I512.44

中国国家版本馆CIP数据核字第2024KV3255号

契诃夫短篇小说选　　　　[俄罗斯]契诃夫/著　纪薇/译
QIHEFU DUANPIAN XIAOSHUO XUAN

出 品 人：郭文礼	出版发行：山西出版传媒集团·北岳文艺出版社
项目统筹：汪恒江	地址：山西省太原市并州南路57号
	邮编：030012
策划编辑：金国安	电话：0351-5628696(发行部)　0351-5628688(总编室)
	传真：0351-5628680
责任编辑：关志英	印刷装订：唐山楠萍印务有限公司
印装监制：郭　勇	
	开本：880 mm × 1230 mm　1/32
装帧设计：郑金霞	字数：185千
李　璐	印张：10.5
封面插画：常　菲	版次：2024年9月第1版
	印次：2024年9月河北第1次印刷
	书号：ISBN 978-7-5378-6882-2
	定价：34.00元

本书版权为本社独家所有，未经本社同意不得转载、摘编或复制

目 录

胖子和瘦子 / 001

小职员之死 / 004

万　卡 / 008

变色龙 / 012

普里什别叶夫中士 / 017

苦　闷 / 022

脖子上的安娜 / 029

关于爱情 / 038

套中人 / 046

姚内奇 / 056

邻　居 / 070

没出嫁的新娘 / 084

跳来跳去的女人 / 101

一个女人的天地 / 125

六号病房 / 152

相识的男人 / 185

假　面 / 190

预谋犯 / 198

名贵的狗 / 205

演说家 / 210

必要的新婚声明 / 215

外科手术 / 217

未婚夫和爸爸 / 224

乞　丐 / 232

美妙的结局 / 240

在钉子上 / 247

彩　票 / 251

牡　蛎 / 259

醋　栗 / 265

出　事 / 280

捉　弄 / 289

代　表 / 296

夜莺演唱会 / 302

窝　囊 / 305

在催眠术表演会上 / 309

柳　树 / 314

拔萝卜（仿童话）/ 320

打　赌 / 322

胖子和瘦子

两位阔别多年的老友在尼古拉耶夫火车站重逢了：一个是胖子，一个是瘦子。胖子刚吃完饭，嘴上带着油光，连呼出的气体都掺杂着美酒的醇香。瘦子弯着腰，拖拽着一大堆行李，身上散发着火腿与咖啡渣的味道。紧跟在瘦子身后的，是他那长着长下巴的妻子与总是眯缝着一只眼的儿子。

胖子先发现了瘦子，隔着老远就招呼道："玻尔斐里老弟，怎么是你？"

"米沙！"瘦子也惊叫起来，"亲爱的，我儿时的好朋友！"

这对老友相互亲吻了三次，双双热泪盈眶，又惊又喜地凝视着对方。

"老哥哥，这真是意外之喜啊！"瘦子说道，"你看看，我还是那个美男子，玉树临风，人见人爱！这是我的妻子路易莎，她是凡曾巴赫家的女儿，皈依路德宗。这是我儿子，正在上中学。"他又对儿子说："纳法尼亚①，这是我的同窗好友，快问声好！"不过，纳法纳伊尔什么也没说，只是取下了头上的帽子。

"同窗好友！"瘦子接着说道，"还有印象吗？你曾用烟卷儿点着了公家的一本书，便得了个'赫洛斯特拉特'的外号；我呢，则因为爱打小报告，被大伙儿称作'厄非阿尔特'……那时候多有趣啊！纳法尼亚，你到这位先生旁边去……"

纳法纳伊尔思考片刻，不但没有上前，反倒躲到了父亲身后。

"你现在还顺利吗？"胖子关切地问道，"在哪儿工作？升职了吗？"

"老兄，我两年前就是八等文官啦，还荣获了一枚圣斯坦尼斯拉夫勋章呢！"瘦子愉快地说道，"虽然薪水不高，但我在工作之余又做了点儿小买卖，日子也能过得下去。我是因为工作变动才到这里来的，以后就要在这儿安家落户啦！你呢？是不是已经做到五等文官啦？"

"不，老弟，我现在是三等文官了。"胖子微笑着摇了摇头，说道，"我已经有两颗星了。"

听到这儿，瘦子突然变得面无血色，用呆滞的目光望

---

① 纳法纳伊尔的爱称。

着胖子。但仅仅过了一秒钟,瘦子眼中便迸发出金光。他充分调动起面部肌肉,露出一个大大的笑容,几乎要把自己的脸皮给撑破了。他蜷缩起身子,仿佛整个人都被榨干了;他妻子的下巴不断拉长,都快掉到地上了;他的儿子迅速地整理好自己的衣裳,昂首挺胸地站到了父亲身旁……

"大人……我真为您高兴!我儿时的挚友,如今青云直上!嘻——嘻——嘻。"瘦子谄笑着恭维道。

"打住!"胖子表现出明显的不悦,责怪道,"你何必这样拿腔拿调?我们是同窗好友,不需要官场那套虚情假意。"

"没有规矩不成方圆啊,大人!"瘦子似乎被榨得更干了,他继续奉承着这位三等文官,"大人如此宽厚仁慈,气度不凡……真叫人佩服得五体投地!大人,这是贱内,所谓的路德宗教徒;这是不肖子纳法纳伊尔……"瘦子的穷酸相令这位三等文官阵阵作呕,他再不想多说一句话,便伸出手同瘦子告别。

瘦子诚惶诚恐地握了握胖子的三根手指,并向他深深地鞠了一躬,胸脯都要贴到大腿上去了。瘦子的妻子在一旁"嘻嘻"地笑着,他们的儿子则恭敬地向前跨出一大步,连学生帽都从手里滑了出来,掉在了地上……

"嘻——嘻——嘻!"胖子早已走远,可瘦子一家尖细的笑声仍在空气中久久回荡。

小职员之死

真是一个令人愉悦的夜晚！小职员伊凡·德米特里奇·契尔维亚科夫心情好极了，他正端坐在阿尔卡蒂亚剧院的第二排，借助望远镜欣赏着歌剧。

突然，契尔维亚科夫双眉扭在一起，眼珠乱转，屏住了呼吸……他赶紧拿开望远镜，弯下了腰……"阿嚏。"喷嚏声惊天动地，但他丝毫不觉得难为情，依旧那样泰然自若。毕竟，上至高官，下至平民，打喷嚏总是不可避免且从不会被禁止的。

他擦了擦脸，环顾一下四周，看是否有人被他的喷嚏打搅到。这一看不要紧，他却再没法泰然自若下去了——前排的一个小老头正略带嫌弃地擦着锃亮的脑瓜。那人便是主管交通部门的勃利沙洛夫，一位将军级文官。

"我的唾沫溅着他了。"契尔维亚科夫寻思道，"虽然他不是我们部门的长官，但我还是去道个歉为好。"

契尔维亚科夫清了清喉咙，把头凑到长官耳边："实在对不住,大人,我的唾沫星子溅到您了……万分抱歉。"

"没关系,没关系。"长官大度地摆了摆手。

"上帝可以作证,我实在是出于无心……请您原谅。"契尔维亚科夫补充道。

"哎,算啦,让我好好听戏。"长官说完,便将身体向前倾,表示自己不想被打扰。

契尔维亚科夫尴尬地笑了笑,也不好再说什么,可他的心却渐渐不安起来。幕间休息时,他壮着胆子走到这位高官面前,又一次赔礼:"我的唾沫星子不小心溅到您身上了,原谅我……大人……我真的……这实在……"

"行啦,我都忘了,你还来提醒我干吗!"长官撇了撇嘴。

"嘴上说着忘了,眼神却一点都不友好。"契尔维亚科夫忧心忡忡地望了望对方,惴惴不安地想,"我应该向他解释清楚,打喷嚏只是我的本能反应,他可千万不要误会!"

回到家后,契尔维亚科夫将这件事告诉了妻子。妻子先是吃了一惊,但听说勃利沙洛夫不是丈夫的顶头上司后,心中的石头便落了地。

"不过,你还是得去登门道歉,"妻子说道,"否则他会认为你是在公共场所胡闹,连基本的礼节都不懂。"

"唉,可他当时样子怪怪的,并不理会这件事……不过也许是因为他忙着看戏。"契尔维亚科夫嘟囔道。

第二天，契尔维亚科夫换上新制服，梳理好头发，一大早就赶到了勃利沙洛夫的官邸。当他走进接待室时，发现求见者们已将长官团团围住，于是只得站在一旁静候。

长官似乎认出了契尔维亚科夫，便用探寻的目光望着他。

"昨天，若大人还记得，"契尔维亚科夫结结巴巴地说，"我突然'阿嚏'了一声，不小心把唾沫……十分抱歉。"

"我以为是什么天大的事儿呢。"长官别过头去，转向了下一位求见者，问道，"您有什么事情？"

"他都不愿意和我说话了，肯定是生气啦。"契尔维亚科夫脸色煞白，在心里嘀咕道，"不行，我必须要和他解释清楚。"

等长官接见完最后一位求见者，起身走向接待室里间时，契尔维亚科夫赶紧三步并作两步跟上了他。

"看在上帝的面子上，请大人原谅我的再三打搅！昨天在剧院……那真是出于无心。"契尔维亚科夫一脸歉疚地说道。

长官大人哭笑不得，无奈地耸耸肩。

"您别调笑我啦，好先生。"长官走进里间，但他那句从门后飘出来的话却让契尔维亚科夫有点摸不着头脑。

"调笑？"契尔维亚科夫想，"哪里有调笑的意思，枉他做了这么大官，这点小事都搞不懂！我还给这个家伙赔什么不是？我再也不上门了，再也不上门了！我给他写封信吧，在信中将一切解释清楚。"

然而，契尔维亚科夫憋了一天一夜，也没有将这封信写出来，只好再次上门。

"我昨天冒昧求见，并不是为了调笑您。"他低着头，像个犯错的孩子一样站在长官面前，嗫嚅道，"而是因为我前天在剧院打了个喷嚏，把唾沫星子溅到您身上了……所以特意前来致歉……我们这样的人是绝不敢去想调笑一类的词的，因为那意味着……对大人的极不尊重……"

"给我滚！"长官大吼一声，连脸上的肌肉都抽搐了起来。

"啊……大人？"契尔维亚科夫吓得几乎发不出声了。

"给我滚！快滚！"长官气得直跺脚。

忽然，契尔维亚科夫觉得自己肚子里开始翻江倒海。他摇摇晃晃地走回家中，便径直倒向沙发，再没有爬起来。

万　卡

三个月前,九岁的小男孩万卡·茹科夫被送到鞋匠阿里亚欣家学手艺。圣诞节前夜,万卡没有睡觉,而是一直留心着屋中的动静。等主人一家和师傅们都去晨祷后,他便翻出墨水和蘸水笔,将一张皱皱巴巴的纸摊开在长椅上,准备写信。在笔尖落到纸上之前,他几次战战兢兢地回头望向门和窗子,又瞟了一眼阴沉着脸的圣像。当他的目光落在圣像近旁的鞋楦头上时,他轻轻叹了口气,然后跪在长椅面前,写起信来。

"我亲爱的爷爷,康斯坦丁·玛卡雷奇。"他写道,"我正在给您写信,祝您圣诞快乐!爸爸妈妈去世后,我便只剩您一个亲人了。"

写到这儿,万卡抬头望向窗外,沉浸在回忆中。

爷爷是日瓦列夫老爷家的更夫,年约六十,长得矮小精瘦但十分机灵活泼。爷爷白天在屋里睡觉,到了晚上便裹着一件大皮袄在庄园里巡逻,打更。他身后还跟着一公一母两只老狗,那只公狗毛色纯黑,身子长长的,因此被叫作"泥鳅"。泥鳅表面上十分乖巧,实则是一肚子坏水儿,偷鸡的本事没有哪条狗比得上它!它总是惹人生厌,所以常常被打得奄奄一息。

此时,爷爷也许正站在大门口和下人们说笑呢!爷爷总是喜欢捉弄人,他会趁女仆们不备,将烟草盒递到她们鼻子边儿上。当女仆们接连打起喷嚏时,爷爷便会高兴得手舞足蹈。有时,两条老狗也会成为被捉弄的对象。不过,同样是面对烟草盒,它俩的反应却截然不同:老母狗会觉得自己遭到了戏弄,于是打着喷嚏闪到一边去了;泥鳅却会恭顺地忍住喷嚏,朝爷爷一个劲儿地摇尾巴。

天气真好,雪后的空气格外洁净。夜空中,星星们欢快地眨着眼,不知疲倦,亦无烦忧……

万卡轻轻地摇了摇头,用笔蘸了蘸墨水,继续写道:

"就在昨天,男主人让我给他家的小孩儿摇摇篮,可我实在太累了,便一不小心睡着了。男主人见我打起了瞌睡,就拿起皮条狠狠地抽打我,打得我身上青一块紫一块的。他总是因为一些小事大发雷霆,还经常将我打个半死。女主人也好不到哪儿去,她曾把活鱼摔在我的脸上。那些工匠们呢,总让我替他们跑腿儿,还指使我偷店里的东西……每天挨欺负也就算了,我却连肚子都吃不饱,而且只能在阴冷的走廊里过夜……爷爷,求您啦,您就发发慈悲,带我回家吧……再这样下去,我真的会没命的……求您啦,愿上帝保佑您……"

写到这儿,万卡用自己那脏兮兮的小手抹了抹眼泪。

"让我回到您身边吧,如果我调皮捣蛋,您尽管揍我好啦。"他接着写道,"我可以帮您干很多活,而且绝不会嫌脏嫌累。其实,我本想自己走回去的,可是我没有厚靴子,所以不得不放弃了这个想法……爷爷啊,我真的看不到希望了,我大概只有死路一条了!亲爱的爷爷,如果您肯带我离开这里,我长大后一定会好好报答您……

"莫斯科很大,很热闹,还有各式各样的新奇玩意儿,但这一切都与我无关。我不属于这里,我只想回到乡下过自由自在的生活。"

万卡长叹一声,又一次将目光转向窗外,再度陷入沉思。

每年冬天,爷爷都要带着万卡到林子里砍圣诞树,爷孙俩的欢声笑语在林间久久回荡。有时会有雪兔突然蹿出来,在爷孙俩面前一闪而过,爷爷便兴奋地叫道:"快!抓住它!它可是个机灵鬼!"

万卡又想起了善良的奥尔加·依格娜吉耶芙娜小姐,她常常给万卡糖果吃,还教他读书、写字……

"我亲爱的爷爷,"万卡在信中哀求道,"您接我回去吧,您救救我这无依无靠的孤儿吧。上个星期,男主人用鞋楦头狠命地敲打我的脑袋,把我打昏在地……在这里,没有任何人关心我,我只能悄悄落泪……我真是连条狗都不如!爷爷,接我回去吧,我还是您亲爱的小孙孙,您聪明懂事的伊凡。"

万卡停下笔,小心翼翼地将信装入信封,并在信封上写道:寄给乡下爷爷。然后他挠挠头,琢磨了一会儿,又提笔添上了爷爷的名字——康斯坦丁·玛卡雷奇。万卡十分满意,因为没有人发现他写信这件事。他连外套都顾不得穿,便飞快地跑到街上,找到了一只邮筒,将这封沉甸甸的信从邮筒缝里塞了进去……

"肉店的伙计告诉我,用不了几天,便会有赶着三套马车的车夫前来取信,并将信派送到四面八方……"万卡一边往回走,一边开心地幻想着。

回到鞋铺后,万卡很快进入了梦乡……梦境中,爷爷正坐在炉子边读着那封信,女仆们站在他身后小声嘀咕着,泥鳅则对着他不住地摇尾巴……

变色龙

警官奥楚蔑洛夫正在横穿集市的广场,他身穿崭新的军大衣,手里还拿着个小包裹。他身后跟着个红头发的警士,那警士双手捧着一只大筛子,筛子里装满了没收来的醋栗。四下里静悄悄的,广场上空无一人。店铺和小酒馆都无精打采地敞着门,那些昏暗的入口像极了一张张饥饿的大嘴。

"死东西,你敢咬人?"奥楚蔑洛夫忽听有人高声喊道,"抓住它,咬人可不行!"

一阵尖厉的狗叫声过后,一条狗从商人比楚金的柴房中跑了出来。小狗用三条腿一颠一颠地向前跑着,还不时回头张望。一个男人紧追着这条狗,他将身子往前一探,便趴在了地上,揪住了小狗的两条后腿。"别让它跑了!"狗的叫声与人的喊声混杂在一起。很快,柴房门口便围了一大圈儿人,这些人仿佛是从地底下钻出来的。

"长官,那边好像出事了!"警士说道。

听到警士的报告，奥楚蔑洛夫便向左微微转身，朝着人群走去。那个捉住了小狗的人，便是首饰匠赫留金，他此时正站在柴房门口，将自己鲜血淋漓的手指伸给众人看。他那张半醉的脸上写满了得意，像是在说："坏东西，看我不扒了你的皮！"这场闹剧的罪魁祸首——一只小灵犬，正坐在地上瑟瑟发抖，它那含泪的双眼中流露出恐惧与忧伤。

"怎么啦？怎么啦？"奥楚蔑洛夫挤进人群，问道，"这是怎么回事？你的手指怎么了？"

"长官，我在路上走得好好的，"赫留金一边咳嗽，一边说道，"不料，这个小贱货却突然蹿出来咬了我一口……长官，我做的是精细活儿，但现在我这根手指恐怕一个星期都动不了了……您可一定得让狗的主人付我误工费啊！若是人受了畜生的苦还得忍着，这日子就没法过了！"

"嗯，没错。这个人居然敢让自己的狗满大街闯祸，一定要给他点颜色瞧瞧！"奥楚蔑洛夫扭过头来向警士吩咐道，"叶尔德林，查清楚这是谁家的狗，然后做好笔录。至于这条疯狗，则一刻也不能留，必须马上打死。"

警士点了点头，表示自己一定会照办的。

"你们老实告诉我，这狗是谁家的？"奥楚蔑洛夫又向围观的众人问道。

"好像是日加洛夫将军家的。"人群中传出一个声音。

"日加洛夫将军家的？噢……叶尔德林，来，帮我把大衣脱了……真是热得要命，大概是快下雨了。"奥楚蔑洛夫同警士说完话，又转向了赫留金，反问道，"我搞不懂，它好端端的咬你干吗？它这么矮小，而你这么高大，它连你的手指头都够不着哩！你多半是被钉子戳破了手指，然后想出来这么个鬼主意来敲诈……你们这号人，我了解得很。"

"长官，是他没事找事，用烟卷儿烫狗的脸，小狗便'啊呜'一口咬了他的手指。"有人附和道。

"独眼龙，你胡说什么！别想在英明的长官先生面前说谎，长官心里清楚得很！若是我说谎，就请法官来审判我好啦……"赫留金恶狠狠地反驳道。

"不，"警士摇了摇头，说道，"这狗不是将军家的，他家的狗都是大猎狗。"

"你确定？"奥楚蔑洛夫问道。

"我确定，长官。"警士回答道。

"我就说嘛，将军家都是名贵犬种，怎么会有这种贱骨头，你们有没有长脑子？要是在莫斯科或彼得堡，才不会管什么法律不法律，这种狗一定早就被人弄死了。"奥楚蔑洛夫冲着众人嚷嚷了一通，又安慰起赫留金来，"居然欺负到你赫留金头上了，我一定会查清楚这件事的。"

"但是……也不是完全没有可能，"警士犹犹豫豫地说道,"几天前我还在将军家的院子里见过这种狗。"

"没错,就是将军家的。"人群中有声音喊道。

"噢,老弟,帮我穿上大衣……好冷……大概是起风了……你带着狗去将军那里问问,就说是我找着的,派你送了过去。别忘了请他们好好照看它!狗可是很娇贵的,要是每个傻瓜都用烟卷儿作践它,那它的小脸儿用不了多久就会被毁了。"奥楚蔑洛夫吩咐完警士,转过头来向赫留金吼道:"蠢货,放下你的手指,还不是你自己无事生非!"奥楚蔑洛夫正呵斥着赫留金,忽听人群中一阵躁动,原来是将军家的厨子过来看热闹了。

"普洛诃尔。"

"亲爱的,这边来。"

"瞧瞧,这个是你们家的狗吗?"

众人围在普洛诃尔旁边,七嘴八舌地说道。

"你还没睡醒吧?我们家什么时候养过这种狗?"普洛诃尔没好气地答道。

"也就是说它是只野狗喽?那好办,弄死就行了。"奥楚蔑洛夫说道。

"这是将军哥哥家的狗,"普洛诃尔接着说道,"将军不喜欢灵犬,但他哥哥很喜欢……"

"啊!难道是将军他老人家的哥哥来啦?乌拉吉米尔·伊

凡尼奇来啦？来做客？"奥楚蔑洛夫兴奋地问道，"是来做客吗？天哪，我还不知道呢！"

"嗯，是来做客。"普洛诃尔答道。

"哎呀，他可真惦记弟弟啊！瞧，我居然不知道！那这就是他养的狗喽？这小狗可机灵着呢，对着那家伙的手指就是一口！"奥楚蔑洛夫边说边逗弄起小狗，似乎一下子成了它的好朋友，"哈哈……咦，你发什么抖啊？嘿，瞧这个小机灵，生气啦！哈哈哈！"

普洛诃尔带着小狗走了，围观的人则对着赫留金哈哈大笑。

"我迟早要收拾你！"奥楚蔑洛夫瞪了赫留金一眼，威胁道。然后，他又使劲裹了裹身上的军大衣，继续赶路了。

普里什别叶夫中士

"普里什别叶夫,您被控告于今年九月三日在言语和行为上侮辱了县警察局局长日京、乡长阿里波夫、乡村警察叶非莫夫、公证人伊万诺夫和加夫里洛夫以及六名农民。其中,前三位是在执行公务时被您侮辱的。您认罪吗?"法官义正词严地宣读道。

普里什别叶夫是一名中士,他的脸上堆满皱纹,遍布粉刺。此刻,他正昂首挺胸,像下命令般一字一顿地回答道:"大人,正如法律规定的那样,所有人都有权为自己辩护。事实上,有罪的不是我,而是上述这些人!此案的起因是一具死尸。三号那天,我正在和妻子散步,忽然发现河岸边站了一大群人。难道法律赋予百姓聚起来闹事的权利吗?于是,我将他们推开,让他们各回各家,并命令乡警揪着他们的脖子,把他们撵走。"

"您既不是巡警,也不是乡长,驱散民众恐怕不是您的职责吧?"法官插话道。

"不是，当然不是！"法庭的各个角落都响起了反驳的声音，"他搅得大家不得安宁，折磨了我们整整十五年！自从他退伍回来，我们就再没过过好日子。"

"没错，大人，我们已经过不下去了。"公证人村长说道，"普里什别叶夫总要摆那套老规矩，他还监视着全村的人……"

"请您稍等，等一下才轮到您做证。"法官示意村长停下来，又对普里什别叶夫说道，"普里什别叶夫，您继续说。"

"是，大人。"普里什别叶夫用沙哑的声音回答道，"大人，就算驱散民众不是我的职责，难道老百姓就可以为所欲为吗？法典上可没写着允许百姓肆意妄为啊！我可不是普通的庄稼汉，我是村里唯一懂得怎样对付民众的人，谁也别想瞒过我的眼睛。我是一名中士，我做过给养员，还在司令部供过职。退役后，我在消防队待过一阵子，后来因为身体不太好，便去了古典中学做门卫……庄稼汉什么都不懂，我却通晓所有的规矩。难道我管他们不是为了他们好吗？光看见我驱散众人，就没看见河滩上躺着一具尸体吗？尸体躺在这里总不会是法律的规定吧？我问巡警为什么不向上级报告，查一下这看似普通的溺亡事件背后是否有什么隐情。不料，这位日京局长却一点都不重视，还对巡警们说：'这个家伙是谁？凭什么对你们指手画脚？！没了他，我们就不知道怎么办事了吗？'我说：'你这个白痴傻站在这里，对案件不闻不问，总不会压根儿就不知道这件事吧？'日京局长狡辩说，昨天已经将这件事上报给区警察局局长了。真是岂有此理！这又是哪条法律规定的？这么一桩大案，小小的区警察局局长能管得了？我又说，长官，您应当马上写封文书，上交治安法官，然后……可他却光在一旁听着，还发出阵阵傻笑声。那些村里人也一样，都在傻笑。然后，局长告诉我说：'这类案子不在治安法官的管辖范围内。'局长大人，您自己说过的话，还记得吧？"普里什别叶夫转向日京，问道。

"记得很清楚。"日京回答道。

"啊！大家都听清楚了吧！'这类案子不在治安法官的管辖范围内'，这真是太可怕了，竟敢如此非议治安法官先生！我又说：'你是一名警察，居然敢反对当局！就凭你这句话，法官大人随时都可以将你送交宪兵队！竟敢发表这样的言论，把你发配到天涯海角也不为过！'然而，乡长却说'治安法官只管小案子，绝不会越俎代庖的'。啊，这个蠢货，现在的百姓真是太无法无天了！我觉得自己受到了侮辱，于是抡起拳头砸了过去……不过，也只是轻轻砸了一下而已，想让他再也不敢非议大人您……局长为乡长鸣不平，我也顺手揍了他，于是场面就乱了起来……我是急了点儿，但遇见蠢货，岂有不打的道理？更何况这些蠢货正在践踏规则与秩序……"

"您听我说，"法官打断了他，说道，"这和破坏规矩是两回事。这件事可是有警察、村长、乡长做见证……"

"这都是些糊涂虫。"普里什别叶夫喊道。

"但您要清楚，这件事不归您管。"法官有些无奈地说道。

"怎么会呢，大人？"普里什别叶夫一脸惊诧地望着法官，反问道，"怎么不归我管？大人，这些人目无王法，我这儿可是记得清清楚楚。"

"您都记了些什么？"法官问道。

于是，普里什别叶夫从口袋里摸出一张油乎乎的纸，大声念道："舒斯特罗夫的遗孀与基斯洛夫非法同居；伊格纳特·斯维尔乔克精通巫术；伊格纳特·斯维尔乔克的妻子是个巫婆，深夜到别人家的牛棚挤牛奶……"

"够了。"法官再次打断他，开始询问证人。

法官显然不站在普里什别叶夫这边。普里什别叶夫时而望望法官，时而瞅瞅证人，心里一个劲儿地嘀咕："法官大人为何如此激动？这些庄稼汉为何一直窃窃私语，还傻笑个不停？"然而，接下来的判决更令他百思不得其解：自己居然被判处了为期一个月的监禁。

"这是怎么回事?"普里什别叶夫耸耸肩,自言自语道,"这是根据哪条法律?"

不过,有一点他现在清楚得很,那就是世道变了,这世界再无他的容身之所了。此刻,他沮丧到了极点。但当他走出法庭,看见村民们聚在一起谈天说地时,便本能地做出立正的姿势,用沙哑的嗓音一字一顿地发号施令:

"你们,都给我散开,不准集会,各回各家。"

苦　闷

已是薄暮时分，棉絮似的雪花从昏暗的天空中纷纷飘落，铺满了大街小巷。马车夫约纳·波塔波夫积了一身的雪，宛如雪地中的白色幽灵。他最大程度地蜷缩起身子，一动不动地倚在赶车人的座位上。他的马也直挺挺地站着，静默着，似乎在想心事。是啊，离开了土地与犁杖，离开了熟悉的景色，被丢到充满怪异灯光与嘈杂人声的闹市，马儿怎能不心生感叹？

夜幕即将笼罩全城，这一人一马已在这里停了很久，可还未拉到一桩生意。

"赶车的。"有人冲约纳喊道，"去维鲍尔格街。"

约纳下意识地一哆嗦，只见一个军人正站在他身边。

"维鲍尔格街。"军人又重复了一遍，"你是睡着了吗？去维鲍尔格街，马上。"

约纳点点头，抖落了自己身上的积雪，又掸了掸马背上的雪，然后请军人坐上雪橇。约纳伸直了脖子，扬起马鞭示意，他的马便心领神会地迈开瘦得像棍子似的腿，呆滞地走动起来……

"你往哪儿驾？死东西。"马车刚跑动起来，黑暗中便传来一声咒骂，"靠右，死鬼。"

"你到底会不会赶车？靠右走。"军人面带愠色地吼道。

然而，约纳就像被鬼附身了一样，一直恍恍惚惚的，似乎不知道自己在什么地方，也不知道自己在做什么。一路上，他的马车接二连三地蹭到行人，因此招来一阵阵骂声。

"这些人真坏！"军人调笑道，"他们好像都串通好了，一齐往你马蹄子下面钻。"

约纳回过头望了望军人，努努嘴，却一个字也吐不出来。

"怎么了？"军人问道。

约纳脸上露出凄惨的笑容，他费了好大的劲儿，终于发出了沙哑的话音："大人，呃，我的儿子……这星期死了。"

"哦……他是怎么死的？"军官问道。

约纳将整个身子转了过来，说道："大概只有上帝知道了，也许是得了热病……住了三天院……就过去了……"

"拐弯啊，老东西！"黑暗中又一次传来叫骂声，"你瞎了吗？"

"好好赶车吧，"军人说道，"不然天亮了我们也到不了。"

　　约纳又伸了伸脖子，身体前倾，做出用力挥鞭的样子。一路上，他几次回过头来看着军官，可对方一直在闭目养神，并不想听他讲话。很快到了维鲍尔格街，军官便下车离开了。约纳将车停在一家饭馆旁，又蜷缩起身子。一个小时过去了，又一个小时过去了……约纳还是一动不动，任大雪将自己与马儿层层掩埋……

　　不知过了多久，伴随着脚步声与吵骂声，三个年轻人向他走来：其中两个长得高高瘦瘦，另外一个则身材矮小，是个驼背。

　　"车夫，去警察桥。"驼背用破锣似的嗓音喊道，"我们三个，二十戈比。"

　　这个价格很不公道，但约纳已经顾不了那么多了，只要能拉到生意就谢天谢地了。不过，马车上只有两个座位，坐不下三个人。于是，经过漫长的争吵与相互指责，三个年轻人终于达成一致：驼背站着，因为他最矮。

　　"就这样，走吧。"驼背一面站稳扶好，一面对着约纳的后脑勺说，"好好看路！瞧你那帽子，翻遍彼得堡也找不出更差的。"

　　"呵呵……呵……"约纳附和道，"是够破的了……"

"你'呵呵'什么？快赶车！你就是这么赶车的吗？小心我让你尝尝脖儿拐！"驼背狠狠地说道。

"唉，我现在真是头疼欲裂啊……"其中一个高个儿说道，"昨天在杜克马索夫家喝酒，我俩干了四瓶白兰地。"

"我真不明白，为什么要像个畜生似的撒谎？"另一个高个儿愤愤地说。

"上帝可以做证，事实是……"

"去你的吧，事实是蚊子都能放屁了，哈哈！"

"嘻嘻。"听着三个年轻人的嬉闹声，约纳笑道，"几位爷真快活啊！"

"呸，油嘴滑舌的家伙。"驼背骂道，"你还赶不赶车？老东西，快点儿！用鞭子使劲儿抽啊，驾，驾。"

约纳载着这几个人，听着那些咒骂自己的话，心中的孤独与苦闷也渐渐消散。他很想同这些年轻人说说自己儿子的事，可两个高个儿又谈论起一个名叫娜杰日达·彼得罗芙娜的女人。谈话好不容易出现了短暂的停歇，约纳便回过头去，喃喃道："这个星期……我儿子死了……嗯……"

"没有谁能长生不老……"驼背叹了口气，说道，"行啦，你赶车吧，快点儿赶。什么时候才能到啊，这样下去我可受不了了。"

"那你就给他打打气，往脖子上。"驼背的朋友们笑道。

"老头儿,听清楚了没?再这么慢吞吞的,别怪我不客气!"驼背威胁道,"老不死的,拿我的话当耳旁风?"

约纳与其说是感觉,倒不如说是听到自己的后脑勺上"啪"的一声响。

"呵呵……"约纳笑道,"几位爷真快活啊!愿你们万事如意!"

"喂,驾车的,你有老婆吗?"其中一个高个儿问道。

"我?哈哈……我那老婆子早就变成黄土啦。我的儿子,这不,刚刚才走。大概死神认错了人吧,偏偏把我留下了……"约纳想详细地讲一讲自己的儿子是怎么死的,可这时,驼背长舒一口气,说道:"上帝保佑,总算到了!"

约纳收下车钱,目送着三个青年相互推搡着远去,直到他们的背影没入黑暗。约纳又成了孑然一身,孤独与苦闷再次聚集回他的心头。他还没有向任何一个人完整地讲述过儿子离世的经过呢!他呆呆地望着过往的行人,希望有人能听自己说说心里话。然而,连一个留意到他的人都没有,更别提什么好的听众了。若是将约纳的胸口撕裂,他那无穷无尽的苦闷或许会淹没全世界。可现在,苦闷却巧妙地隐藏在这样一个渺小卑微的躯体中,外人不能窥见一丝一毫。

约纳看到了一个管院子的伙计,便打算同他攀谈几句。

"老兄,现在几点啦?"约纳问道。

"已经十点了……你停在这儿干吗?快走快走。"伙计不耐烦地说道。

约纳赶着车走了几步,又蜷缩在座位上。他认为已经没有找人倾诉的必要了,便兀自伤悲起来。然而几分钟后,他忽然挺直了身子,思忖道:"回去吧,还是回院子里去吧。"

马儿仿佛与他心意相通,拉着车一路快步小跑。一个半小时后,约纳已经坐在了一只脏兮兮的大炉子旁。"唉,我回来早了!"望着熟睡的人们,约纳暗想,"难怪心中如此难过,我今天赚的钱还不够买燕麦的。要是既能让自己吃饱,又能将牲口喂饱,心里就会踏实多了。"

这时,一个青年车夫睡意蒙眬地吧嗒了几下嘴,起身走向水桶。

"口渴了吗?"约纳问道。

"是啊,渴得厉害……"青年车夫回答道。

"老弟,痛痛快快地喝吧!我儿子死了……你听说了吗?就是这个星期的事儿,他死在了医院里……真是太不幸了!"约纳说完便望着青年车夫,想看看他的反应,但对方却重新躺了回去,还打起了鼾……

约纳不禁连声哀叹——他多想找个人好好说说这件事啊!他想讲讲儿子是怎样得的病,临终前有多么痛苦,还想仔细描述一下葬礼上的情形……而听者呢，应该惋惜、惊叹，甚至号啕大哭！

"还是去瞧瞧马吧，"约纳想，"时间还早，过一会儿再睡吧。"他走到马厩中，守着自己的马儿坐了下来。

独自一人时，他不敢去想自己的儿子。若是让他在脑海中描画自己儿子的模样，他一定会精神崩溃的。

"你在吃草？"约纳盯着马儿的眼睛，接着说道，"好，好，赚不到买燕麦的钱，也只好让你将就将就啦！我已经老了，赶车的活计也该由儿子做啦……要是他还在……"

约纳沉默了好一会儿，终于又一次开口："马儿啊，这赶车的活计，可没人比他更在行啦……可是，他就这么没了，就这么毫无预兆地死掉了……你想想看，若是你有一匹小驹子，你是它的亲娘，但是这匹小驹子忽然死了……你是不是也会悲痛欲绝呢？"

马儿嚼着干草，静静地听着主人倾诉，并朝他手上呼气。

约纳越讲越入迷，把心中的苦闷统统告诉了马儿……

脖子上的安娜

　　没有舞会，没有晚宴，甚至连小吃都没有，干巴巴的婚礼仪式结束后，新婚夫妇喝完杯中酒，就换了装奔向火车站赶去朝圣。人们不但对五十二岁的高官莫台斯特·阿力克赛依奇举办如此简朴的婚礼极尽溢美之词，还纷纷称赞他的修道院之行，说他是如此安分守己，以至刚一结婚就告诫十八岁的娇妻，宗教与道德的地位是远高于婚姻的。

　　正当众人在月台上为这对新人饯行时，醉眼迷离的彼得·列昂季依奇竭力靠向车窗。他大声地呼唤着女儿的爱称，祈求可以和她说上几句话。

　　新娘从车窗探出身子，可彼得·列昂季依奇眼含热泪，身体发颤，不能在她耳畔说出一句清晰完整的话。彼得·列昂季依奇两个还在上中学的儿子——彼佳和安德留沙，难为情地扯动着父亲的后襟，欲言又止："爸爸……爸爸……不能……"

　　火车开动，彼得·列昂季依奇跟跟跄跄地跟在后面跑了一会儿，最终只能看着女儿渐行渐远。杯中酒洒落出来，打湿了他的燕尾服，却丝毫不能洗去他内心的歉疚。

车厢中，胖得有些浮肿的莫台斯特·阿力克赛依奇笑吟吟地坐在了妻子对面，两人相对无言。

"你知道吗？"莫台斯特·阿力克赛依奇打破了沉默，"科索罗托夫有个泼辣而轻佻的妻子，也叫安娜。在科索罗托夫荣获二级安娜勋章时，公爵大人曾说'如今您有三个安娜了，胸前一个，脖子上两个'。我希望你明白，当我获得二级安娜勋章时，绝不会让历史在我身上重演。"

安娜皮笑肉不笑地注视着自己那肥得令人生厌的丈夫，心中渐渐恐惧起来。她回想起婚礼上众人惋惜而忧虑的目光，忽然觉得自己被骗了，因为丈夫的富有与自己无关，她和家人仍一文不名。

她思念起已故的母亲。自从母亲过世，身为中学教师的父亲便终日借酒浇愁，不但对三个孩子不闻不问，还老是招惹是非，因此照顾醉酒父亲与年幼弟弟的重担全都落在了安娜瘦弱的肩膀上。安娜还害怕别人嘲笑自己的破旧衣着，虽然她的长相与气质都十分出众。不过，最令她担心的还是父亲，因为父亲经常在外面撒酒疯，所以她害怕父亲不久后便会被学校开除并抑郁而终……于是，循规蹈矩的老莫台斯特·阿力克赛依奇便成了人们为她精挑细选出来的金龟婿：他富得流油，与公爵大人私交甚好，可以利用公爵大人的权势保住彼得·列昂季依奇的教师之职……

这时，嘈杂的人声与咿唽的小提琴声打断了她的思绪，原来是列车在一个小站停了下来。她朝窗外望去，只见小站里人头攒动，皎洁的月光如瀑布一般倾泻在远方的白桦林与别墅区中。此时，那片别墅的房主之一阿尔特诺夫也在人群之中，他长得高高胖胖，眼睛鼓鼓的。

安娜拭去泪滴，将一切烦恼都抛到了九霄云外。她忽然变得轻松起来，十分愉悦地同大家打着招呼，并有意无意地展示着自己华丽的新衣。

她感受到了唐璜阿尔特诺夫滚烫的目光，便适时地卖弄风情。列车再次启动，安娜已不再像刚上车时那样心烦意乱，反而开始对未来的生活充满希望。

可惜婚后的生活并不像她想象中那么美好，她常常因独守空房而伤心落泪。她仍畏惧丈夫，并时常跑回娘家和家人一起用餐。家人们见到她总是很开心，但明显可以看出那种贵妇人的气派已使她和家人之间生出了不小的距离。

饭桌上，彼得·列昂季依奇一杯接一杯地喝着酒，每当孩子们劝他放下酒杯时，他便会生气地训斥他们。饭后，他总要精心打扮一番才肯出门给学生上课，节日时他就在家里弹奏自己那台廉价的簧风琴。

每天晚上，莫台斯特·阿力克赛依奇都要与同事打牌，同事们的太太也聚在一起七嘴八舌地说着闲言碎语，将流言润色得更加不堪入耳。

莫台斯特·阿力克赛依奇总会不厌其烦地向安娜介绍每一位偶遇的高官或有钱人，还命令安娜向其鞠躬行礼。这虽然不会使安娜拗断腰，但着实令她十分痛苦。

当初嫁给莫台斯特·阿力克赛依奇就是为了钱，可现在安娜手中却一分钱也没有，因为她做不出暗中拿钱或是开口要钱这种事。莫台斯特·阿力克赛依奇还时不时地拉开安娜的小抽屉，仔细检查自己送给她的那些首饰是否完好无缺。安娜畏惧丈夫，却不得不强颜欢笑。同时，她还隐约觉得有很多种阴森可怖的势力正渐渐聚拢，向处于弱势地位的人们龇出獠牙。有一次，彼得·列昂季依奇被债主逼得走投无路，不得已向莫台斯特·阿力克赛依奇开口借钱，可后者却大谈彼得·列昂季依奇嗜酒是多么可耻，而且说了好多类似于"据此……""按道理讲……"这样的话来佐证自己道德高尚，通晓事理。

很快，冬天到了，当地的贵族们早早就刊出了举行冬季舞会的公告。为此，莫台斯特·阿力克赛依奇终日心神不宁。一天晚上，他像是下了很大决心似的站定在安娜面前，一字一顿地说道："你去为自己做件新衣服，好在舞会上装点门面。"然后甩给她一百卢布。

安娜想要在舞会上按照已故母亲的风格穿戴，因为那样必定会使自己博人眼球。记忆中，母亲很懂得装束，她自己穿着入时，还总把小安娜打扮得像个洋娃娃。

出发去舞会之前，莫台斯特·阿力克赛依奇将勋章挂在脖子上，去了安娜的房间。一推开门，他就被安娜的美貌与新舞裙迷住了。他抚着勋章得意地说道："美哉，美哉！今天你要当我的福星啦。记得向公爵夫妇做自我介绍，好帮我得到高级呈报官的位置。"

当夫妇俩抵达舞会入口时，周围的一切都让安娜眼花缭乱：女士们袒露着香肩，仆人们行色匆匆，音乐声宏大而优美，众多灯火交相辉映……

安娜款款信步，欣赏着镜中自己曼妙的身姿，忽然重新拥有了在那个月夜下的小车站中曾有过的欢愉和幸福感。她不再因丈夫在身边感到拘束，而是随着音乐疯狂地舞蹈起来。不断有新舞伴上前邀请她跳舞，她的魅力已将在场的男人尽数征服。她欢笑着，叫嚷着，激动得浑身发抖。

这时，彼得·列昂季依奇走到她面前，递给她一碟冰激凌。

"太迷人了，亲爱的！"他兴奋地说道，"我真是惋惜到了极点，为什么……你要嫁得这样急……哦，我知道你是心疼我们，但是……这是我上课得的钱，足够还给他了。"他说完，便用颤抖的手从兜中掏出一沓钞票。

安娜把小碟子塞回给父亲，又接受了另一个人的邀请。她远远地看见父亲正围着一位太太起舞，显得十分可爱。

跳玛祖卡舞时，那个舞步沉重呆板的军官本已没有了跳舞的兴致，可他被安娜迷得晕头转向，再次亢奋起来，使出了浑身解数，完全沉浸在与她的共舞中。

一曲终了，只见公爵大人朝安娜走了过来，他两眼直勾勾地盯着安娜，几乎要把她吸到身体里去了。

"太妙了，太妙了……"他笑道，"我必须得处罚您的丈夫，他居然把您这样的美人儿雪藏了这么久！哦，内人委托我带您过去一趟，"他边说边向安娜伸出手，"我们需要您的帮助……应该给您发奖金……嗯……发给美貌的奖金……啊，我们快过去吧……"

"能请您帮帮我们吗？"长着倒三角脸的公爵夫人拖着长长的鼻音说道，"舞会上的女士们都在慈善部售卖呢，您为什么不帮帮我们呢？"

说完，她把自己的位子让给了安娜，酒水售卖的生意顿时红火起来。阔绰的阿尔特诺夫站在安娜的摊位前，喝了一杯又一杯，他的目光始终紧锁在安娜身上……此刻，安娜笃信自己生来就是万众瞩目的焦点，生来就适于过这种喧闹的、充满欢笑的生活。她已经什么都不怕了，曾经压得她喘不过气的阴森可怖的势力也已烟消云散。她忽然疯狂地思念起母亲，但母亲已不能为女儿取得如此成就而感到自豪了。

与此同时，彼得·列昂季依奇的脸色却愈发苍白，他走到安娜的摊位前要了一杯白兰地。安娜尴尬得红了脸，担心父亲会乱讲话，使自己颜面尽失。然而彼得·列昂季依奇只是将酒一饮而尽，又扔下十卢布，便高傲地转身离去了。当他再次出现在安娜的视野中时，安娜不由得想起三年前的一次舞会上，父亲也曾像现在这样舞步踉跄，满口胡言，结果第二天就险些被校长解雇。"想这些干什么，真不是时候！"安娜轻轻地摇了摇头。

狂欢仍在继续。美酒，珍馐，音乐，佳人……真是个愉快的夜晚！

安娜被送回家时，东方已泛出了鱼肚白。她很开心，也很疲惫，脑子被新的印象填得满满的。她刚上床便进入了梦乡。

她一直睡到下午两点才被女仆叫醒。女仆告诉她说，阿尔特诺夫先生前来拜访。安娜迅速换好衣服来到客厅，热情地接待了阿尔特诺夫。阿尔特诺夫告辞后不久，公爵大人又来亲自登门致谢。他色眯眯地望着安娜并称赞了她的好心肠，又吻了吻她的手。公爵大人走后，安娜一动不动地站在原地，心中又惊又喜：真没想到，一夜之间，生活就发生了如此翻天覆地的变化！这时，莫台斯特·阿力克赛依奇走了进来，脸上露出惯有的阿谀谄媚之态——他在有权势的人面前总会如此。安娜确信自己再不用将这个人放在眼里了，便朝他吼道："滚远点儿，蠢蛋。"

从此，安娜再也没感到空虚寂寞，因为她终日忙于野餐、郊游或演戏等社交活动。她每天都是拂晓时分才回到家，然后倒在地板上昏睡，还一脸陶醉地说自己是睡在月下花间。她像花自己的钱一样挥霍莫台斯特·阿力克赛依奇的财产，而且心安理得、理直气壮。

复活节那天，莫台斯特·阿力克赛依奇收获了渴慕已久的二级安娜勋章。"你现在有三个安娜了，"公爵大人摩挲着自己白净的小手说道，"扣眼里一个，脖子上两个。"

"只等小弗拉基米尔出世啦！我恳请大人做他的教父。"莫台斯特·阿力克赛依奇竭力掩饰着心中的喜悦，但还是没能控制住脸颊上细微的抖动。公爵大人朝他点点头，便不再理会他，而是专心读起了报纸，任莫台斯特·阿力克赛依奇憋着一肚子的俏皮话。

安娜仍乘着三套马车东飞西跑，却很少去看望自己的家人了。彼得·列昂季依奇喝得更凶了，连那台簧风琴都被卖掉还债。两个儿子再不敢让他单独外出，生怕会发生什么意外。有一次，安娜正和阿尔特诺夫坐着马车兜风，与家人们擦肩而过。彼得·列昂季依奇摘下高筒帽，想对着那远去的背影喊几句话，但彼佳和安德留沙挽住他的双臂，央求道："爸爸……爸爸……算啦……"

关于爱情

当大家正在享用可口的早餐时,厨师尼卡诺尔走上前来,问大家中午想吃些什么。厨师中等身材,脸胖胖的,眼睛小小的。

阿列辛告诉大家,美丽的彼拉盖娅爱上了尼卡诺尔,但考虑到尼卡诺尔是个性情暴躁的酒鬼,彼拉盖娅只想维持现状,而不想嫁给他。不过,尼卡诺尔却坚持要娶彼拉盖娅,因为他觉得以这种同居的方式相处有悖于自己的宗教信仰。也正是出于这个原因,他常在醉酒后对彼拉盖娅大打出手。

就这一话题,大家谈论起爱情。

"爱情究竟是什么?"阿列辛说道,"为什么彼拉盖娅偏偏爱上了其貌不扬的尼卡诺尔,而不去爱一个更符合自己内心标准的人?没人能说清爱情到底是怎么回事儿,人们都说'这是个未解之谜'。"

"没错。"布尔金与伊凡·伊凡内奇异口同声地说道。

"大多数人都倾向于穷尽一切华丽的辞藻来赞美爱情，可我们俄罗斯人，却偏偏把关注点放在那些现实而乏味的问题上。我在读大学时，曾与一位姑娘相恋。我的女友总是算计着每个月能从我这里拿到多少钱，以及现在的物价水平等。而我则反反复复地问自己，'这样算是诚实吗''我们的爱会有结果吗'之类的问题。我不知道这样的爱情是对是错，但着实心生厌倦。"

阿列辛似乎意犹未尽，很想把憋在心底的事一吐为快。窗外，豆大的雨珠从空中坠落，打得树枝啪啪作响。这样的天气最适合听故事了。

"我在索菲伊诺经营田庄很久了，"阿列辛娓娓道来，"大学一毕业，我便开始操持家务。我是一个读书人，四体不勤，对农务也不在行。但是父亲为了供我上学，已经负债累累，所以我虽然不太情愿，却还是决定接手这片田庄。我拉来附近的农夫、农妇帮我干活，自己也终日面朝黄土背朝天地辛苦劳作。起初，我希望仍可以保持原来的文人作风，便给自己规定了读报与喝蜜酒的时间；但事实证明，农忙时我根本没空回家，只能在干草棚席地而睡，况且我每天都累得直不起腰，哪里还有读报的兴致？

"我被众人推选为当地的民事法官，因此常常进城参加会议。在经历了田间地头的生活后，重新穿上礼服置身于一群有学识、有教养的人中，是多么令人欣慰啊！

"我很喜欢结交朋友，其中最令我欣慰的莫过于结交了鲁加诺维奇。有一次，法庭接连两天都在审理一桩纵火案，大家都被折腾得疲惫不堪。案子结束时，鲁加诺维奇邀请我去他家吃饭。我感到十分意外，因为我们不过是点头之交。

"我换了身衣服，便动身去了他家。就这样，我得以与他的妻子安娜·阿历克赛耶夫娜相识。安娜·阿历克赛耶夫娜当时还不满二十二岁，半年前刚做了母亲。现在，我恐怕难以说清自己到底喜欢她什么，不过初次相遇时，我便被这位女士的出色、善良与知书达理深深地吸引住了。

"夫妻俩很热情，一直劝我多吃一些。吃过午饭，两人弹起了钢琴。他们相处融洽，彼此心有灵犀，只需一个眼神便可领会对方想要表达的意思。到了薄暮时分，我便向他们告辞了。这件事发生在三月初，之后便是农忙时节，我一直在索菲伊诺料理庄稼，顾不得想城里的事。但是，这位年轻女子的倩影却始终萦绕在我心头。

"转眼已到深秋，我去城里观看募捐义演。幕间休息时，我受省长的邀请，来到了他的包厢。一进门，只见安娜·阿历克赛耶夫娜正与省长夫人并排坐着。

"我坐在了安娜·阿历克赛耶夫娜身旁，并在义演结束后和她一同走进休息室。

"'您消瘦了许多,'安娜·阿历克赛耶夫娜一如初见时那般亲切温柔,她关切地问道,'您生病了吗?'

"'我的肩膀受过凉,一到雨天就会发作。'我回答道。

"'您的气色不太好。初春那时,您来我家吃饭,显得十分精神,而且风趣幽默。说实话,我都有些仰慕您了。不知怎的,这个夏天,我总会不时地想起您。就在刚刚,我坐下来准备看戏时,便预感到您会来。'她边说边笑了起来。

"'可您今天却略显憔悴,'她接着说道,'像是老了十岁。'

"第二天中午,我又去了鲁加诺维奇家,与他们夫妇一同喝茶聊天。从那以后,每逢进城,我都会去鲁加诺维奇家,而且拜访时不需要仆人通报,就像回自己家一样。

"'是谁啊?'房门后传来安娜·阿历克赛耶夫娜优美的嗓音。

"'是巴威尔·康斯坦丁内奇先生。'女仆回答道。

"'您已经很久没来啦,是遇到了什么麻烦事儿吗?'安娜·阿历克赛耶夫娜边说边从房间里走出来,一脸关切地望着我。每次见面都是如此。

"我们有时随意聊天,有时各自想着心事。若是正赶上她与她丈夫都不在家，我就逗逗小孩子或是读书看报。她一进门，我便去前厅迎接，同时接过她手中的东西。每当这时，我心中总是满怀爱意，并觉得这是件庄严神圣的事。

"总之，鲁加诺维奇夫妇和我成了好朋友。要是我有一段时间不进城，他们就会忧心忡忡的，担心我生病了或是陷入了麻烦；他们还担心我终日在乡间劳作，会糟蹋了这一肚子的墨水；他们总觉得我在他俩面前强颜欢笑，竭力掩饰着自己的苦闷。当我被债主逼得很紧时，他们便能察觉到我有心事。'请您不要客气，如果您急需用钱，尽管开口好了。'鲁加诺维奇涨红了脸，递上一些诸如灯、烟盒之类的小玩意儿，诚恳地说道，'这是我和妻子的一点心意，希望您能接受。'我也常常给他们带一些我在乡下打到的野味作为回报。

"这夫妇二人十分富有，可以随时借给我钱还债，但我却从没向他们借过钱，甚至连借钱的想法都未曾有过。唉，我提这个干吗！

"我觉得自己真是倒霉透了，因为我沉浸在对安娜·阿历克赛耶夫娜的思念中无法自拔，而且我怎么也想不通，为什么如此聪明漂亮的女子，会嫁给这么一个略显乏味的小老头呢？我反反复复地问自己，为什么不是我牵住了她的手？为什么命运之神会犯下如此严重的错误？

"我知道，她也爱慕着我。但我们都不敢表明心迹，只能随意闲聊着，或是良久沉默着。我一直热烈而深沉地爱着她，同时不断拷问自己：如果这份感情挣脱了理性的束缚，会结出怎样的苦果？这对夫妇如此爱我、信任我，可我却要打破他们平静而幸福的生活！也许安娜·阿历克赛耶夫娜愿意与我远走高飞，但我能给她幸福吗？若是我病了，死了，或是我们不再相爱了，她又该何去何从？

"看得出来，她的内心也在挣扎。如果我们彼此表明心迹，她就只好欺骗家人，或者坦承自己已移情别恋，但无论采用哪种方式，都会带来糟糕的后果。而且，她还担心自己的爱会给我造成负担，会使我的生活愈加艰难。她觉得自己已不再年轻，已没有充沛的精力去开始一段新的生活，所以她常说我该娶个聪明勤劳的好姑娘。但她紧接着又说，这样的姑娘翻遍莫斯科也很难找到。

"时光飞逝，安娜·阿历克赛耶夫娜已经是两个孩子的母亲了。每当我去她家拜访时，孩子们总是开心地叫喊着，然后纷纷爬到我的背上。鲁加诺维奇一家人都很高兴，仿佛觉得我的到来使他们的生活变得高尚纯洁，但没有人知道我心里在想些什么。我常与安娜·阿历克赛耶夫娜一同去剧院看戏，每次都是走路前去。看戏时，我们并肩而坐，几乎可以感受到对方的呼吸。每当我默默接过她手中的望远镜时，便会产生一种前所未有的亲近感，觉得她只属于我一个人。不过，奇怪的是，每次走出剧院时，我们便会忽然变得疏远，只匆匆道个别就各自回家了。城中人大概早已议论纷纷了吧，但我们什么亏心事都没做。

"近些年，安娜·阿历克赛耶夫娜经常情绪不佳，感觉生活事事不如意，还总是下意识地疏离丈夫与孩子们。她的精神系统也出了问题，已经开始接受医生的治疗了。

"在其他人面前，她总是对我怀有敌意，每次都站在我的对立面。若是我丢了什么东西，她便会冷嘲热讽；若是我看戏时忘记带望远镜，她一定会挖苦道'我早就料到会这样'。

"日子就这样一天天过去，终于到了分别的那一天。鲁加诺维奇要调动到西部省份，而安娜·阿历克赛耶夫娜要去克里米亚调养身体。

"我们送安娜·阿历克赛耶夫娜去车站，短暂惜别之后，她上了车。眼看就要响第三遍铃了，我发现她落下了一只篮子，于是提着篮子跑进她的包厢。此时，狭小的包厢中，我们四目相对，心中某种不可抗拒的力量驱使我留了下来。我们都知道，今后恐怕再无重聚之日。我紧紧拥住她，她把淌满泪水的脸颊埋在我胸前。我亲吻着她的面庞、肩膀与双手，我的心在悲鸣——我和她是何其不幸！

"我终于向她承认了自己的爱。我终于明白，如果已被爱神之箭射中胸膛，那么阻止我们相爱的任何事物，都该被抛诸脑后。这种纯净的情感是如此崇高而伟大，使其余的一切都显得那样虚假而渺小。

"我吻了她，又同她握了握手。这时，列车缓缓启动，我必须要和她告别了。我来到了隔壁包厢，包厢里空无一人。我坐了下来，让泪水肆意流淌……当火车行驶到第一个停靠站时，我含泪走下车，之后便步行回到索菲伊诺……"

阿列辛刚把故事讲完，雨也停了。布尔金和伊凡·伊凡内奇向窗外望去，发现景色极美：金色的阳光在水面上翩翩起舞，花瓣上的露珠在日光下闪闪发亮。他俩一面欣赏风景，一面觉得十分惋惜。这个聪明、善良、坦诚的人，就像踩轮子的小仓鼠一样，永不停歇地在庄园中劳作，而不是去研究学术或做他真心喜欢的事。此外，他俩也在为这对不幸的恋人哀叹。布尔金也认识安娜·阿历克赛耶夫娜，并且觉得她十分端庄优雅。

套中人

兽医伊凡·伊凡内奇与中学教师布尔金一同去山中打猎。他俩玩得十分尽兴,全然忘记了时间,所以只好在村长家的干草棚里对付一晚。

两人恰巧都没有困意,便漫无边际地闲聊起来。他们谈到了村长的妻子玛芙拉,说她几乎足不出户,只有在夜半时才会出门遛弯。

"这不足为奇,"布尔金说道,"像乌龟和蜗牛那样拼命往自己壳里缩的人并不少见。远了不说,就说说我的同事别里科夫吧!他两个月前刚刚去世,不过他生前可称得上是城中最奇怪的人了。无论多么好的天气,他都要穿着套鞋,带着雨伞,还把厚厚的棉袄往身上裹。他的伞、怀表、铅笔刀等都由套子包着,他一定也想给自己的脸套上套子,可惜只能用高高竖起的衣领来做些遮掩啦!他还带着一副小黑眼镜,把耳朵里塞上棉花球,每次坐马车都要把车篷张起来……总之,他真的是怀有一种强烈的夙愿:钻进一个严严实实的套子里,与世隔绝。似乎现实生活总是使他害怕,惹他厌恶,因此他总是寄情于过去或是从未发生过的事。对了,他教希腊语。也许是因为这种古代语言正好可以充当自己逃避现实的有力武器,所以他总是一脸陶醉地称赞希腊语悦耳动听。

"此外,他力图将自己的思想也装进套子中。只有禁止某事的通告和文章才能使他感到安心,而对于准许的内容,他总觉得里面一定有可疑的成分,便无奈地摇着头说:'本来嘛,这种事情无可厚非,只是千万别搞出乱子来啊。'

"对于任何破坏规则的行为,他都无法容忍,一旦有这类事情发生,比如当他看到有同事参加祷告迟到了,或是听说某个学生又调皮捣蛋了,他就会一直心神不宁,嘴里嘟囔着'千万别搞出什么乱子来'。教务会议上,他那谨小慎微、无病呻吟的样子真是令人难以忍受;他悄无声息地左右着会议的结果,连校长都怕他。他还不时以'维持良好的同事关系'为名,去教师们的宿舍串门,但每次都一言不发地坐在那里东张西望,好像有什么了不起的大发现在等着自己。不过,这显然是他的一大负担,因为他觉得串门不过是同事之间必不可少的礼节。

"真是匪夷所思!我们这些人,研习过屠格涅夫与谢德林的经典著作,堪称有思想、有文化,却被这个装在套子里的家伙牢牢地控制了十五年！啊，不只是这所学校，就连整座小城都被他牢牢控制着！大家整日战战兢兢、如履薄冰，生怕什么事传到他耳朵里，自己又会被划归为'破坏规则的人'。"

伊凡·伊凡内奇轻咳一声，点起了烟斗。他望着天边皎洁的明月，缓缓地说道："唉，思想活跃、学富五车的人，却不得不容忍他，甚至屈从于他……"

"别里科夫就住在我家对门儿，他在家中同样是小心翼翼的。"布尔金继续说道，"即使是大热天，他也要蒙头睡觉，而且在被子里提心吊胆，噩梦连连。因为担心雇女仆会招致风言风语，他便雇了个六十岁左右的老头。那老头名叫阿方纳西，好像精神方面有点问题。不过，值得一提的是，这个古怪的套中人居然差点儿有了太太。"

伊凡·伊凡内奇飞快地瞟了布尔金一眼，说道："爱说笑。"

"虽然听起来很荒唐，但他真的是差一点儿就结了婚。同事们为他相中的妻子名叫华连卡，是史地教师米哈一·沙维奇·柯瓦连科的姐姐。华连卡已有三十岁，但她生性活泼，喜欢用小俄罗斯语唱抒情歌曲，而且总能使沉闷尴尬的气氛变得活跃。

"一次宴会上，华连卡的歌声迷住了别里科夫，于是他

换到华连卡近旁的位子,笑眯眯地说道:'从您口中说出的小俄罗斯语格外铿锵悦耳又优美动听,使我不禁想起了古希腊语。'

"华连卡听到这番话很开心,便打开话匣子,向别里科夫说起了自家的庄园……

"大伙儿见他俩这么聊得来,便忽然想把他们撮合成一对儿。我们之前从未想过这件事,也不敢想象这样一个整天裹着棉袄、穿着套鞋的人会去谈情说爱。

"'别里科夫早已年逾不惑,华连卡也已经三十岁了……'校长夫人说出了自己的想法,'两个人就都别挑三拣四了。'

"大家全都兴奋起来,像是终于在百无聊赖的生活中找到了追求的目标。华连卡在弟弟那里过得并不舒心,总是为了芝麻粒大小的事与弟弟争吵不休。而且她知道自己已不再年轻,所以只求嫁出去便好,哪怕是嫁给矮小猥琐、其貌不扬的别里科夫。

"在大家的撺掇下,别里科夫便时常去柯瓦连科家串门。在柯瓦连科家,别里科夫还是静静地坐在椅子上,眨巴着一双小眼睛瞧这瞧那。但华连卡却总是对着他唱歌,还不时爆发出阵阵欢快的笑声。别里科夫在大家的劝导下有些晕头转向,也觉得自己确实应当成家。"

"这样一来,他总该从套子里出来了吧?"伊凡·伊凡内奇插话道。

"大家起初也是这样想的,但事实证明,别里科夫把自己裹得更紧了。

"'瓦尔瓦拉·萨维什娜是个好姑娘,'别里科夫勉强挤出一丝微笑,'我知道婚姻是每个人都要经历的事,但这一切都太突然了……我得好好考虑考虑……'

"'还考虑什么?'我觉得十分莫名其妙,便打趣道,'不就是娶个老婆嘛!'

"'不!'别里科夫斩钉截铁地回答道,'婚姻是一件严肃而神圣的事,我必须将每一步都考虑周到……千万别惹出什么乱子来,毕竟瓦尔瓦拉·萨维什娜和她弟弟都不是太安分的人,鬼知道我会受到什么牵连!'

"于是他一直犹豫着,并且反复掂量婚后要履行的责任与义务。不过,若是没有接下来的一出闹剧,他大概就会去求婚了。对啦,必须说明一点,华连卡的弟弟柯瓦连科与别里科夫简直是一对儿天生的冤家,柯瓦连科对别里科夫真是厌恶至极。'真搞不懂,你们居然能容忍这么一个间谍似的人!'柯瓦连科曾这样对我说,'老师没有老师的样子,像极了一群明哲保身的官僚;学校没有学校的样子,倒像是散发着酸臭味儿的警察局。'

"好啦,现在我向您讲一讲那出闹剧。有人画了一幅漫画,画中别里科夫与华连卡手挽着手走路,别里科夫依旧手提雨伞,脚穿套鞋,身披棉袄。在这幅漫画的下方有一行文字:跳进爱河的安特罗波斯。城中的教师和官员们都收到了这幅画,因此别里科夫十分忧虑。

"后来,五月一日,全校师生一起出去郊游。按计划,我们要徒步赶往城外的小树林。走着走着,柯瓦连科与华连卡骑着自行车从后面赶了上来。华连卡一身红衣,心情十分愉悦。

"'我们要超过你们啦,'她高声喊道,'天气实在太好啦,真让人开心!'

"姐弟俩飞快地蹬着自行车,一转眼便消失在我们的视野中。

"此时,别里科夫仿佛受到了惊吓,他那张一贯阴沉着的脸,瞬间变得煞白。

"'您瞧,这是怎么回事?'他停住脚步,盯着我问,'是我的幻觉吗?居然允许教师和女人骑自行车?!'

"'这没什么不合礼仪的吧?'我看了看他,说道,'他们想骑就骑吧。'

"'这怎么可以?'他大叫道,'您这是什么话!'

"他被吓坏了,连郊游都不去了,赶忙逃回了家中。

"第二天,他像是生了大病,一直哆哆嗦嗦的,而且居然破天荒地只上了半节课就离开了。傍晚时,他终于忍不住去了柯瓦连科家。华连卡正好出去了,只有她弟弟在家。

"'请坐。'柯瓦连科冷冷地说道。

"'我前来拜访是为了放松沉重的心情,'别里科夫说道,'有个居心叵测的家伙画了张漫画,把我和那位我们都很亲近的人画得十分可笑……我倒是无所谓,毕竟我一直都是个安分守己的人。'

"但他像是对牛弹琴,柯瓦连科连眼都不抬。'唉,'别里科夫发出了轻轻的哀叹,继续往下说,'作为一位老教员,我想给您一个忠告:骑车消遣,对于青年教师而言,是有失体面的。'

"'何以见得?'柯瓦连科问道。

"'这还用解释吗?道理是明摆着的,教师骑自行车,学生们大概要倒立着走路了。目前还没有下达准许教师骑车的通告,说明这种行为是被禁止的。我真是吓坏了,尤其是当我看到您姐姐时,我的眼前一片漆黑。一个姑娘家骑自行车,多么骇人听闻啊!'别里科夫边说边用手抚了抚胸口。

"'你到底想怎样?'柯瓦连科不耐烦地问道。

"'我只是想给您提个醒,米哈一·沙维奇。'别里科夫接着说道,'年轻人前程似锦,应当处处小心,别葬送了自己的未来!很快,校长和督学便会知道这件事,"好事不出门,坏事传千里"嘛!您想想看,那会有好结果吗?'

"'我和我姐姐骑自行车,这可不干别人的事。'柯瓦连科气得涨红了脸,吼道,'谁敢乱搅和,我就叫他滚。'

"'您用这种口吻对我讲话,那就恕我不能再说下去了。'这一吼将别里科夫吓得面色惨白,他声音颤抖地说道,'对上司应当心怀敬意,恳请您在我面前谈及上司时不要这样讲话。'

"'难道我说了什么有辱上司的话不成?'柯瓦连科把牙齿咬得咯咯作响,并向别里科夫下了逐客令,'请您赶快走吧,我是个正直的人,我可不愿意同爱打小报告的人交谈。'

"显然,别里科夫又一次受到了惊吓,他可从未听过如此粗鲁的话。于是他赶紧套上棉袄,向外走去。'随您怎么说,'他走到楼梯口的平台时,转回头说,'但我必须告诉您,也许已经有人偷听了我们的谈话,为了避免谈话内容被歪曲,我有责任先将其汇报给校长……嗯,我必须这样做。'

"'告密吗?你尽管去好啦!'柯瓦连科一边说着,一边冲到别里科夫身边,从后面揪住他的衣领,朝他推了一下。只这一下,别里科夫便从楼梯上骨碌了下去,而且是一骨碌到底。就在这时,华连卡带着两位女伴回来了。这真是太可怕了！别里科夫宁可摔成残疾也不愿沦为笑柄，况且一传十，十传百，校长、督学乃至全城的人都会知晓，这样一来，大概又会有新的漫画问世吧。

"华连卡认出了别里科夫，以为是他自己不小心摔下来的。她看着别里科夫那副滑稽的模样，不禁放声大笑：'哈哈，哈——哈——哈！'全楼的人都可以听见她的笑声。

"这一连串的'哈哈哈'，既断送了别里科夫的婚事，又断送了他的尘世生活。他已经什么都看不见，也什么都听不见了。回到家后，他从桌子上拿掉华连卡的肖像，然后瘫在了床上。

"一个月后，别里科夫死了，所有的教师都参加了他的葬礼。躺在棺材中，别里科夫终于不再愁眉紧锁了，反而带着温和愉悦的微笑，大概是庆幸自己终于不用从套子中出来了。

"说句不中听的，别里科夫一死，大家真是扬眉吐气啊！虽然所有人都摆出一副悲悯的面孔，没有谁愿意流露出快意，但那种无拘无束的感觉真是太美妙了。唉，自由，大家心中再次充满对自由的憧憬。

"然而还不到一个星期，人们便发现，生活并没有发生什么实质性的变化，还是那么艰苦难熬。虽然别里科夫不在了，但那些装在套子里的人，却是无法根除的！"

"这就是症结所在啊!"伊凡·伊凡内奇又点起烟斗,回应道。

布尔金缓缓走出棚子,抬眼望向天空,喃喃道:"好月色,好月色啊!"

一切都沉睡在美妙的梦境中,使人浮躁的心绪重归安宁。街道弯弯曲曲地伸向远方,显得温和而忧郁,天上的星星正脉脉含情地注视着它;广袤的原野静默而优雅,沐浴在皎洁的月光中。

"这就是症结所在。"伊凡·伊凡内奇说道,但布尔金却失去了谈话的兴趣。

于是两人走回棚子,在草垛上躺下。

"心知别人作假,却视而不见,听而不闻,"伊凡·伊凡内奇翻了个身,说道,"你真是个傻瓜!你忍气吞声,任人侮辱,不敢为自由与诚实挺身而出,反倒学会了用谎言来伪装……凡此种种竟只是为混口饭吃、有个窝住,以及保住分文不值的官职?!不,不能再过这种生活啦!"

"您扯得太远啦,伊凡·伊凡内奇。"布尔金说道,"我们睡吧。"

过了约十分钟,布尔金已经睡熟,可伊凡·伊凡内奇仍辗转反侧,唉声叹气。后来,伊凡·伊凡内奇索性爬了起来,又坐回到棚子门口,再次抽起烟斗。

姚内奇

每当外来人抱怨 C 城的生活单调无聊时,当地人便会不厌其烦地为自己开脱:"C 城多好啊!城中有图书馆、戏院、俱乐部,还时常举办舞会。而且,这里有不少才思敏捷、风趣幽默的人家。你一定要去图尔金家看看,因为他们一家人是最有教养、最有头脑的存在。"

人们都说,图尔金一家人各有所长。男主人伊万·彼得罗维奇·图尔金长相俊美,擅长讲笑话和打谜语;女主人薇拉·约瑟福夫娜热衷于写小说,喜欢给客人们读自己写的故事;他们的女儿叶卡捷琳娜·伊万诺夫娜正值妙龄,弹得一手好钢琴。这一家人热情好客,而且总会高高兴兴地向来访者展示自己的才能。

县区医生德米特里·姚内奇·斯塔尔采夫住在距 C 城九俄里的佳里日镇。一年冬天,他经人介绍,结识了伊万·彼得罗维奇。伊万·彼得罗维奇十分热情地向斯塔尔采夫发出了邀请,让对方有时间去自己家坐坐。第二年春天,斯塔尔采夫来城中散心,想起伊万·彼得罗维奇的邀请,便决定去见识一下这号称"最有教养、最有头脑"的一家人。

"欢迎光临,您的到来真是令舍下蓬荜生辉啊!"伊万·彼得罗维奇十分热情地迎接了他,说道,"请进,让我为您介绍一下我的贤内助!"

"您坐这儿吧,"与斯塔尔采夫打过招呼后,薇拉·约瑟福夫娜便让他挨着自己坐下,"我们坐在一起,让我丈夫忌妒去吧!"

"你呀,就知道调皮……"伊万·彼得罗维奇宠溺地说道,同时在妻子的额头上亲了一口。

他俩叫来了十八岁的女儿叶卡捷琳娜·伊万诺夫娜,并将她引见给斯塔尔采夫。姑娘稚气未脱,十分可爱。

之后,又来了许多客人,薇拉·约瑟福夫娜便动情地朗诵起自己的新作。虽然她在小说中所写的故事绝不会在现实生活中上演,但客人们都觉得听她讲故事是一种享受,于是纷纷投来赞许的目光。

一个小时过去了,又一个小时过去了……薇拉·约瑟福夫娜终于合上了笔记本。

"您发表过自己的大作吗?"斯塔尔采夫问道。

"没有,从来没有,"薇拉·约瑟福夫娜回答道,"我的小说稿都被我藏在柜子里。我们又不缺钱,发表它干吗?"

不知为何,客人们都叹了口气。

"科奇克①,你来弹首曲子吧!"伊万·彼得罗维奇对女儿说道。

叶卡捷琳娜·伊万诺夫娜掀开琴盖,用尽全身力气猛敲琴键,一遍又一遍地弹着冗长而单调的乐曲。斯塔尔采夫觉得这乐声与巨石滚落的声音颇为类似,他巴不得这些石块稳稳当当地停住别动。但与此同时,他却喜欢上了这位散发着青春气息的钢琴少女。

"亲爱的,你的演奏真是越来越精彩了!"当女儿弹完最后一个音符,盖好琴盖时,伊万·彼得罗维奇眼含热泪地说道。

客人们都向叶卡捷琳娜·伊万诺夫娜投来赞许的目光,纷纷表示祝贺。

"太妙了!"斯塔尔采夫受到众人的感染,也附和了一句,又接着问道,"您在哪儿学的音乐?音乐学院吗?"

"不,妈妈给我请了家庭教师。"叶卡捷琳娜·伊万诺夫娜回答道,"我倒是一直想进音乐学院呢。"

"不行,你还是个小姑娘,不能去外面乱跑。"薇拉·约瑟福夫娜说道。

---

① 叶卡捷琳娜的爱称。

"我要去，我就要去。"叶卡捷琳娜·伊万诺夫娜边说边跺了下小脚，对妈妈撒起娇来。

晚饭时，伊万·彼得罗维奇也施展起自己的才能。他一刻不停地说着俏皮话，还提了许多有意思的谜语，引得众人哈哈大笑。

"真有趣！"斯塔尔采夫走在回家的路上，脑海中不断浮现出在图尔金家做客的情景。

他那时还没有自己的马车，便徒步走回了佳里日镇。虽然路途遥远，但他毫不疲倦，甚至觉得再多走二十俄里也无所谓。

"真不错啊……"入睡前，他边笑边嘀咕道。

接下来的一年里，斯塔尔采夫总想往图尔金家跑，可惜工作繁忙实在脱不开身，他只得一个人孤零零地待在佳里日镇。有一天，薇拉·约瑟福夫娜差人送来一封信，说要请他为自己医治偏头痛。此后，斯塔尔采夫便成了图尔金家的常客。他确实减轻了薇拉·约瑟福夫娜的痛苦，不过他来图尔金家可不单单是为了行医……

有次，正逢过节，叶卡捷琳娜·伊万诺夫娜弹完又长又枯燥的钢琴曲，同大家一起坐在客厅里聊天。她刚讲完一桩趣事，门铃便响了。趁两位主人去前厅迎接客人，斯塔尔采夫抑制住心中的激动，凑到叶卡捷琳娜·伊万诺夫娜耳边，轻声说道："看在上帝的分儿上，您陪我去趟花园吧。"

叶卡捷琳娜·伊万诺夫娜感到莫名其妙，但还是站起身，走了出去。

秋天快要到了，小路上已铺了薄薄的一层落叶，花园中静谧而萧条。两人并排坐在长椅上，身后是一棵老枫树。

"我根本没有机会和您说话，"斯塔尔采夫说道，"这真是太折磨人了！"

"您有什么事吗？"叶卡捷琳娜·伊万诺夫娜问道。

她身上的青春气息、她俊俏的模样与天真的神情，都令斯塔尔采夫神魂颠倒。叶卡捷琳娜·伊万诺夫娜喜欢读书，斯塔尔采夫认为她聪慧过人。

"您最近读了些什么书？"斯塔尔采夫刚问完这句话，又急切地说道，"您说话呀，我是如此强烈地渴望着听到您的声音。"

"我读了读皮谢姆斯基的书。"叶卡捷琳娜·伊万诺夫娜回答道。

"他的哪本书？"斯塔尔采夫追问道。

"哦，是《一千个农奴》。"叶卡捷琳娜·伊万诺夫娜边说边站起身，准备朝屋里走。

"您别走，请您再和我待一会儿吧，一会儿就好。"斯塔尔采夫央求道。

叶卡捷琳娜·伊万诺夫娜看了看他,十分难为情地往他手里塞了一张小纸条,然后跑回到屋中,弹起了钢琴。

斯塔尔采夫展开纸条一看,上面写道:"请您于今夜十一时到杰梅蒂的墓碑旁等我。"

"去公墓约会?"斯塔尔采夫心想,"一看就是在捉弄人,我要是半夜三更去了公墓,一定会沦为笑柄的。"

他虽然存有诸多疑虑,但还是鬼使神差地照做了。

此时,万籁俱寂,夜空中的繁星温和而深沉地俯瞰着大地。对爱情的渴望填满了斯塔尔采夫的心,他在脑海中描绘着与叶卡捷琳娜·伊万诺夫娜拥吻的情景。他忽然怜悯起那些被埋葬在此的妇女和姑娘,她们曾那样美丽动人,如今却永远地没入了黑暗……

他最终还是没能等来自己的心上人,只得一个人灰溜溜地回去了。此时,他已经有了自己的双套马车,车夫潘捷列伊蒙正站在路边等他。

"我累得不行,已经站不住了。"他对车夫说道。

第二天傍晚,斯塔尔采夫来到图尔金家求婚。不巧的是,叶卡捷琳娜·伊万诺夫娜正在房间中美发,一会儿要去俱乐部参加舞会。斯塔尔采夫只得坐在客厅里喝茶,心不在焉地听着伊万·彼得罗维奇讲笑话。

"她要是嫁给我，应该能带过来不少嫁妆吧……"斯塔尔采夫盘算道。

这时，他脑海中响起了另一个声音："现在收手还来得及，你们两个般配吗？她像是一个被宠坏的公主，而你不过是个寒酸的县区医生……"

"管他呢，"他心想，"这不重要。"

"如果你娶她为妻，"那个声音又一次响起，"她的家人肯定会逼你搬到城里住，这样一来，你就不得不放弃镇上的工作了。"

"这不重要。"他边想边下意识地摇摇头，"进城有什么不好？她家肯定会给不少陪嫁，到那时，我们就可以在城中安顿下来了……"

终于，叶卡捷琳娜·伊万诺夫娜穿着华丽的舞裙走出了卧室。斯塔尔采夫呆呆地望着她，大脑一片空白。

叶卡捷琳娜·伊万诺夫娜刚向大家道完别，斯塔尔采夫便急忙说自己也要回去照看病人。

"既然您也要走，"伊万·彼得罗维奇说道，"可以烦请您把科奇克捎到俱乐部吗？"

"乐意效劳。"斯塔尔采夫回答道。

两人上了马车，斯塔尔采夫便开口道："我昨晚按您的要求去了公墓，并在那儿待到两点钟，腿都快断了……

可您……"

"您这是咎由自取,"叶卡捷琳娜·伊万诺夫娜说道,"很明显,我在跟您开玩笑呢。"话虽这样说,她心里却美滋滋的。

这时,马车在俱乐部门口来了个急转弯,车身倾斜了一下。叶卡捷琳娜·伊万诺夫娜惊叫一声,斯塔尔采夫便顺势抱住她,狂热地亲吻着她的双唇。"放开我!"叶卡捷琳娜·伊万诺夫娜面无表情地推开他,跳下了马车。

斯塔尔采夫跑去借了身礼服,便火速折回俱乐部。"我不知道该怎样向您表达心中的情意……与心中的爱意相比,我的语言显得那样苍白无力……"他脉脉含情地注视着叶卡捷琳娜·伊万诺夫娜,终于向对方表明心迹,"我恳请您……恳请您做我的妻子!"

"感谢您的厚爱,德米特里·姚内奇。"叶卡捷琳娜·伊万诺夫娜沉思了一会儿,郑重其事地说道,"请您原谅,我不能成为您的妻子。您知道,我钟爱音乐,渴望成为一名艺术家。我不甘心被束缚在这座小城中,所以……请您原谅……"她说完便用手捂住脸,跑开了。

斯塔尔采夫缓缓走出俱乐部,扯下领带,仰天长叹。

一连好几天,他都魂不守舍的,直到听说叶卡捷琳娜·伊万诺夫娜离家去了莫斯科的音乐学院,才从失恋的阴影中走了出来。

后来，当他偶尔想起自己曾傻乎乎地在墓碑旁踱来踱去，曾风风火火地满城借礼服时，便会伸伸懒腰，自嘲道："那时候，还真是精力充沛啊！"

转眼便是四年，斯塔尔采夫已经是个颇有名气的大夫了。他上午在佳里日镇坐诊，下午又要匆匆赶到城中见病人，直到深夜才能回家。他的双套马车早已换成了三套马车，一跑起来，套子上的铃铛便叮当作响。他发福了不少，还患上了哮喘病，因此更不愿走路了。

他见识了很多不同的人，可同谁都不亲近。城里人的一举一动都让他厌烦，他觉得这些人终日游手好闲，对一切都漠不关心。若只是同他们一起吃喝玩乐，便会觉得大家都还算老实本分，可一旦谈及政治或是学术，从他们口中说出的话就变得愚蠢而伤人了。看清楚这一点后，斯塔尔采夫便开始避免与人交谈，把注意力都放在了打牌或吃东西上。

他还增添了一个新嗜好——数钱。每天晚上，他都会把一天所得的钱从兜中掏出来，仔细地数上好几遍。每攒够几百卢布，他便将钱存到互助信贷社去。

叶卡捷琳娜·伊万诺夫娜离家的这几年，他只去过图尔金家两次，还都是应薇拉·约瑟福夫娜的邀请。

一天早上,薇拉·约瑟福夫娜派人给斯塔尔采夫送来一封信。她在信中说,自己最近病得厉害,请他无论如何也要过来一趟。信的最下面还附了一句话:"我和母亲一同期待着您的光临。科奇克。"

斯塔尔采夫考虑了一会儿,决定当天傍晚乘车去图尔金家。

"欢迎光临,您的到来真是令舍下蓬荜生辉啊!"迎接斯塔尔采夫进门时,伊万·彼得罗维奇皮笑肉不笑地说道。

"您已许久不来这里,大概是不愿见到我这人老珠黄的老太婆吧。"薇拉·约瑟福夫娜明显变老了,两鬓都已斑白,她同斯塔尔采夫握握手,煞有介事地说道,"现在,靓丽的姑娘回来了,或许能合您的心意。"

叶卡捷琳娜·伊万诺夫娜变得更加苗条漂亮,却没有了曾经的天真稚气。她已不再是那只可爱的小猫咪了。

"好久不见。"她把手伸向斯塔尔采夫,好奇地望着他,"您壮实多了,显得更有男子气概了。"

斯塔尔采夫自己也说不清原因,总之叶卡捷琳娜·伊万诺夫娜的一举一动都让他觉得不舒服。

他心想:"我当年竟会爱上这个女人!"

接着,大家坐在一起聊天,吃点心。薇拉·约瑟福夫娜又朗读起自己的长篇小说。

"写不出好小说的人，不一定是傻瓜。"斯塔尔采夫边听边想，"写得不好却不自知，才是真正的傻瓜。"

"很棒啊。"当薇拉·约瑟福夫娜合上本子时，伊万·彼得罗维奇夸奖道。

接着，就像四年前一样，叶卡捷琳娜·伊万诺夫娜开始弹奏钢琴。她弹完后，大家都赞不绝口。

"还好当年求婚失败了。"斯塔尔采夫在心中暗自庆幸。

叶卡捷琳娜·伊万诺夫娜看了斯塔尔采夫好一会儿，希望他能邀请自己到花园里去，可对方一点儿反应也没有。

"我一直想和您好好谈谈，"叶卡捷琳娜·伊万诺夫娜走到他跟前，说道，"您现在过得怎样？看在上帝的分儿上，陪我到花园里坐坐吧。"

像四年前一样，他们并肩坐在长椅上。

"我心里很乱，"叶卡捷琳娜·伊万诺夫娜用手捂住脸，说道，"请您原谅，我刚刚回到家，心情有些激动。我觉得，咱俩大概会一直聊到天亮吧。"

她用天真好奇的目光观察着斯塔尔采夫，仿佛想知道，眼前这个人当初为何会那么执着、那么火热地爱着自己。她的目光中传递出感激之情。

斯塔尔采夫也在注视着叶卡捷琳娜·伊万诺夫娜，发现那种孩子般的表情又在她脸上重现。他觉得自己心中的火苗正慢慢燃烧起来。他忽然想说话了,甚至想和她抱怨几句……

"唉,"他叹了口气,说道,"您问我现在过得怎样……说实话,真是一天不如一天。白天工作,晚上打牌,身边都是赌徒和酒鬼。我受不了他们了,这算什么生活。"

"您有自己的追求,有崇高的目标。您是伟大的医生,可以救死扶伤并享受巨大的成就感,这多么幸福啊!我那时有点自命不凡,在您面前表现得高傲了些。其实,我并没有什么过人的天赋,谁家的姑娘不会弹几下钢琴啊?后来,在莫斯科,我才真正理解了您。"叶卡捷琳娜·伊万诺夫娜动情地说道,"在莫斯科,我常常思念您。在我心中,您是那么崇高而伟大……"

斯塔尔采夫忽然想起了自己点钞票时的快意,心中的火苗瞬间熄灭了。

他站起身,朝屋中走去。叶卡捷琳娜·伊万诺夫娜挽住他的胳膊,说道:"您是我最崇敬的人,我们以后还会促膝长谈,对吗?我现在有了自知之明,保证再不会当着您的面弹钢琴了。"

斯塔尔采夫看着她那双充满忧伤与感激的眼睛,又一次暗自庆幸:"还好没有娶她为妻。"

接着,他同这家人道了别。

一路上，他痛苦地想：如果全城最有教养、最有头脑的一家人都如此浑浑噩噩，那么这座城就真的没有什么希望了。

此后，他再没去过图尔金家。

时间的脚步从未停歇，一晃又过了好几年。斯塔尔采夫已是一身肥膘，连喘气都要费好大的劲儿。他的名气更大了，整天忙得脚不沾地，但他什么都不想耽误，生怕错过赚钱的机会。他已有一座庄园和两套房产，正在为自己物色第三套房子。

也许是因为喉咙被脂肪堵住了，他的声音变得又细又尖。此外，他的性格也变得粗暴易怒，常常用手杖把地面戳得咚咚直响。

他每天晚上都去俱乐部玩牌，打完牌后便由最受人尊敬的老堂倌伺候着用餐。这儿的人都想方设法迎合他，生怕他不高兴。

用餐时，偶尔听见有人谈及图尔金家的事，他便要打听几句："您说的是哪个图尔金？女儿会弹钢琴那家，是吗？"

关于斯塔尔采夫，已经没什么好说的了。

图尔金一家现在怎样呢？伊万·彼得罗维奇一点儿也没见老，依旧喜欢讲笑话和打谜语；薇拉·约瑟福夫娜依旧喜欢写小说，并把自己的新作兴致勃勃地读给客人们听；叶卡捷琳娜·伊万诺夫娜仍每天弹钢琴，只是身体状况明显不如从前。

每年秋天，伊万·彼得罗维奇都要送母女俩去克里米亚疗养。当火车启动时，伊万·彼得罗维奇便挥舞着手帕，流着泪喊道："再会。"

邻　居

妹妹济娜还是个姑娘,却跟已婚男人弗拉西奇私奔了,这件事一直困扰着彼得·米海雷奇,使他无比烦躁。他虽然一直主张自由恋爱,但仍觉得妹妹这样做有失体统。此外,他总觉得是弗拉西奇拐走了自己的妹妹。

连家中的用人们都为这件事伤透了脑筋,所有人都在盯着彼得·米海雷奇,像是在问:"济娜被人拐走了,您怎么不想想办法?"可是,又有谁知道他心中的焦虑呢?

济娜出走后的第七天,有人送来一封信。彼得·米海雷奇看着信封上潦草的字迹,隐约感觉出妹妹的挑衅意味。

彼得·米海雷奇急忙带着信去找母亲,但他知道,妹妹性格执拗,绝不会向可怜的母亲低头认错,更不会请求她的宽恕。

母亲正躺在床上休息,见儿子进来了,便腾地坐起来,急切地问道:"有消息吗?有消息吗?"

"有人送来了这个……"彼得·米海雷奇说着,把信递给了母亲。

母亲认出这是济娜的字迹，忽然脸色大变，生气地说道："不，想都别想，永远不可能！"悲痛与羞耻交织于心，母亲不觉老泪纵横。她很想拆开信看看，但自尊心不允许她那样做。彼得·米海雷奇觉得自己应该把信读给母亲听，但当他从母亲手中接过信封时，一股强烈的憎恶之情油然而生。他冲到送信人面前，大吼道："你告诉她，没有回信，没有。"说完便当着送信人的面撕了那封信。

彼得·米海雷奇流下了眼泪，他觉得自己变冷酷了。他怀着一种负罪的心情，缓缓走向庄稼地。

他才二十七岁，身材却已开始发福，还患有轻微的哮喘病。他从未谈过恋爱，更没考虑过结婚。他深爱着母亲和妹妹，以及家中的佣人们。

庄稼地里十分闷热，彼得·米海雷奇不得不走几步就停下来擦擦汗。他思忖着，这件事无论如何也要有个了结。

"我该怎么办？我该怎么办？"他无助地望着天空和树木，像是在祈求答案，可周围的一切仍静默不语。他一直游荡着，直到太阳下山才拖着沉重的脚步回到家中。

晚茶时，餐厅中只有姨妈一个人。彼得·米海雷奇并不喜欢她，于是远远地坐在了餐桌的另一端，默默地喝起了茶。

"彼得鲁沙①,你母亲今天又没吃饭,"姨妈边喝茶边说,"你该好好劝劝她,她这样折磨自己,是解决不了任何问题的。"

彼得·米海雷奇觉得姨妈多管闲事,本想顶她两句,但强忍住了。这一忍不要紧,彼得·米海雷奇的怒火终于燃烧起来。他想象着那两个自由主义者——弗拉西奇与济娜,此时正在某棵枫树下激吻,想象着他们互相说着缠绵的情话,想象着……

"够了。"他忽然大吼一声,把拳头砸在桌子上,"现在有人拐走了我的妹妹,接下来就会有人谋害我的母亲,然后还会有人来烧我家的房子……到此为止吧。"

他冲出餐厅,来到马厩,飞身跨上骏马,向弗拉西奇家驰去。

他想要痛骂弗拉西奇这个卑鄙的家伙,还要向他提出决斗,但对于弗拉西奇那样的人来说,这样做并没有什么意义。一个不幸的人做了坏事,理应受到惩罚,可当他用可怜巴巴的目光看着你,并乖乖地把脑袋伸出来让你砍时,就算是正义本身也下不了手了。

"我一定要当着济娜的面用鞭子抽他!再挖苦他几句!"彼得·米海雷奇下定决心,要好好收拾这个家伙。

---

① 彼得的爱称。

一路上,他想象着会面的情景。他知道济娜一定会大谈女权主义、自由解放,会说自由结合与在教堂中举行婚礼没什么区别,甚至还会反问:"这是我的自由,你凭什么干涉?"

"没错,我无权干涉。"彼得·米海雷奇嗫嚅道,"越是无权干涉就越要粗暴……粗暴一些,事情反倒容易解决了。"

天空阴沉沉的,正酝酿着一场大雨。彼得·米海雷奇已经驰出自家地界,来到了一片小树林。这是科尔托维奇伯爵的领地。穿过这片林子,就能到弗拉西奇家的田地了。

一大片乌云从林子后面压了过来,云层中不时划过一道道白亮的闪电。

由于一开始跑得太快,坐骑几乎筋疲力尽,彼得·米海雷奇也有些疲惫了。此时,天阴得更黑了,乌云气势汹汹地望着他,好像非将他逼退不可。

"我要让他们明白,这样做是不对的,"他给自己鼓劲儿,"没有节制便没有自由,这不是自由恋爱,这是放纵情欲。"

走着走着,伯爵家的大池塘映入眼帘。池水散发着腥味儿,在乌云的笼罩下呈现出深蓝色。池塘边长着一新一老两棵柳树,它们相互依偎着,就像是一对正在谈情说爱的恋人。

很快,彼得·米海雷奇望见了弗拉西奇家的栅栏。他已不再想着用鞭子打人的事了,也不知道该如何面对他们二人。他忽然胆怯起来,甚至还打起了退堂鼓。他犹犹豫豫地往前走着,忽然看见了弗拉西奇。

弗拉西奇刚修理完护窗板,正冒着雨往屋里走。他也发现了彼得·米海雷奇,于是停下脚步,朝这边微微一笑,说道:"是你啊。"

"没错,我来看看……"彼得·米海雷奇在他面前勒住马,回应道。

"太好了,很高兴见到你!"弗拉西奇虽这样说,却没有向彼得·米海雷奇伸出手,也许是怕对方令自己难堪。

"这场雨倒是造福了燕麦。"弗拉西奇望望天空,边说边带着彼得·米海雷奇来到家中。

此时,彼得·米海雷奇心中的憎恨已消失得无影无踪,他反倒埋怨起自己来。他觉得自己没开好这个头,所以此行不会有什么收获。

他俩默默地坐了一会儿,都在假装听雨。

"彼得鲁沙,真是多谢你了。"弗拉西奇终于打破了沉默,说道,"你真是个宽宏大量、行为高尚的人。"

他站起身,走到小屋中央,继续说道:"事情并不像你想的那样。其实,我们没有故意瞒着你。第一,事发突然,我们来不及多做考虑；第二，这桩私情极容易招致误解，不宜让更多人知道；第三，也是最重要的一点，我们深知你是最大度、最高尚的人，一定不会和我俩计较的。我愿用生命来报答你！"他说话的调子就像是蚊子在嗡嗡一样。

彼得·米海雷奇觉得自己不能再沉默下去了，否则就真成了一个最大度、最高尚的傻瓜。他叹了口气，低声说道："格里戈里①，我之前一直觉得你很不错，也没奢望过妹妹会嫁给比你更好的人。但我没想到，居然会发生这种事！太不像话了，搞得我心里七上八下的。"

"为什么会七上八下？"弗拉西奇声音发颤地问道，"我们又没做什么伤天害理的事，为什么要良心不安呢？"

"格里戈里，你知道我一向对事不对人，"彼得·米海雷奇说道，"恕我直言，你俩这样做真是太自私了。这些话我不会对济娜讲，因为这会伤了她的心。但你必须要知道，我母亲现在难过得连饭都吃不下。"

"唉，真叫人难受！"弗拉西奇摇了摇头，说道，"我们不是没料到这一点，但这也是没有办法的事。如果一个人把家人的安逸看得高于一切，那么他势必要放弃一切崇高的追求。"

窗外，一道闪电划破阴沉的天空，弗拉西奇开始说起

---

① 弗拉西奇的爱称。

与刚才的对话毫不相干的事。

"你知道吗，彼得鲁沙，我是如此敬仰你妹妹。"他说道，"她是个极其难得的好女人，是我高尚而伟大的神灵。"

"哼，他又开始满口胡言了，我不喜欢'女人'这个词。"听弗拉西奇这样说，彼得·米海雷奇心里有些不高兴。

"你为什么不正大光明地娶她回家？"他问道，"要多少钱，你妻子才肯跟你离婚？"

"七万五千卢布。"弗拉西奇回答道。

"是有点多……还有商量的余地吗？"彼得·米海雷奇接着问道。

"不，老弟，这个可怕的女人是绝不会松口的。"弗拉西奇长叹一声，说道，"借此机会，我就和你好好讲讲吧。我当时怀着一种美好而真诚的感情娶了她。那时，她还是个十八岁的姑娘。我们团的一个营长对她始乱终弃，因此她没脸回家，差点儿沦落到在兵营里卖身过活。弟兄们都看不下去了，便轮番接济她。当时，我想逞英雄，便找到了她，向她表明了心迹。一周后，我不顾长官与同事们的反对，冒着军官荣誉受损的风险向她求婚。此外，我还给长官写了封激情澎湃的信，在信中驳斥了他们的言论。我当时太过激动，难免讲了些不中听的话，因此我被迫离开团队。退役后，我便带着妻子来这里安家。可她并不想好好过日子,整天玩牌赌钱、比吃看穿,还和别的男人乱搞。我不得已将庄园抵押了出去。两年后,她搬到了城里,还一并卷走了我所有的财产。现在,我还要每年给她寄一千二百卢布。这真是太可怕了!她看不起我,觉得我一定是没长脑子,否则绝不会娶一个她这样的女人。我自认为很英雄、很仗义的举动,在她看来却是愚不可及。"

彼得·米海雷奇一边听弗拉西奇讲,一边在心里嘀咕:"妹妹济娜为什么会爱上这么个家伙?"

弗拉西奇已经四十一岁了,说话总是瓮声瓮气的。他对艺术一窍不通,说艺术"无法解决实际问题",但他也把自家庄园经营得一塌糊涂,还欠了一屁股债。他幼稚、软弱,容易被骗,因此大家都叫他"傻帽儿"。他自诩为自由派分子,却整日无精打采的,也没见他涌现过什么新思想。他喜欢慢条斯理地讲述那些充满真诚与光明的时刻,喜欢赞扬过往的美好时光,要么就是谴责俄国人长大后便忘了本。诸如此类的话,你也许早就在某本书中读到过。如果你在他家留宿,他还会将皮萨列夫、杜勃罗留波夫等人的著作堆满你的床头。

他的思想让他倒了大霉。他常常发表长篇累牍的演讲,号召人们发展手工业,或是写些颇有激情的文章,传抄给众人看。他的文稿总是千篇一律,就像是用机器批量生产出来的似的。现在,又闹出了济娜这件事,还不知道该怎样圆满收场呢!

而济娜呢?她才二十二岁,模样十分俊俏。她性情活泼,喜欢音乐与读书,对布置家居也很在行。她也是个自由派,但她的自由思想彰显着勇敢与好强。她热切地期望着自己会是最优秀的……她怎么可能爱上弗拉西奇这样的人呢?真是怪事!

"他是个顽固而偏执的疯子。"彼得·米海雷奇望着弗拉西奇,心想,"济娜年少气盛,难免有些鲁莽……不过,她爱弗拉西奇,我也很喜欢弗拉西奇啊。"

彼得·米海雷奇一直认为弗拉西奇是个好人,只不过目光短浅、做事武断。他虽然觉得弗拉西奇那些所谓的侠义之举不过是在瞎折腾,但总是无力反驳对方的意见。

"没错,你是很不走运,"彼得·米海雷奇牵挂着妹妹,无心听他越扯越远,便温和地说道,"但我此次前来,不是为了听你说这个。"

"啊,当然,我们还是言归正传吧。"弗拉西奇话锋一转,"彼得鲁沙,我知道你也主张自由恋爱。所以,你应该明白,我和济娜的婚姻是完全合法的。对此,我们问心无愧。至于未来,你也不必担心,我一定会拼命干活,让济娜成为最幸福的人。好啦,我现在带你去见济娜,让她高兴高兴。"

想到马上就能看到妹妹了,彼得·米海雷奇不由得连心跳都快了半拍。他跟在弗拉西奇身后,穿过客厅,来到餐厅。

"济诺奇卡[①]!"弗拉西奇伸手推开隔壁的门,招呼道,"济诺奇卡,彼得鲁沙来啦!"

伴随着一阵急促的脚步声,济娜走了进来。她穿着一条黑裙子,腰带上的大扣环晃来晃去。她抱住哥哥,在他的太阳穴上印下一记热吻。

"好大的雷!"她望着哥哥,说道,"刚刚只有我一个人在家。"

彼得·米海雷奇见妹妹没有丝毫窘态,还像原来一样亲切可爱,便放松了心情。

"我记得你可从没怕过打雷啊。"他边说边坐在桌子旁。

"是啊,这栋房子太老啦,一打雷就被震得哐哐乱响。"济娜坐到哥哥对面,继续说道,"不过,这栋房子里充满了回忆。就拿我住的房间来说吧,格里戈里的爷爷就是在那里开枪自杀的。此外,这间餐厅里也死过人。"

"确实是这样,"弗拉西奇接话道,"这座庄园,曾被一个叫奥里维耶的法国人承租过。奥里维耶看不起俄国人,

[①] 济娜的爱称。

总是欺压农奴和当地的百姓。后来,一位云游四方的俄罗斯青年来这里借宿,管家觉得小伙子挺不错的,便留他在账房干活。过了一段时间,奥里维耶让人把小伙子带到这儿来审问,之后便打死了他,并将尸体丢进了科尔托维奇伯爵家的池塘。有人说是因为那青年把农民聚起来闹事,有人说是因为他赢得了奥里维耶女儿的芳心。总之,没人知道确切的原因。"

济娜陷入了沉思。看得出来,俄罗斯青年与法国姑娘的故事牵动了她的心。彼得·米海雷奇注视着妹妹,觉得她还像往常一样,目光依旧是那么平静,仿佛只是陪着哥哥到邻居家做客。但彼得·米海雷奇却发觉自己心中产生了某种微妙的变化。以往,兄妹俩总是无话不说,可现在,他连"你在这里过得好吗"这样一句普普通通的问候都说不出口。也对,问这种问题除了使人难堪之外,没有任何意义。济娜似乎也是这样想的,她既不打听家中的情形,也绝口不提与弗拉西奇的罗曼史,只是安安静静地坐在那里。

彼得·米海雷奇想起了自己变得空荡荡的家。济娜走后,家中便再没有了欢声笑语。那曾经充满光明与希望的生活,已被营长、荡妇、自杀的祖父等一系列粗俗而龌龊的事搅得不得安宁……一切都已经回不来啦!

彼得·米海雷奇忽然热泪盈眶，抑制不住地颤抖起来。济娜也红了眼眶，眼中闪动着泪光。

"格里戈里，"济娜对弗拉西奇说道，"我和你商量点事。"他俩走到窗户边，说着悄悄话。不一会儿，济娜走了出去。

"彼得鲁沙，"一阵沉默过后，弗拉西奇搓着手说道，"我和济娜大概还需要些时间，才能尝到幸福的滋味。济娜现在很不好受，她过不惯这种生活，她一直在思念你，思念你们的母亲。不过，济娜还年轻，一切都会好起来的，不是吗？"

这时，济娜端着一盘草莓回来了，她的身后跟着一个呆头呆脑的小侍女。小侍女的神态与这些古老的家具倒是蛮相称，都是那么呆板无趣。

彼得·米海雷奇嚼着草莓，弗拉西奇与济娜则在一旁静静地望着他。临别时，彼得·米海雷奇的眼中又泛起泪花。他推开装草莓的盘子，站起身，说道："我得走了，不然就看不清路了。"

"妈妈还好吗？"济娜终于询问起家中的情况，她的脸抽动起来。

"妈妈的脾气，你又不是不清楚……"彼得·米海雷奇避开她的目光，回答道。

"彼得鲁沙，"济娜也站起身，紧紧抓住哥哥的手，艰难地说道，"依现在这种情况，妈妈……有可能和格里戈里和解吗？"

彼得·米海雷奇此时才惊奇地发现，自己的妹妹竟生得如此俊秀，像极了母亲。妹妹那么文雅贤淑，却要留在这栋死过人的房子里，与老迈的弗拉西奇和呆头呆脑的侍女一起生活……这真是太荒谬了！

"妈妈的性格，你是知道的……"彼得·米海雷奇没有正面回答妹妹的问题，又接着说道，"我认为还是应当顺着她点儿，去认个错什么的……"

"若是那样，就等于告诉妈妈我与格里戈里确实行为不轨。为了让妈妈好受些，我愿意假装顺从，但我太了解她了，这样做不会有任何结果的。"济娜把最令自己伤心的话一吐为快，语调变得轻松起来，"我们可以等，等多久都可以。一切都听天由命吧。"

她挽着哥哥的手臂向外走去。当经过幽暗的前厅时，她紧紧地依偎着哥哥，将头靠在对方肩膀上。

到了屋外，彼得·米海雷奇跨上马，济娜和弗拉西奇则在马的两侧默默地陪着他走。

四下里静悄悄的，空气中弥漫着干草香。

彼得·米海雷奇深深地怜悯着这两个人，觉得他俩的爱情是场彻头彻尾的悲剧。同时,彼得·米海雷奇十分崩溃地意识到,自己只能眼睁睁地看着他俩走向不幸的深渊。

"我以后会常来看你们的。"在伯爵的小树林前分别时,他说道,"济娜,你做得很好。"

他怕自己会哭出声来,便赶紧用鞭子抽打坐骑,向林中驰去。

"唉,"他叹了口气,边走边想,"我是想来解决问题的,却把事情搞得更糊涂了!"

他心情十分郁闷,在池塘边停了下来。他呆呆地望着池水,回想着妹妹那绝望的神情。他想到将来妹妹还会怀孕,到那时母亲肯定会一死了之……

他忽然想起了那个被抛尸于此的俄罗斯青年。"奥里维耶确实没有人性,但他却能坚持自己的想法,把问题全都解决了。"想着想着,他自责起来,"可我却总是动摇,把事情搞得一团糟……"

彼得·米海雷奇露出哀伤的神色,为自己缺乏毅力、懦弱无能的性格羞愧万分。他觉得,这黑黝黝的池塘,正是自己一生的写照,而这一切都已成定局……

没出嫁的新娘

现在是晚上十点，明月高挂在夜空中，皎洁的月光洒落在花园里。舒明一家刚做完祷告，娜佳便一个人去了花园。在这里，她可以透过窗户望见大厅中的情景：侍者们正忙着上菜；祖母身着华丽的丝制连衣裙走进走出；母亲在和教堂的安德烈神父商量事情；神父的儿子安德烈·安德烈依奇则站在神父和母亲旁边，专注地听他们讲话。不知怎的，在灯光的映照下，母亲显得十分年轻。

花园里静悄悄的，就连远处传来的声声蛙鸣也能听得清清楚楚。现在是五月，大地一派生机盎然的景象，空气中充满了春的气息。生命是如此神秘、美好、丰盈，使人无由地泛起泪花。

娜佳早就盼望着出嫁，现在终于要如愿以偿了：她和安德烈·安德烈依奇已经订婚，他们将于七月七日举行婚礼。娜佳很喜欢自己的未婚夫，但她现在却一点都不快乐，还常常睡不好觉。

这时有人从屋中走了出来，站定在门廊台阶上。这人是祖母一个远房亲戚的儿子，名叫亚历山大·季莫费耶依奇，舒明一家都亲切地称他为萨沙。萨沙的母亲死后，他先是被祖母送进警察学校，后来又转到了美术学校，在那里待了十五年才毕业。如今他在一家石印厂工作，每年夏天都到这里休养身体。

萨沙远远地望见娜佳，便朝花园走去。

"你们这里真好。"萨沙边说边走到娜佳身旁。

"当然啦，希望你可以住到秋季。"娜佳说道。

"挺好的，我大概会一直住到九月份。"萨沙说着便笑了起来，同时挨着娜佳坐下。

"我坐在这里看我妈妈呢。"娜佳说道，"从这儿看上去，她显得十分年轻。她虽然有弱点，但仍是个很不平凡的女人。"

"没错，就您妈妈自身而言，她的确是一个心地善良且十分可爱的人……"萨沙先是附和了一句，紧接着话锋一转，"不过今天早上，我看到四个仆人在厨房里席地而睡，他们身下连被褥都没有，只垫着一堆爬满臭虫的破布……一切都和二十年前一样，毫无变化。"萨沙伸出两根瘦长的手指，在娜佳眼前晃了晃。

"这里的一切都令人费解。"他继续说道，"天知道大家为何什么都不做！奶奶像个公爵夫人一样养尊处优，您的妈妈整天优哉游哉的，您也一副无所事事的样子。哦，您未来的丈夫也好不到哪儿去。"

娜佳已经听他说过好多次这种话，以前她总能被这些话逗笑，可现在她却忽然觉得十分厌烦。

"您已经说过太多次类似的话了，"娜佳边说边站了起来，"您还是说些新鲜的东西吧。"

萨沙又笑了，也站起身子，跟着娜佳往屋里走。娜佳身材高挑，容貌姣好，而萨沙却总是一副无精打采的样子。两人站在一起，更加衬托得娜佳美丽健康。娜佳意识到了这一点，因而开始怜悯起萨沙，并觉得浑身不自在。

"您的好多话都是无稽之谈，"娜佳说道，"刚刚您还批评我的安德烈，但您并不了解他。"

"天哪，您的安德烈！我还在为您的青春默哀呢。"萨沙耸了耸肩说道。

两人走到大厅中时，晚餐已经开始了。饭桌上，奶奶正在高声讲话，从她的动作和神态不难看出，家中的大小事宜都由她说了算。她不但拥有这栋大房子，还在商场里占了几排货摊。可她每天早上都要流着泪向上帝祷告，请求上帝使自己免遭破产。娜佳的母亲名叫尼娜·伊凡诺夫娜，她总是把腰身束得紧紧的，还将十根手指戴满了闪闪发亮的钻戒。安德烈神父是个瘦瘦的、没牙的老头,他的脸上总是一副略显滑稽的表情。神父的儿子安德烈·安德烈依奇相貌堂堂,长着一头好看的鬈发,看起来像极了演员或画家一类的人。此时,娜佳的母亲正在与神父父子谈论催眠术。

"萨沙,你的病不是什么大问题。在我这儿住上一个礼拜,保准能把你的身体调养好。"奶奶说道,"不过你必须多吃点儿东西。"

随后,她又哀叹道:"看看你都成了什么模样,简直是一个浪子!"

"浪荡子把父亲的财产挥霍一空,便去放牧那些毫无灵性的牲畜了……"安德烈神父笑眯眯地说道。

"我爱我的老父亲,"安德烈·安德烈依奇搂着父亲的肩膀,说道,"他是个了不起的老头。"

大家忽然都沉默了,只有萨沙用餐巾纸捂着嘴笑。

"您相信催眠术吗?"神父打破了沉默,继续之前的话题。

"我并不确定,"母亲摆出严肃而庄重的神情,回答道,"但我承认,自然界确实有很多未解之谜。"她看过不少书,对事物大多持怀疑态度。

"我十分同意您的说法,但我不得不说,因为信仰,我们得以缩小神秘事物的范围。"神父依旧笑眯眯的。

母亲激动得眼中泛起泪花,她重申了自己的观点:"我不敢同您争论什么,但您必须承认生活中确实存在很多无法解释的事。"

"我用脑袋向您担保,一件也没有。"神父说道。

用完餐后,安德烈·安德烈依奇拉起了小提琴,母亲弹钢琴为他伴奏。安德烈·安德烈依奇大学毕业已十年有余,但从没工作过,只是偶尔参加慈善演出,因此城里人都叫他"演员"。

当零点的钟声响起时,小提琴忽然绷断了一根弦。大家都笑了,然后纷纷告辞回家。

安德烈·安德烈依奇走后,娜佳便上楼休息了。她和母亲住在楼上,祖母和萨沙住在楼下。大厅已经开始熄灯了,萨沙仍坐在那里喝茶。娜佳躺在床上,听见仆人们还在大厅中收拾,奶奶在生气地呵斥他们。终于,一切都安静了,只偶尔传来几声萨沙重重的咳嗽声。

五月的白昼很长,才两点钟,天就已经蒙蒙亮了。娜佳很早就醒了过来,之后却怎么也睡不着了。她索性坐了起来,想理一理自己近来那缠人的思绪。她回忆起自己与安德烈·安德烈依奇刚订婚时的喜悦心情,再想想近来的不安情绪,感到十分疑惑:为什么随着婚期渐近,自己反倒愈发恐惧了呢?

她听着远处白嘴鸦的啼叫,透过窗子望向薄雾笼罩的花园,只见那些娇艳的鲜花还未睁开惺忪的睡眼,都显得有气无力的。

"我为何会如此苦闷呢?"她百思不得其解。

是不是所有快要出嫁的新娘都会有这种感受?还是萨沙的话产生了影响?但类似的话萨沙已经说了很多年,而且娜佳也一直觉得这些话很有趣呀!

古老的花园渐渐醒来,娜佳梳洗完毕,来到花园中散步。过了一会儿,娜佳的母亲也来了,她的脸上满是泪痕。

"妈妈,您怎么哭了?"娜佳问道。

"我昨天夜里在看小说,小说中有个情节十分感人,"母亲用手捂住脸,说道,"今天早上,我一想起那个情节,又忍不住掉眼泪了。"

"我这些天一点都不开心,还总是失眠,这是为什么呢?"娜佳问母亲。

"亲爱的,我也不知道。"母亲回答道,"我睡不着时就紧闭双眼,心里想象着书中人物的样子,或是想想某一历史事件……"

这是娜佳二十多年来第一次觉得母亲无法理解自己,她忽然感到害怕,甚至想要躲藏起来。

下午两点，大家一起吃午餐。饭桌上，萨沙表面上说着俏皮话，实际却是在暗中批评他人。

"我亲爱的娜佳，"等大家吃完饭离开后，萨沙对娜佳说，"如果您能听我的话就好了！"萨沙在房间里踱着步，娜佳则闭着眼坐在老式安乐椅中。

"如果您能出去求学就好啦！"他说道，"这世界即将发生翻天覆地的变化，它需要受过教育的人和纯洁的人！每个人都应该有信仰，都应该知道自己为什么而活！走吧，我的好姑娘，放弃这种死水一般的生活，离开这栋灰暗而罪恶的宅院！"

"不可能的，萨沙，我马上就要嫁人了。"娜佳回答道。

"够了，别跟我提这些。"萨沙略显无奈地说道。

过了一会儿，两人一同去花园中散步。

"无论如何，我希望您能明白，这种游手好闲的生活是十分肮脏且不道德的，"萨沙又一次说起这个话题，"如果你们什么都不做，就意味着一定有其他人在为你们干活，相当于你们吞食了别人的生活。这样干净吗？这样道德吗？"

娜佳知道萨沙说得对极了，她想告诉对方自己明白这个道理，但却什么声音也没发出来。娜佳忽然颤抖起来，流着泪逃回了自己的房间。

薄暮时分，安德烈·安德烈依奇前来拜访。临别时，他拥住娜佳,贪婪地亲吻着她的脸颊、肩膀与双手。

"我亲爱的姑娘,我美丽的姑娘!"他自言自语道,"您真是太让我着迷啦!"

娜佳送走未婚夫后便回房休息了,但是同昨天一样,天一破晓她就醒了,而且再也睡不着了。她又开始想婚礼的事……不知怎的,她想起自己的母亲从未爱过父亲,父亲死后母亲一无所有,完全依靠奶奶生活……娜佳想不明白,自己为什么没看出来母亲其实只是个平凡而又不幸的女人呢?娜佳知道萨沙也没有睡,因为她可以清楚地听见萨沙的咳嗽声。当娜佳思考起该不该去求学的问题时,一种愉快、兴奋的感觉涌上她的心头。

"不想了,不想了……"娜佳喃喃地说,"还是不去想它为好……"

"我实在是无法在这里继续住下去了,"萨沙抱怨道,"没有自来水,厨房里爬满臭虫,我恶心得连饭都吃不下去。"

"现在是六月中旬,你再待几天吧,浪荡子,"祖母劝道,"七月七号是娜佳的婚礼。"

"我一天也不想待了,"萨沙闷闷不乐地说,"我要去工作。"

由于所有人都在挽留他,萨沙只好答应等到七月一日再走。

日子一天天过去,转眼到了彼得节。吃完午饭后,安德烈·安德烈依奇带着娜佳去莫斯科街参观他们的婚房。一进大厅,只见亮光光的镶木地板上摆放着一架名贵的钢琴,钢琴旁边是小提琴的乐谱架和几把维也纳风格的椅子。墙上挂着一幅裸女的油画,据说是画家希施马契夫斯基的大作。

两人往里走去,参观了客厅、餐厅,然后到了卧室。安德烈·安德烈依奇一直搂着娜佳的腰,脸上写满了喜悦与幸福,说起话来也十分亲切温柔。但娜佳却对周围的一切都很反感,她只看到了庸俗与愚蠢。她还觉得安德烈·安德烈依奇放在她腰部的手,像极了一个冰冷、僵硬的铁箍。她终于确定,自己从未爱过安德烈·安德烈依奇,并且永远不会爱上他。

他俩走到外面,叫了一辆马车。"昨天,萨沙指责我终日无所事事。"坐上马车后,安德烈·安德烈依奇眯缝着眼睛说道,"他说得对极了,我就是什么都不做,而且什么都不会做。我一想到工作就觉得反感,一看到那些公职人员就觉得恶心。啊,俄罗斯,灾难深重的俄罗斯母亲,你还会背负多少像我这样毫无用处、安于享乐的人啊!"

"等我们举行完婚礼,"他继续说,"我们可以一起住到乡下去，再买下一块有花园、有河流的土地，然后一起劳作，一起体验生活……这真是太美好了！"

他边说边摘下帽子，任风吹乱自己的头发。娜佳看着他，心想："上帝啊，我要回家！"在舒明家附近，他们看见了安德烈神父，安德烈·安德烈依奇便高兴地挥舞起帽子。

"我爱我父亲，"安德烈·安德烈依奇说，"他是个了不起的人。"

娜佳走进大厅，一想到整晚都要应付客人，还要听他们讨论自己的婚事，便心生厌恶，甚至有点生气。祖母身穿丝绸衣服，端坐在座位上，显得十分傲慢。接着，安德烈神父走了进来，他的脸上挂着狡黠的微笑。

现在是子夜一点钟，大家早已就寝，但谁都没有进入梦乡。娜佳躺在床上，听着噼噼啪啪的雨声与如怨如诉的风声，静静地想着心事。忽然传来一声巨响，也许是风刮倒了某件家什。过了一会儿，母亲走进了娜佳的房间。

"刚才那'咣当'一下是怎么回事？"母亲有些胆怯地问道。

在这样一个夜晚，母亲显得格外瘦小，而且一点都不漂亮。娜佳想起自己不久前还觉得母亲与众不同，并且满怀自豪地听母亲讲话，可现在她完全记不起那些话的内容了。

"天哪!"娜佳突然坐了起来,抓着自己的头发,放声大哭。

"妈妈,好妈妈,"她哭喊道,"让我离开这里吧,求您了,妈妈。"

"你想去哪儿?"母亲被她搞糊涂了,在她旁边坐下,问道,"去哪儿?"

可娜佳一个劲儿地哭,什么也说不出来。

"我要离开这座城市,"娜佳哭了好一会儿,才呜咽道,"我不要结婚,我不爱这个人,而且这个人……我根本无法形容。"

"不不不,乖女儿,这可不行,"母亲大吃一惊,急忙说道,"你冷静一下,你们两个吵嘴啦?没事,事情很快就会过去的,其实相爱的人偶尔拌拌嘴,反倒会加深感情呢。"

"得了吧,妈妈,您快走吧。"娜佳说完又大哭起来。

"唉,"母亲叹了口气,说道,"似乎不久之前你还是个婴儿,现在都快嫁为人妻了。时间的力量真是强大啊!不知不觉间你就会从一个小女孩成为母亲,以后还会变成一个老太婆。"

"妈妈,您那么聪明善良,为何要说这些庸俗的话呢?"娜佳哭喊道,"您真是太不幸了!"

母亲还想说什么，却忽然哽住了，然后抽泣着回到了自己的房间。窗外，雨还在下，风还在刮。娜佳从床上跳起来，快步走到母亲房里。此刻，母亲泪流满面地躺在床上，她的手中还拿着一本书。

"妈妈，请认真听我把话说完！"娜佳说道，"求您了，您知道我们现在的生活有多丢人吗？我现在什么都明白了。安德烈·安德烈依奇一点都不聪明，他是个彻头彻尾的傻瓜。"

母亲腾地坐起身，用拳头捶着胸口，叫嚷道："你和你祖母害得我好苦啊！我要活下去，我还年轻！你们却把我变成了一个老太婆，老太婆！给我自由，给我自由……"

母亲折腾了一阵又倒回床上，在被子里低声抽泣着，显得那样可怜无助。娜佳怀着复杂的心情回到了自己的房间，在窗子旁坐了一整晚，任思绪飘飞。

喝过早茶后，娜佳单独找到了萨沙。

"我……我不能再继续这样的生活了……"娜佳双手捂住脸，痛苦地说道，"我烦透了他们，我再也无法忍受这种游手好闲的生活了。"

"没关系，没关系，"萨沙安慰道，"你能认识到这一点是好事。"

"这样的生活真是太令人羞耻了！"娜佳接着说道，"让我和您一起走吧,我要离开这里!"

见娜佳下定决心要开始新的生活,萨沙高兴得不能自已,孩子似的跳了起来:"太好啦!太好啦!感谢上帝!真是太好啦!"

娜佳满怀期待地望着萨沙,等待着他说出一些指导性的话,引领自己通向新世界。

"明天,您送我去车站,我们一起乘车离开。我去莫斯科,您去彼得堡。"萨沙兴奋地说,"您终于去求学啦,您的生活即将发生翻天覆地的变化!咱们明天就出发!"

第二天,娜佳早早地穿好衣服,下了楼。

又是雨天,马车张上了车篷,静静地停在雨幕中。

"娜佳,两个人太挤了。"当仆人往马车上装行李时,祖母说道,"雨下得太凶了,你还是别去了。"

娜佳有好多话想说,却一个字也吐不出来。这时,萨沙扶她坐上马车,用毛毯盖住她的腿,然后挨着她坐下。

当祖母冲他们喊"一路顺风"时,娜佳眼中忽然噙满泪水。她真的要离开了,离开使她感到压抑的一切,转而拥抱美好的未来。一路上,她时而哭,时而笑,时而向上帝祈祷,不知该如何表达自己的喜悦心情。

时间过得真快,转眼已到了第二年五月,娜佳对亲人们的思念也与日俱增。从家人寄来的书信中可以看出,她们已然原谅了她的出走。考试过后,娜佳打算回家看看,并顺道去莫斯科见见萨沙。

萨沙还是老样子,只是看上去更虚弱了,而且咳得更厉害了。两人在萨沙的厂子里待了一会儿,便来到了萨沙的住处。萨沙的房间一团糟:烟草味儿与臭味儿交织在一起,地面上布满痰迹,桌子上还有许多死苍蝇。

"事情进展得很顺利,"娜佳说道,"去年秋天,我妈妈来彼得堡看我,说奶奶已经不生气了,只是有些担心我的安全。"

萨沙面带微笑地望着她,不时爆发出一阵阵剧烈的咳嗽,连说话都带着颤音。

"我亲爱的萨沙,"娜佳凝视着他,说道,"您可要注意身体啊!"

"哦,没事的,我确实生病了,但都是小打小闹……"萨沙回答道。

"天哪!"娜佳激动地叫起来,"您怎么这么不爱惜自己的身体呢?您去看医生了吗,亲爱的?"娜佳说着,流下了眼泪。她的脑海中浮现出既往的一切,她由衷地感激萨沙帮助自己脱离苦海。

"亲爱的,您的病已经很严重了,"娜佳接着说道,"怎样才能减轻您的痛苦呢?好萨沙,我的恩人。"

娜佳觉得有种衰亡、陈旧的气息扑面而来，似乎萨沙的半个身子都已没入坟墓。

"后天，我要去游览伏尔加河，顺便尝尝马奶酒。"萨沙说道，"有一对夫妇与我同行，那位妻子是个十分出色的人，所以我一直鼓励她去求学，希望她能为自己开辟一片新的天地。"

两人又聊了一会儿，便乘车去了火车站。火车启动时，娜佳微笑着朝萨沙挥手道别，但她已经悲哀地意识到，这也许是他俩最后一次相会了。

娜佳终于回到家中，惊讶地发现母亲和祖母都变得又老又丑。她们搂着娜佳，不住地流泪。祖母已经破产，警察在家中搜出了她伪造证件的罪证——那种无忧无虑的生活已经一去不复返啦！

娜佳上了楼，来到自己的房间。床铺还是原来的床铺，窗外的花园还像原来一样生机勃勃，但不知怎的，她总感觉屋里缺了点儿什么。

母亲像个犯了错的孩子似的，小心翼翼地走到娜佳的房间，坐了下来。

"还满意吗，娜佳？"母亲沉默了好一会儿，开口问道。

"非常满意，妈妈。"娜佳回答道。

"我开始信教了，"母亲告诉娜佳，"我现在迷上了哲学，它带给我很多乐趣。我觉得生活要过得像从三棱镜里透过来一样。"

"妈妈，祖母的身体还好吗？"娜佳转移了话题。

"没什么问题。她得知你出走后，先是瘫倒在床上，然后又不断地向上帝祷告，现在已经完全平复了。"母亲说完便站了起来，在房间里走来走去。

"生活要过得像从三棱镜里透过来一样，"她喃喃地说，"就是说要把生活分成一个个基本元素，像把单色光分成七色光那样……"

娜佳很快就睡着了，并不知道母亲都说了些什么，也不知道她是什么时候离开的。

一转眼，娜佳已在家里住了一个多月，对家里的很多事情也已习惯。祖母总是边叹气边张罗着茶炊；母亲每晚必谈哲学，她仍然靠祖母生活；屋子里总是有苍蝇嗡嗡乱飞，厨房依旧臭虫满地。

娜佳常常去街上漫步，她总觉得城中的一切都已衰败，都在期待着某种新鲜的、灿烂的生活。这种生活总会来临！到那时，人们便可以掌握自己的命运，尽情地享受快乐与自由，而不是按照被框定的活法机械地生活下去！

不久，娜佳收到了萨沙的信。萨沙的字龙飞凤舞，彰显出他愉快的心情。他说自己的旅途十分愉快，只是在萨拉托夫染了点小病，说不出话来了。娜佳知道这意味着什么，但她对于萨沙的感情似乎已远不如从前了。对新生活的强烈渴望占据了她的心，与萨沙的相识相知似乎已经成为一件遥远的事。紧接着，有人送来电报，说萨沙已于昨天早上在萨拉托夫病逝。听到这个噩耗，祖母老泪纵横，站在角落里轻声祈祷。

娜佳清醒地意识到，正如萨沙期望的那样，自己的生活已经发生了翻天覆地的变化。在家里，她觉得自己是如此孤独、陌生、多余。她在萨沙的房间静静地站了一会儿，默念道："亲爱的萨沙，永别了！"

虽然远方充满未知，但崭新的生活图景仍令她心驰神往。

她马上上楼收拾好行李，第二天一早就告别了家人。她兴高采烈地离开了这座小城，永远地离开了。

跳来跳去的女人

[一] 众星捧月

"你们瞧,他还蛮不错的,是吧?"婚礼上,奥尔加·伊凡诺夫娜望着丈夫那边说道,仿佛在向朋友们解释自己为什么要嫁给这样一个毫不出众的男人。

她的丈夫名叫奥西普·斯捷潘诺维奇·德莫夫,是个有着九等文官头衔的医生。德莫夫每天上午在一家医院的门诊部接诊,下午则乘马车去另一家医院解剖死去的病人。除此之外,他还通过接私诊来贴补家用。这就是他的全部情况了,确实是平淡无奇。不过,奥尔加·伊凡诺夫娜的那些好朋友可都不是一般人,她本人也被认为是天生的艺术家。她的一位歌唱家朋友曾为她指导,并惋惜地说,如果奥尔加·伊凡诺夫娜能再勤奋些,肯定会成为杰出的歌手;她的一位大提琴演奏家朋友也曾坦承,只有奥尔加·伊凡诺夫娜的伴奏最合自己的心意;她还有位颇有名气的画家朋友，名叫里亚鲍夫斯基，曾为她修改过画稿，并且十分欣赏她的作品……总之，这是一群艺术界的骄子。当奥尔加·伊凡诺夫娜同朋友们在一起时，德莫夫就显得很多余了。这些艺术家们虽然彬彬有礼，却只有在生病时才会想起世上还有医生的存在。

这时，一位演员朋友对奥尔加·伊凡诺夫娜说："您那头美丽的亚麻色长发与婚装搭配在一起，使您像极了缀满白花的玉兰树。"

"您不要打断我！我来给大家讲一讲我与德莫夫的故事。"奥尔加·伊凡诺夫娜抓住这位演员朋友的手，说道，"事情是这样的，我父亲和德莫夫在同一家医院工作。有一次，我父亲害了重病，德莫夫便寸步不离地守在他床边，一连几天都没有休息，而我当时也一直陪护在父亲身边……就在那时，我与德莫夫坠入了爱河。父亲去世后，他常常给予我关照。记得那个晚上，我俩正在街头散步，他忽然向我求婚了！我激动得哭了一整晚……最后，正如你们所见，我成了他的太太。"

奥尔加·伊凡诺夫娜讲完故事，便朝丈夫喊道："德莫夫，过来，我们正谈论你呢！快来！同里亚鲍夫斯基握握手，交个朋友吧！"她边说边指了指站在一旁的画家朋友。

德莫夫露出温和质朴的微笑，向里亚鲍夫斯基伸出手去:"很高兴认识您!我的一位同班同学也姓里亚鲍夫斯基,该不会是您的亲戚吧?"

搬到婚房后,奥尔加·伊凡诺夫娜在客厅的墙上挂满画稿,又用各种各样的小物件装饰了家具:她在餐厅的四壁挂上草鞋和镰刀,在墙角放上耙子,使餐厅极具俄罗斯韵味;她还用深色呢子将卧室的墙壁和天花板蒙住,再点一盏威尼斯灯,营造出一种居住在洞穴中的感觉。大家都认为他俩的小窝浪漫而温馨。

奥尔加·伊凡诺夫娜每天都要睡到十一点钟才起床。之后,她会先弹一会儿钢琴,等到了一点钟左右便乘车去找自己的裁缝。虽然这对夫妇生活拮据,但奥尔加·伊凡诺夫娜总是希望可以穿着新衣出现在众人面前,因此她和裁缝不得不煞费苦心地把一些旧衣服变成漂亮的新装。做完衣服后,奥尔加·伊凡诺夫娜通常会去拜访一位女演员朋友,接着再去画家们的画室转一转,然后去找某位名流聊聊天……令人称奇的是,所有人都很欢迎她,还夸她聪明可爱。那些艺术界的名流们纷纷预言,只要她肯努力,一定能做出很大的成就。奥尔加·伊凡诺夫娜似乎永远都在寻找新的名士,从未感到过满足。

下午四点多,奥尔加·伊凡诺夫娜与丈夫共进午餐。德莫夫那淳朴的气质、宽厚的性格以及缜密的思维都令她十分钦佩,因此她常常兴奋地跳起来,抱住丈夫的头一阵狂吻。

"亲爱的,你是如此聪明高尚,"奥尔加·伊凡诺夫娜对丈夫说,"但你有一个重大缺陷,那就是对艺术毫无感觉,甚至不屑一顾。"

"我真的不懂,"德莫夫温和地说,"我这辈子就是为医学和自然科学而生的,对艺术毫无兴趣。"

"这真是太糟糕了!"奥尔加·伊凡诺夫娜说道。

"为什么呢?你的朋友们既不懂自然科学,也不懂医学,可你并不会为此而责怪他们啊。人和人的兴趣点是不一样的。我一直坚信,如果一群聪明人愿意为艺术付出毕生心血,而另一群聪明人愿意为此支付大量金钱,那么这些东西一定是不可或缺的。我不懂艺术,但并不代表我否定艺术。"德莫夫诚恳地回答道。

"真诚的人,我必须同你握一握手!"奥尔加·伊凡诺夫娜又一次为丈夫身上的美好品质所折服。

吃完午饭,奥尔加·伊凡诺夫娜又要去看望朋友,直到后半夜才回家。这就是她的日常生活。

每逢星期三,奥尔加·伊凡诺夫娜都要举办一场不同寻常的家庭晚会。晚会上,大家既不打牌也不跳舞,而是纷纷施展自己的艺术才华:歌手唱歌,话剧演员朗诵,画家画纪念册,大提琴家演奏优美的乐曲……但晚会却没有女宾,因为奥尔加·伊凡诺夫娜觉得除了那位女演员和自己的裁缝之外,其他女人都是枯燥乏味的。德莫夫从不与他们一同欢闹,也从未有人想起过他。但每到用餐时间,他总会准时开启通往餐厅的门,然后温和地站在门口,微笑着说:"先生们,请用餐。"

"我亲爱的管家。你真是太可爱了。"奥尔加·伊凡诺夫娜高兴地拍拍手,又指着德莫夫说道,"先生们,看他的额头,瞧,他长得多像孟加拉虎,可他的表情却像只温顺善良的鹿。"

客人们边吃边望着德莫夫,心想:"真是这样,一个了不起的小伙子!"不过,用不上半分钟,大家就会把他忘得一干二净,继续徜徉在艺术的海洋中。

这对年轻夫妇的生活很幸福。可就在蜜月的第三个礼拜,二人的幸福生活被打断了。德莫夫感染了丹毒,在床上一连躺了六天,一头黑发也被剃得精光。奥尔加·伊凡诺夫娜坐在他旁边,哭成了泪人儿。待德莫夫的病情刚一好转,她就用一块白布把他的光头包了起来,将其打扮成一个贝都因人的形象,供自己作画。看了她的画,两个人都哈哈大笑。

德莫夫康复后又休养了三天,便回到医院上班了。他刚一上班,就发生了一个小小的意外。

"唉,真不走运。"吃饭时他抱怨道,"今天解剖尸体时,我划破了自己两根手指,直到回家我才发现。"

这句话可把奥尔加·伊凡诺夫娜吓坏了。德莫夫却淡然一笑,说道:"小事一桩,我一工作起来就入了迷,所以常常割破手指。"但奥尔加·伊凡诺夫娜还是提心吊胆的,她每天晚上都向上帝祈祷,求上帝不要让德莫夫感染上尸毒。好在有惊无险,二人的生活又重归平静。

春日将至,夜莺唱起了动听的歌曲。奥尔加·伊凡诺夫娜住在远郊的别墅里,整日和朋友们欢聚。里亚鲍夫斯基每天都要登门拜访,说想要看看奥尔加·伊凡诺夫娜在绘画方面的长进。他总是把手揣进裤兜,带着鼻音说道:"您这间小屋,似乎被什么东西压得喘不过气来,正在低声呻吟……还有前景,似乎被咬掉了一截……这个角太亮了……总体还是蛮好的……我很喜欢。"

艺术家们计划在七到九月沿着伏尔加河旅行,奥尔加·伊凡诺夫娜自然不会缺席这场艺术盛会。为此,她特地缝制了两件新衣,买好了所需的颜料、画笔、画布与调色板。

六月的一天,德莫夫带着食品和糖果,到别墅看望妻子。一路上,他虽然又累又饿,但一想到与妻子共进晚餐时的情景，心中便倍感甜蜜。为了这次相聚，他买了美味的鱼子酱和鲑鱼肉。

太阳下山时，德莫夫终于赶到了自己的别墅，但他并没有找到妻子，只见到了三个陌生的男人。

"您找奥尔加·伊凡诺夫娜吗？"一个男人冷冰冰地说道，"坐下等一会儿吧，她一会儿就回来了。"

话音刚落，便传来了熟悉的笑语声，只见奥尔加·伊凡诺夫娜蹦蹦跳跳地进了门，里亚鲍夫斯基紧随其后。

"德莫夫，亲爱的！"奥尔加·伊凡诺夫娜高兴得大叫起来，"你都多久没过来啦！想死我啦！"

"我忙得都要飞起来了，"德莫夫耸耸肩，说道，"难得有空，火车的班次又对不上。"

"见到你真是太高兴了！我老是梦见你，担心你。哈哈，你来得正是时候！"奥尔加·伊凡诺夫娜边给丈夫打领结，边笑着说，"明天，这里将举办一场婚礼，结婚的是个车站报务员。我们所有人都会去参加他的婚礼，可我连件像样的衣服都没有……"

她哭丧着脸望着丈夫，继续说道："现在只有你能救我啦……亲爱的，回家一趟，把我那件玫瑰红的连衣裙拿来……再去储物间的纸箱里取些花，小心点，别把花给弄皱了……"

"好的,"德莫夫说道,"我明天一早就去赶火车,再把东西送过来。"

"天哪!明天就来不及啦!"奥尔加·伊凡诺夫娜急切地望着他,说道,"最早的火车也要九点,可婚礼十一点就开始啦!亲爱的,你必须今天就走!如果你明天有事,就让邮差捎过来。好啦,旅客列车一会儿就到,别误了车,我的德莫夫。"

"好,我知道了。"德莫夫温顺地点点头。

"唉,我们刚见面,你就要走了……"奥尔加·伊凡诺夫娜说着,眼里泛起了泪花,"我真是个傻瓜!我为什么要答应那个报务员啊!"

德莫夫喝了口茶,又拿起一小只面包圈,便匆匆去了车站,将鱼子酱和鲑鱼肉留给了屋中的其他男士。

一转眼便到了七月,奥尔加·伊凡诺夫娜一行人开始了沿伏尔加河的旅行。

在一个宁静的月夜,奥尔加·伊凡诺夫娜静静地站在渡轮的甲板上,时而望望河水,时而凝视着美丽的河岸。里亚鲍夫斯基正站在她身旁,含情脉脉地说,水中的影子不是影子,而是一个个奇幻的梦;还说一切都是短暂的,既往的一切都已变得了无趣味,而像现在这样美好奇异的夜晚也即将结束,人活着还有什么意义……

但奥尔加·伊凡诺夫娜却并不这样认为，她觉得自己是永恒不朽的。她在想，自己一定会成为一名大画家，将拥有无数的鲜花与掌声……

"天凉了。"奥尔加·伊凡诺夫娜边说边打了个寒噤。

里亚鲍夫斯基用自己的披风裹住她，十分哀伤地说道："我已然成为您的奴隶……您为何这样迷人？"

里亚鲍夫斯基直勾勾地盯着奥尔加·伊凡诺夫娜，吓得对方连眼都不敢抬。

"对您的爱慕已使我发狂，"他凑近她的脸，说道，"爱我吧，爱我吧……只要您一句话，我便可以抛弃艺术，抛弃生命……"

"请不要这样说，"奥尔加·伊凡诺夫娜紧闭双眼，说道，"太可怕了，太可怕了！可怜的德莫夫该怎么办？"

"提他干吗？他和我有什么关系？伏尔加河、清风、明月、我的爱与激情……我已不记得那些过往，我什么都不知道……我只关心现在……我只要您给我美好的一瞬！"里亚鲍夫斯基已完全被爱情冲昏了头脑。

听了这番话，奥尔加·伊凡诺夫娜的心几乎要从嗓子眼里跳出来了。德莫夫、婚礼和晚会都显得那样渺小而模糊，似乎只是一个个遥远的梦。

"是啊，对于像德莫夫这样普通得不能再普通的人来说，这点儿幸福已经足够了。"奥尔加·伊凡诺夫娜心想,"生活中还有那么多美好的事,我为什么不能体验一番呢?这种想法多么可怕,但又多么美好!"

"亲爱的,怎么啦?"里亚鲍夫斯基紧紧拥住她,贪婪地亲吻着她那双纤纤玉手,自言自语道,"您也爱我,是吗?看,多迷人的夜色啊!"

"没错,迷人的夜晚。"奥尔加·伊凡诺夫娜凝望着他含泪的双眼,轻声说道。然后,她环顾四周,飞快地抱住里亚鲍夫斯基,在他的双唇上印下一记热吻。

"喂,"奥尔加·伊凡诺夫娜一面擦拭着自己喜悦的泪水,一面招呼侍者,"快去拿些葡萄酒来。"

里亚鲍夫斯基激动得面色苍白,瘫倒在长椅上。他用充满感激与爱慕的目光望着奥尔加·伊凡诺夫娜,然后疲惫地说道:"亲爱的,我好累。"说完便歪过头睡着了。

[二] 大梦方觉

九月二日这天,天气十分阴沉。一大早,伏尔加河就被蒙蒙雾气笼罩着。九点后,天空中下起了淅淅沥沥的小雨。早茶时,里亚鲍夫斯基告诉奥尔加·伊凡诺夫娜,写生是所有艺术中最吃力不讨好的,也是最枯燥乏味的,还说自己算不上画家,也没什么天赋。喝完茶后,他坐在窗口,用忧郁的目光望着伏尔加河。秋天已经到来,河水渐渐褪去光华,两岸的景色也日渐萧索。里亚鲍夫斯基哀叹自己已江郎才尽,再画不出令人称奇的杰作了。他觉得自然万物都是有定数的,因此自己与奥尔加·伊凡诺夫娜之间不该再有什么牵连……

此时,奥尔加·伊凡诺夫娜正坐在房间另一边的床上,用手指梳理着自己美丽的亚麻色头发。秋天到了,她已经开始考虑起晚会的事。她忽然想起了德莫夫,对方在信中像孩子一样温顺地恳求自己赶快回家!沿河旅行使奥尔加·伊凡诺夫娜十分疲惫,她再不想住在这些乡下人的村庄里了。要不是里亚鲍夫斯基答应画家们在这里住到九月二十日,他俩今天就可以返程了,那该多好啊!

"天哪……"里亚鲍夫斯基无奈地呻吟道,"为什么还在下雨,没有太阳,我无法继续我的阳光风景画……"

"你不是有一幅未完成的《乌云滚滚》吗?"奥尔加·伊凡诺夫娜走到他身边,说道,"你刚画完森林和奶牛,现在正好可以将那幅画全部画完。"

"哎,"里亚鲍夫斯基皱着眉头说道,"画完?我难道蠢到这种地步了吗,还要您来告诉我应该做什么?"

"唉,你干吗对我这么严厉?"奥尔加·伊凡诺夫娜顿了一下，接着说道，"你以前不这样啊！"

"好极了，好极了！"里亚鲍夫斯基狠狠地说。

奥尔加·伊凡诺夫娜抽抽搭搭地哭了起来。

"有什么好哭的，别哭啦。"里亚鲍夫斯基说道，"我有千万条哭的理由，可我就是不哭。"

"千万条哭的理由！"奥尔加·伊凡诺夫娜哽咽道，"最重要的一条，就是身边有我这个累赘吧。您为我们的恋情感到丢脸，所以一直遮遮掩掩，唯恐别人知道，但这件事早已尽人皆知了。"她说完便放声大哭。

"奥尔加·伊凡诺夫娜，我恳求您，"里亚鲍夫斯基不安地搓着手，央求道，"别再折磨我啦，好吗？就这一件事，求您啦。"

"那请您发誓，您对我的感情永恒不变。"奥尔加·伊凡诺夫娜步步紧逼。

"这太折磨人啦！"里亚鲍夫斯基从牙缝中勉强挤出几个字，然后猛地站起身来，"您要是再纠缠我，我就跳进伏尔加河。"

"那您就打死我吧。"奥尔加·伊凡诺夫娜歇斯底里地喊道，"打死我。"

雨下得更大了，雨滴打在屋顶上噼啪作响。里亚鲍夫斯基一直低头不语，在屋中踱来踱去。过了一会儿，他露出了决绝的表情，然后扣上鸭舌帽，背上猎枪，走出茅舍，消失在雨幕中。

他离开后，奥尔加·伊凡诺夫娜仍哭个不停。起先，她想要服毒自尽，让里亚鲍夫斯基感到自责。接着，她的思绪飞回到家中，飞回到丈夫的书房。她想象着自己坐在丈夫身边，与他共享宁静美好的时光。然后，她又想到了戏院里男高音歌唱家的演唱，想到了热闹的晚宴……

等里亚鲍夫斯基回来时，天都快黑了。他脸色苍白，神情疲惫，身上沾满了泥污，一进门便坐到长凳上，闭上了双眼。

奥尔加·伊凡诺夫娜既是为了安慰他，也是为了表示自己已不再生气，便走到长凳旁，轻轻地吻了吻他。

里亚鲍夫斯基忽然打了个寒战，仿佛碰到了什么冷冰冰的东西。他睁开眼，见奥尔加·伊凡诺夫娜正站在自己身边，于是抱怨道："怎么啦？求您啦，让我安静会儿吧。"

话才说完，他便用手推开奥尔加·伊凡诺夫娜，起身离开了长凳。奥尔加·伊凡诺夫娜感受到对方对自己深深的厌恶，便手足无措地站在原地。这时，农妇端着一盆素菜汤走了进来，她的两根拇指还浸在汤里。无论是脏兮兮的农妇，还是现在供里亚鲍夫斯基充饥的汤菜，甚至是她曾经认为极具艺术趣味的农家生活，都令她心烦意乱。她觉得自己受到了侮辱，于是面无表情地说："咱们最好分开一段时间，否则一定会因为太过无聊而大吵一架。我实在是受够了，我马上就走。"

"你怎么回去，骑棒子吗？"里亚鲍夫斯基讥笑道。

"我乘九点半那班轮船回去。"奥尔加·伊凡诺夫娜冷冰冰地答道。

"走吧，走吧……"里亚鲍夫斯基一边抹着嘴上的菜汤，一边平和地说，"既然你觉得这里无聊，我也不好强留你。快走吧，二十号之后再见。"

奥尔加·伊凡诺夫娜高高兴兴地收拾着行李，同时在心中问了一遍又一遍："这是真的吗？我就要回家啦？"想到马上就可以像以前一样，在客厅中作画，在卧室中睡觉，在铺着干净桌布的餐桌旁吃饭，她便十分高兴，也就不再跟画家斗气了。

"这些颜料和画笔就留给你用吧，里亚布沙。"奥尔加·伊凡诺夫娜愉快地说道，"你可是好样的，专心创作，别偷懒。"

如她所料，里亚鲍夫斯基为了不当着其他画家的面吻她，果然提前与她吻别，然后送她去了码头。

轮船在河上航行了三天三夜，奥尔加·伊凡诺夫娜终于到了家。当她走进餐厅时，德莫夫正在吃榛鸡。进屋之前,奥尔加·伊凡诺夫娜本打算把一切都瞒着丈夫,并且深信自己有这个能耐。但是,当她看见丈夫宽厚温和的笑容以及喜悦的眼神时,忽然觉得欺骗这样一个老实厚道的人,就像偷窃或是诽谤一样无耻。于是,她再无力隐瞒什么,准备将事情和盘托出。她在丈夫面前跪了下来,用手捂住脸。

"你怎么啦,亲爱的?"德莫夫和蔼地问道,"是太想家了吗?"

奥尔加·伊凡诺夫娜缓缓地抬起头,眼中噙满愧疚的泪水。但是,由于羞耻与恐惧,她难以直面自己的内心。

"没……没什么……"她结结巴巴地说道,"我……我只是……"

"好啦,咱们坐下吧,"德莫夫伸手将妻子扶起,让她坐到桌子旁,说道,"来,快吃榛鸡……饿坏了吧,可怜人儿。"

奥尔加·伊凡诺夫娜感激地望了望丈夫,然后狼吞虎咽地吃起榛鸡。德莫夫则怜爱地看着妻子,脸上挂着喜悦的微笑。

几个月后,德莫夫已对那次沿河旅行发生的事有所察觉。他对妻子的目光总是躲躲闪闪,就跟他自己做了坏事似的。而且为了减少与妻子单独相处的机会,他常将同事科罗斯捷霍夫带到家中吃饭。科罗斯捷霍夫长得瘦瘦小小的，见到女士便会紧张地搓捻起自己的胡须。两个医生在饭桌上总是滔滔不绝，谈论的都是些医学问题，似乎是为了不给奥尔加·伊凡诺夫娜说话的机会，以免她再编造出什么新的谎言。饭后，科罗斯捷霍夫总要弹会儿钢琴。这时，德莫夫便会叹气道："唉，老兄，随便来一段忧伤的旋律吧。"

最近一段时间，奥尔加·伊凡诺夫娜几乎丧失了理智。她认为里亚鲍夫斯基已不再爱慕自己，于是庆幸一切都已结束，但过了一会儿，她又开始责怪对方毁了自己的生活，使自己成了孤家寡人。随后，她又想到朋友们曾谈起过里亚鲍夫斯基的那幅惊世之作，据说所有见过这幅画的人都对它赞不绝口。但奥尔加·伊凡诺夫娜认为这都是自己的功劳，若不是自己一直默默地鼓励着里亚鲍夫斯基，他一定会走向颓废的……

把这些事都理清之后，奥尔加·伊凡诺夫娜连忙穿好衣服，火速赶到里亚鲍夫斯基的画室。当她见到里亚鲍夫斯基时，对方正得意扬扬地向参观者们展示着那幅惊世之作。为了表示礼貌，奥尔加·伊凡诺夫娜强压着心中的忌妒之情，在那幅画面前站了几分钟，然后轻轻叹了口气，说道："你从未画出过类似的作品，这真是太令人敬畏了。"

接着，她便哭着央求里亚鲍夫斯基继续爱自己，同时极力阐述自己对他的积极影响。

若是里亚鲍夫斯基碰巧不在画室，奥尔加·伊凡诺夫娜便会给他留下信函，要他来看自己，并在信中以死相胁。里亚鲍夫斯基怕她真的惹出什么乱子，就乖乖地去了她家，并留下来吃饭。他俩常常在饭桌上旁若无人地相互咒骂，丝毫察觉不到这样做有失体统。这样一闹，连性格内敛的科罗斯捷霍夫都看出了异常。

由于愤怒，里亚鲍夫斯基常常在饭吃到一半的时候就道别离开。每当这时，奥尔加·伊凡诺夫娜便恶狠狠地盯着他问："您干吗去？"里亚鲍夫斯基则随口说出一位他俩都认识的女士的名字，借此激起她的醋意，扫她的兴。随后，奥尔加·伊凡诺夫娜便跑回卧室，号啕大哭起来。这时，德莫夫也会急忙撇下科罗斯捷霍夫，匆匆赶到卧室，悄悄地对妻子说："别这样，不要哭这么大声……事情已经无可挽回了，就不要再声张了……"

奥尔加·伊凡诺夫娜无法克制内心的醋意，便扑扑粉，盖住泪痕，然后乘车飞奔到那位女士家。如果她在那位女士家没找见里亚鲍夫斯基，便会立刻动身去找另一位女士，接着是第三位……大家就都明白了。

即便发生了这样的事，奥尔加·伊凡诺夫娜的生活却没有什么明显的变化。和去年一样,她仍不知疲倦地寻找着伟人,仍每天游荡到深夜才回家。她家的艺术晚会也没中断过,而德莫夫依旧会准时备好晚餐。

一天傍晚,奥尔加·伊凡诺夫娜站在卧室的镜子前梳妆打扮,准备去剧院。这时,德莫夫穿着礼服走了进来,脸上挂着喜悦的微笑。

"我刚通过了学位论文答辩。"他温和地说道。

"通过了?"奥尔加·伊凡诺夫娜重复道。

"没错,不枉我这段时间一直三点睡八点起。"德莫夫显得有些得意,"哈哈,我敢保证,他们一定会授予我普通病理学编外教授职称。"他边说边伸长脖子,想看看妻子镜中的脸,可妻子仍背对着他。

从德莫夫宽厚的笑容中不难看出,如果此时奥尔加·伊凡诺夫娜愿与他一同分享这份喜悦,他一定会原谅妻子并忘掉一切不愉快的事。可当时奥尔加·伊凡诺夫娜一心想着听戏的事,并没有接他的话。

短暂的沉默后,德莫夫尴尬地笑了笑,退出了房间。

一天早上,德莫夫忽然头疼欲裂。他没喝早茶,也没去上班,只是一直躺在书房的沙发上。下午一点钟时,奥尔加·伊凡诺夫娜去找里亚鲍夫斯基点评自己的新画稿——这不过是找个见面的理由罢了。

奥尔加·伊凡诺夫娜不等仆人通报，便径自走进了里亚鲍夫斯基家。当她走到画室时，只见一条咖啡色的裙子一下子闪到了一大幅画后面。毫无疑问，那儿藏着一个女人。里亚鲍夫斯基显得有点窘迫，但还是强颜欢笑："啊，很高兴见到您！您有什么好消息吗？"

奥尔加·伊凡诺夫娜红了眼眶，心中充满了屈辱与愤恨。

"我是来请您看画稿的……"她递上画稿，怯生生地说，"静物写生。"

"哦，画稿。"里亚鲍夫斯基接过画稿，边端详边走进另一个房间。奥尔加·伊凡诺夫娜则像个女仆似的，紧紧地跟在他的身后。

画室里传来一阵急促的脚步声和衣裙的沙沙声。奥尔加·伊凡诺夫娜明白，那个女人已经离去了。她强忍住屈辱的泪水，觉得自己不过是一只微不足道的小可怜虫。

"很可爱……"里亚鲍夫斯基盯着画稿，懒洋洋地说，"每天都是画稿，您就不厌烦吗？如果我是您，我就不画画了，而是去搞音乐。您不是画家，您是音乐奇才……我累了，您介意我去喝杯茶吗？"他说完便走出了房间。

为了不让里亚鲍夫斯基看见自己掉眼泪，奥尔加·伊凡诺夫娜急忙穿好鞋，逃到了屋外。她觉得心情无比舒畅，仿佛是一块压在心头的大石头被拿了下来。

她先去找了自己的女裁缝,又去拜访了一位男演员,接着去了乐谱店……她想要给里亚鲍夫斯基写一封言辞冷漠的信,以挽回自己残破的尊严。她还畅想着,春夏季节可以挽着德莫夫的手四处游历,开始新的生活。

深夜回家后,她正准备提笔写信,忽然听见书房传来德莫夫的呻吟声。

"你怎么啦,德莫夫?"她问道。

"不要进来……就站在门口……"德莫夫虚弱地说道,"前天……我在医院染上了白喉……现在很不舒服……快去请科罗斯捷霍夫……"

"我不相信!我不相信!"奥尔加·伊凡诺夫娜惊叫起来。

"快去吧……事情有些不妙了……"德莫夫的声音变得更加有气无力了。

"怎么会这样?"奥尔加·伊凡诺夫娜吓得六神无主,心想,"这病可不是闹着玩儿的!"

写求救信时,她的眼泪打湿了信纸。她痛心地怜悯起丈夫年轻的生命,追忆起他对自己的爱。

早上八点,奥尔加·伊凡诺夫娜精神恍惚地走出卧室,只见一位大胡子医生走进了书房。此刻,科罗斯捷霍夫正站在书房门口,用手捻着胡须。

"这病传染性很强,您不能进去。"当奥尔加·伊凡诺夫娜想要看看丈夫时,科罗斯捷霍夫伸出胳膊拦住了她,忧郁地说道,"而且,您也没有进去的必要了,他已经神志不清了。"

"他真的患了白喉吗?"奥尔加·伊凡诺夫娜问道。

"唉,都怪他非要铤而走险!"科罗斯捷霍夫没有正面回答她的问题,而是自言自语起来,"那天他在救治一个患白喉的男孩,为了缓解孩子的咽痛,他便用吸管吸出了患儿咽部的白喉黏膜……真是太糊涂了!"

"很危险吗?"奥尔加·伊凡诺夫娜焦急地问道。

"好像是急性的,"科罗斯捷霍夫说道,"应该把施列辛找来。"

之后,家中陆陆续续来了好多人,其中有医生,也有神职人员。科罗斯捷霍夫值完班后没有回家,而是一直在屋中游荡,显得失魂落魄的。四点钟时,他和奥尔加·伊凡诺夫娜一同吃饭。其间,他一直眉头紧锁,只喝了点葡萄酒。奥尔加·伊凡诺夫娜也没吃东西,她为自己曾经的娇惯任性而羞愧,更为那段不明不白的恋情深感歉疚。她隐隐地感觉到,自己的生活正无可挽回地走向毁灭。她默默地向上帝发誓:"只要德莫夫能痊愈,我一定对这份感情忠贞不渝。"

此时，屋里乱糟糟的，女主人奥尔加·伊凡诺夫娜也衣衫不整，显得极为狼狈。不过，现在是不会有人在意这些的。有个医生忽然发出一阵古怪的笑声，令人毛骨悚然。

"他的鼻腔已经长出了灰白色假膜，"几个小时后，科罗斯捷霍夫来到奥尔加·伊凡诺夫娜身边，忧心忡忡地说道，"他的心跳也不太正常……总之，情况很糟。"

"您去请施列辛吧。"奥尔加·伊凡诺夫娜说道。

"他来过了。唉，来了又怎样？"科罗斯捷霍夫点起烟，喃喃道，"唯一的区别，就是他叫施列辛，而我叫科罗斯捷霍夫。"

时间显得格外漫长。

"写生……码头……"奥尔加·伊凡诺夫娜和衣躺在床上，昏昏欲睡，"朋友们……救救我们……上帝呀，保佑我们渡过难关吧……"

墙上的挂钟仍自顾自地走着，忠实地记录着时间……

不知过了多久，奥尔加·伊凡诺夫娜听到了开门的声音。她抬起蒙眬的睡眼，发现科罗斯捷霍夫走进了卧室，便一下子清醒过来，猛地坐起身，问道："现在几点啦？"

"凌晨三点。"科罗斯捷霍夫回答道。

"您有什么事吗？"奥尔加·伊凡诺夫娜有种不祥的

预感。

"还能有什么事？我是来告诉您……他断气啦……"科罗斯捷霍夫边说边用袖子擦去眼泪，挨着她坐了下来。

奥尔加·伊凡诺夫娜怔住了，呆呆地画起了十字。

"没了，没了……"科罗斯捷霍夫哽咽道，"奥西普牺牲了自己……这对于科学来说，是多么大的损失啊！他那么有才气，而且前程似锦……哦，奥西普，奥西普！你怎么能……"他绝望地摇了摇头，用手捂住脸。

"那样一个善良博爱的人！"科罗斯捷霍夫的声音中夹杂着怒气，"他献身于科学，没日没夜地工作，却没人爱惜他！这样一个年轻有为的学者，为了赚钱买这些破布，居然不得不去接私诊！"他瞪了奥尔加·伊凡诺夫娜一眼，气呼呼地撕扯起床单。

"唉，真是个难得的好人啊！"客厅中有人感慨道。

奥尔加·伊凡诺夫娜回忆起与丈夫在一起的种种细节，这才恍然大悟，原来她苦苦寻觅的伟人就在自己身边。可惜，她已经错过了，永远地错过了。

她流着泪冲进书房，只见德莫夫身上裹着毛毯，纹丝不动地躺在沙发上。他面色灰黄，两腮深深地陷了下去，昔日宽厚可爱的模样荡然无存。奥尔加·伊凡诺夫娜连忙去摸他的胸口、前额与双手，却发现他的前额与双手已经冷得像冰块一样,只有胸口还残存着一丝温暖。

"德莫夫。"奥尔加·伊凡诺夫娜哭喊道,"德莫夫,醒醒。"

她想让丈夫知道,自己愿意好好爱他,愿意与他开始新的生活——他才是真正的伟人!

"德莫夫。"她声嘶力竭地呼唤着丈夫的名字,摇晃着他的身子,"亲爱的,醒醒。"

客厅中,科罗斯捷霍夫叫来女仆,吩咐道:"现在一切都结束了,麻烦您把养老院的婆子们找来吧,她们很擅长料理后事的……"

一个女人的天地

[一] 芳心暗许

瞧见桌上那包厚厚的钞票了没？这是替安娜·阿基莫芙娜打赢了官司的管家派人送来的，总共一千五百卢布。看着法院判给自己的这笔钱，安娜·阿基莫芙娜却觉得良心不安。现在，她只想把这些钱扔得远远的，眼不见为净。

一想到自己已经快二十六岁了，却仍孤身一人，而同龄的姑娘们大多已出嫁并有了孩子，安娜·阿基莫芙娜就十分郁闷。今天是平安夜，她不想像个老太婆似的批复这些请求信，只想和大家一样，沉浸在过节的喜悦之中。

然而，她却连这个小小的愿望都实现不了。明天，还将有许多人给她送来节日的问候，并向她提出请求。假期过后，厂长肯定会解雇二十来个旷工的工人。到时候，这些人便会挤在她家门口闹事，然后像狗一样被人撵走。接着，所有的人都会骂她是剥削者、吸血鬼。

她在每封请求信上都注明了要发放下去的救济金,准备明天派人把信送到账房那儿去。大家都说,这样做无异于喂养野兽。

她看着桌子上这一千五百卢布,思考着要不要把这些钱发给工人。但她转念一想,觉得不能无缘无故地给工人们钱,不然这些人一定会缠上自己。况且,厂里有一千八百多名工人,这点儿钱算得了什么?要不干脆从这些写信的人中随便挑一个吧。安娜·阿基莫芙娜这样想着,便随手抽出一封信读了起来。

写信的是一个叫恰利科夫的十二品文官,他说自己早已失业,而且夫妻二人都身患重病,无力抚养五个年幼的女儿……

安娜·阿基莫芙娜当即决定拿这笔钱接济恰利科夫家。同时,为了减少不必要的麻烦,她打算亲自跑一趟。

傍晚时分,她来到院子中,坐上雪橇,赶往信中所写的地址。此时,厂房已是灯火通明,因而院子里显得更加黑魆魆的。

安娜·阿基莫芙娜在父亲死后只去过一次厂房,那里的一切都给她留下了地狱般的印象:气缸咝咝作响,喷出一阵阵热浪;车床片刻不息,咆哮声震耳欲聋;工人挥舞铁锤,汗水浸透了衣裳……

"这工厂为我带来了几十万卢布的收入,可我既不喜欢它,也不了解它。真是怪事。"想到这儿,她自嘲地笑了笑。

厂房旁边是工人们居住的木棚,她一次也没到过那儿。据说那里脏乱无比,环境极差。不过,令人费解的是,每年用于完善工人住宿条件的钱有好几千,可匿名信上却说,工人们的生活状况越来越差……

"可惜父亲已经去世多年。"雪橇驶出了院子,她仍思忖着,"要是父亲还活着就好啦,他是工人出身,自然知道事情该怎么办,可我什么都不懂,总是把事情搞砸。"

一群群工人从附近的造纸厂和印花布厂走了出来,他们的欢声笑语响彻寒冷的夜空。安娜·阿基莫芙娜望向人群中的那些女人和孩子,忽然渴望回归平淡而简朴的生活。当她还是个孩子时,她每晚与母亲挤在同一个被窝,总是伴着隔壁女工的洗衣声进入梦乡。她的父亲名叫阿基姆·伊万内奇,是个生性随和、淡泊名利的人。父亲热爱工作,整天不是在炉子旁忙着焊接,就是伏在桌上画图纸。后来,伯父去世,父亲继承了他的工厂和房产,便带着一家人搬到豪华的大宅子里去了……

儿时的生活条件并不优越,却不知比现在这种无聊而虚伪的生活好了多少倍!

雪橇在一栋大房子前停下,将安娜·阿基莫芙娜的思绪拉回现实。她走进肮脏狭窄的楼道，开始寻找恰利科夫一家人所在的四十六号住所。

四十六号住所没有前厅，开门便是厨房，屋中弥漫着酸溜溜的霉味儿。安娜·阿基莫芙娜刚一进门，便看见一个身穿礼服的男人和五个年幼的女孩儿正在餐桌前吃饭，一个脸色蜡黄、骨瘦如柴的女人则拿着炉叉，在炉子边生火。

"瓦西里·尼基季奇。"那个瘦削的女人见家门口突然出现了一位陌生人，便不安地喊叫起来，"你看，那是谁？"

那男人朝门口望了一眼，便猛地站起身，用他那双小眼睛紧紧地盯着来人。

"这儿是恰利科夫先生的家吗？"安娜·阿基莫芙娜问道。

"对，我就是恰利科夫。"男人一本正经地回答道。

突然，他认出了眼前这位陌生人便是安娜·阿基莫芙娜，于是大叫起来："大善人格拉戈列娃小姐，这简直像做梦一样！请让我握一握您高贵的手吧。"他赶紧跑到对方跟前，像病人似的抽搐着。

"您在信中说，您和您太太都生了重病。"安娜·阿基莫芙娜说道。

"我们已是行将就木的人了……"他一边抹着眼泪，一边用尖细的嗓音说道,"我们看不起病,也只能活一天是一天啦……"

"他还在演戏,"安娜·阿基莫芙娜有些气恼地想,"我才不会把这一千五百卢布给他们呢!"

为了尽快脱身,安娜·阿基莫芙娜取出钱包,打算留给他们二十五卢布。但一想到自己赶了这么远的路,还打搅到了人家,就这样拍拍屁股走人,好像有点说不过去。于是,她红着脸说道:"请您帮我拿下纸笔,我替您请一位大夫过来,还会给您留下付医药费的钱。"

"这儿不太干净,尊敬的女士。"恰利科夫谄媚地说道,"可以烦请您到房客屋里去吗?那里很整洁。"

安娜·阿基莫芙娜跟着恰利科夫夫妇来到了一位房客屋中,发现房间确实很整洁,墙上还挂满了修钟表用的各种工具。

她开始写信,无意间发现桌上放着一张她父亲的照片和一张她自己的照片。她十分惊讶,于是问恰利科夫:"谁住在这儿?"

"是房客皮明诺夫,您工厂里的一个领班。"恰利科夫回答道。

"哦……"安娜·阿基莫芙娜点了点头,说道,"我还以为这里住的是钟表匠呢。"

"那是他的业余爱好。"恰利科夫补充道。

不一会儿,安娜·阿基莫芙娜将写好的信交给了恰利科夫,又取出二十五卢布放在桌上。她十分清楚,这封信一定会被丢进垃圾桶,那笔钱也不会用于治病。恰利科夫太太赶紧伸出瘦得像鸡爪似的手,将钱抓了过去。

"这是您给的救命钱……"恰利科夫带着哭腔乞求道,"但请您救救我们可怜的女儿们吧!孩子们还在长身体,可是……"恰利科夫话刚说完一半,便擦起了眼泪。

当安娜·阿基莫芙娜再次取出纸币递给恰利科夫时,皮明诺夫一边抖着身上的雪,一边走进门来。

这是个三十岁左右的男人,他中等身材,看起来十分强壮。从他那被烟熏得发黑的脸和满是油污的上衣可以看出,他刚刚从工厂下班回家。

"请原谅,我们没打招呼就进了您的房间。"安娜·阿基莫芙娜望着皮明诺夫,小心翼翼地说道。

"请您大声一点,"恰利科夫悄悄地说,"皮明诺夫先生刚从工厂回来,耳朵不太好使。"

安娜·阿基莫芙娜觉得自己该做的事情都已做完,于是高兴地和恰利科夫夫妇道了别,由皮明诺夫送出了房门。

"您在我们那儿工作多久啦?"她大声问皮明诺夫。

"九岁起,我就在厂里工作了。"皮明诺夫回答道,"那时，您伯父还在世呢。"

"哦，真是够久的。"安娜·阿基莫芙娜说道，"我伯父和我父亲认识厂里的所有工人，可我却一个也不认识。"

不知怎的，她忽然想要在皮明诺夫面前为自己辩护，向他证明自己刚才给钱的行为不是认真的，只是开个玩笑罢了。

"唉，可恨的贫穷。"她叹了口气，说道，"我们一直尽力在做好事，可成效却微乎其微。就拿恰利科夫来说吧，我觉得帮助他这样的人并没有什么意义。"

"那是自然，无论您给多少钱，他都会拿来买醉的。"皮明诺夫又补充道，"而且，夫妻俩还会你争我抢，为此大打一架哩。"说完，他大笑起来。

安娜·阿基莫芙娜看出了皮明诺夫的疲惫，便对他说："您已经工作一整天啦，还是早些回去休息吧。"

然而皮明诺夫没有听清她的话，一路将她送到雪橇旁，又扶她坐了上去，说道："祝您节日愉快！"

第二天一大早，安娜·阿基莫芙娜还在做着美梦，蒙眬中听到有人在喊自己起床："您快起来吧，教堂里早就敲过钟啦。"

她费了好大的劲儿才睁开眼，只见侍女玛莎正手持蜡烛，站在床前。

"怎么啦？怎么啦？"安娜·阿基莫芙娜问道。

"这可是我第三次来叫您了，"红头发的玛莎无可奈何地摇摇头，说道，"现在可好，晨祷都快结束啦……"

"好啦，玛莎……六点零三分啦，已经来不及啦……"安娜·阿基莫芙娜扫了一眼小桌上的台钟，用被子蒙住头，央求道。

她起床时，天已大亮。昨天夜里刚下了一场大雪，此时空气格外清新洁净。

玛莎已将自己打扮得花枝招展，也为安娜·阿基莫芙娜梳好了头发，此时正在帮她换裙子。

"玛莎，"安娜·阿基莫芙娜愉快地说道，"我们算算命吧。"

"我去年算了三次命，都说我会嫁给老头子。"玛莎叹了口气，哀伤地说道，"不过，就算是嫁给老头子也比这样悬着强，毕竟我已经二十出头啦。"

家里人都知道，玛莎爱上了听差米申卡，可三年时间过去了，对方仍然没有回应她的感情。

"好啦，想开点儿！"安娜·阿基莫芙娜安慰她说，"我眼看就三十岁了，可仍准备嫁个小伙子。"

此时，米申卡已穿戴一新，正站在大厅中等待女主人出来，好向她传达节日的祝福。米申卡一向尊崇有权有势的人，对他们毕恭毕敬，但对穷人却是另一副嘴脸，尽显鄙夷不屑。

"尊敬的安娜·阿基莫芙娜，祝您节日愉快！"当安娜·阿基莫芙娜带着玛莎经过大厅时，米申卡向她深鞠一躬，用自己最柔和的语调问候道。玛莎被米申卡那温文尔雅的气质深深地迷住了，失魂落魄地陪着女主人继续往前走。

当安娜·阿基莫芙娜走下楼来时，她觉得自己这身华丽的衣裙是那样光彩照人，使众人的目光都聚焦到自己身上。她走遍了所有的房间，接受着大家的祝福，然后回到餐厅，喝起了咖啡。

教堂的神父、助祭、执事，村社的护士们以及孤儿院的孤儿们陆续来到家中，他们唱完歌，吃完东西，又纷纷离去。

之后，约二十位工厂职工前来问候，他们都是职位比较高的人，皮明诺夫也在其中。

职工们一边吃饭，一边谈笑，同时用一种不可思议的目光盯着安娜·阿基莫芙娜。这些人大多是看着她长大的，他们惊讶于曾经的那个小女孩现在竟已出落成一个如花似玉的姑娘了。但不知为何，他们与这位文雅的小姐之间似乎横亘着一道无法逾越的鸿沟，因此，他们下意识地同姑妈塔基亚娜·伊凡诺夫娜更为亲近。姑妈与这些职工交谈时一点儿架子也没有,还豪爽地同他们喝起了酒。"亲爱的朋友们,节日快乐!"姑妈高兴地说,"我只愿意和你们喝酒,在其他人面前,我是从不举起酒杯的。"

安娜·阿基莫芙娜生怕大家认为自己高傲,便一直陪坐在餐厅中,并尽可能地加入他们的谈话。

她向昨天才认识的皮明诺夫搭话道:"您房间里怎么有那么多修钟表用的工具?我还以为自己进了钟表匠的房间呢。"

"我偶尔接一些修钟表的活儿。"皮明诺夫答道。

"原来是这样,"安娜·阿基莫芙娜笑道,"若是我的表坏了,可以请您修吗?"

"当然没问题,乐意效劳。"皮明诺夫爽快地答道。

安娜·阿基莫芙娜从腰间解下自己精美的怀表,递给皮明诺夫,令对方深受感动。皮明诺夫仔细端详了这只怀表,又将它还给了安娜·阿基莫芙娜。"当然没问题,乐意效劳。"他微笑着点点头,接着说道,"其实我已经很久不修怀表了,因为我眼睛不太好,大夫叮嘱我不要做细活。不过,可以为您破例。"

"别信这帮大夫的鬼话。"一位会计笑道,"几个月前,卡尔梅科夫的脑壳被小铁块儿崩了个窟窿,大夫说他活不过三天,可人家现在还活得好好的,而且早就回厂里干活了,只是说话变结巴了。"

"唉,"姑妈叹了口气,说道,"那些大夫也不全是胡言乱语,彼得·安德烈依奇就是因为一直在热炉子边干活才失明的。唉,说这个干吗,咱们高高兴兴地喝酒吧。"

大家继续吃饭聊天,餐厅中一派其乐融融的景象。

安娜·阿基莫芙娜继续观察着皮明诺夫,觉得他十分可爱。姑妈夹给他的菜,他全都吃得干干净净,想必是个和善的人。

饭后,职工们纷纷向女主人道别。安娜·阿基莫芙娜把手伸给了皮明诺夫,同时想告诉他,不必太拘束,有空常来这里坐坐。但她怕大家认为自己喜欢上了皮明诺夫,便什么都没说,又把手伸给了其他职工。

接着,一位教师带着一群男孩子前来拜访,这是她担任督学的那所学校的教师和学生。教师唯唯诺诺的样子让她感到很尴尬,她让人给孩子们拿了些糖果,便回到了自己的房间。

"这些礼节有很多不近人情的地方,"安娜·阿基莫芙娜站在大厅中望着窗外,一面怜悯着那些刚从她家跑出来、在街上冻得瑟瑟发抖的男孩子,一面自言自语道,"正逢佳节,谁不想和亲人们团聚?可是这位教师、这些孩子以及之前的那些职工,为了向别人传达节日的问候与自己的敬意,不得不冒着严寒赶路……"

此时,米申卡正站在她身边,听见她这样说,便开口道:"这些规矩很久以前就有了,相信以后也不会消失。我虽然没受过教育,但深信穷人就是应当尊重富人。只有富人才是正派人,整日在夜店和小酒馆里游荡的都是穷光蛋。"

"米沙①,您的话总是这样晦涩而乏味。"安娜·阿基莫芙娜说完,便走到了大厅的另一头。

她在这栋大房子里走来走去,忽然觉得自己这身华丽的衣裙是一种莫大的讽刺。她觉得自己打扮得这么漂亮没有任何意义,因为没有人爱她、欣赏她。当再次与米申卡偶遇时,她停住脚步,同对方交谈起来。

"米沙,我不知道您是怎么想的。"她叹了口气,说道,"但是,就这件事而言,上帝都不会同意您这么做的。"

"您指的是?"米申卡问道。

"请原谅,我不得不干预一下您的私事。她聪明、温柔、忠诚,是个多么好的姑娘啊!她的相貌也无可挑剔,她那头美丽的红头发不知惊艳了多少人!而您呢,现在正是结婚的好时候,为什么不肯答应她呢?我真的不知道您到底想要些什么……"安娜·阿基莫芙娜说着,眼里泛起了泪

---

① 米申卡的昵称。

花,"我知道,您嫌她出身贫寒,但我承诺过,我会给她一大笔嫁妆的。"

米申卡一心想娶一个身材高大、举止端庄、笃信宗教的女人,但这位玛莎姑娘却又瘦又纤细,总是迈着小碎步。最重要的是,玛莎实在太迷人了,而在米申卡看来,这样的女人不配成为某人的妻子,只配用来做放荡的事。很久以前,安娜·阿基莫芙娜就说过会给嫁妆,这确实令他有些心动。但有一次,一个穷大学生来找安娜·阿基莫芙娜办事,却被玛莎迷得神魂颠倒,还强行拥抱了她,而这一幕正好被米申卡撞见。从那以后,米申卡就深深厌恶起玛莎。不过,如果是个有钱大学生或是军官抱住了玛莎,结果就会迥然不同了……

"您为什么不肯答应呢?"安娜·阿基莫芙娜问道,"您还需要什么就尽管说出来吧。"

米申卡没说话,只是愣愣地盯着面前的一把椅子。

"或者……您已经有了心上人?"安娜·阿基莫芙娜追问道。

米申卡仍一声不吭。这时,玛莎拿着信走了过来。她猜到他们在谈论自己,于是涨红了脸,羞得快要哭出来了。

"有一个叫恰利科夫的文官在楼下等您,"她告诉安娜·阿基莫芙娜,"他说是您让他来的。"

"我让他来干吗?"安娜·阿基莫芙娜生气地说,"真是厚颜无耻!告诉他,我出去办事了,让他快滚。"

门铃声接二连三地响起,接待访客的工作再次开始。

每当接待工作出现一点点间隙,安娜·阿基莫芙娜便会坐在客厅中冥想。她觉得自己感到孤独是十分自然的事,因为她没有嫁人,而且永远也嫁不出去了。她觉得,命运把她放错了位置,这令她无所适从,若是置身于普通工人的环境,她准会把一切都安排得井井有条。

"若是能找到爱人,并摆脱这个工厂,那该多好啊……"这个想法使她精神一振,她忽然想起了已故的父亲,"要是父亲能多活几年,大概会把我嫁给一个像皮明诺夫那样的普通工人吧。那样的话,工厂也会由一个真正的行家来经营,而不是在我手中日渐衰落……"

"可以的,我愿意嫁给他。"她想着想着,不由得脱口而出。

这时,米申卡悄悄地溜了进来。

"您吓我一跳。"安娜·阿基莫芙娜哆嗦了一下,问道,"您有什么事吗?"

"安娜·阿基莫芙娜,我的主人……"米申卡用手抚着胸口,说道,"您就像我的再生父母,只有您有资格教导我的婚姻问题……可是,请您管教管教楼下那些人吧。他们总是取笑我，吵得我不得安宁。"

"他们是怎样取笑您的？"安娜·阿基莫芙娜问道。

"他们管我叫玛申卡的米申卡……"米申卡啜嚅道。

"真是胡说八道！"安娜·阿基莫芙娜忽然发起火来，骂道，"你们这些蠢货，米沙，您是多么令人生厌啊。出去，别在我面前乱晃。"

[二] 悲情永续

时间已经很晚了，安娜·阿基莫芙娜迎来了最后两位访客——四等文官克雷林与著名律师雷谢维奇。克雷林是个六十多岁的老头，长着一张猞猁般的脸。他握着安娜·阿基莫芙娜的手，同她寒暄了好一阵子。雷谢维奇个子很高，口才极好，他曾经一场官司就赢了四万卢布，但他把这件事瞒得严严实实的，不让任何人知道。安娜·阿基莫芙娜的父亲在世时，曾因为爱慕虚荣，竟以每年一万两千卢布的薪金聘请他担任工厂的法律顾问。其实，整座工厂也不过几件微不足道的追偿案，雷谢维奇的一个小助手就能将案子办妥。

安娜·阿基莫芙娜心知没有雇用雷谢维奇的必要，却缺乏将他辞退的勇气。她也知道，这个雷谢维奇骗自己卖掉森林，并借机中饱私囊。

"您看，她真称得上是绝世佳人！"在亲吻完安娜·阿基莫芙娜的双手后，雷谢维奇对克雷林说道，"眼前这位，是我唯一认真爱过的女子。"

"这不足为奇，"克雷林说道，"作为一个中年人，不可能不为她着迷。"

接着，他们来到餐厅享受美食。雷谢维奇狼吞虎咽地吃着鲑鱼肉，发出一阵阵令人生厌的咀嚼声。此时，他的脸上浮现出淫荡与贪婪的神情。

"年轻而有钱的女人，不光要独立、聪明、勇敢，还得有那么点儿放荡。"雷谢维奇对安娜·阿基莫芙娜说道，"为什么不让自己快乐一些呢？如果我是您，我至少要给自己找七个男人，让自己在一周的每一天都有不同的体验。"

他的话令安娜·阿基莫芙娜感到恶心，她忽然食欲全无，只喝了点酒。

"就我个人而言，我不能容忍这种纵欲式的爱情。"她郑重其事地说道，"我认为，爱情代表着一种责任，它能带给人心灵上的平静安宁。我不需要七个男人，我只要丈夫和孩子。"

"嫁人也是个不错的选择。"雷谢维奇附和了一句，又接着说道，"不过，您应该多多尝试，这样才能尽情地享受那些柔情蜜意，享受叛逆带来的欢乐与激情……韶光易逝，您可得抓紧啦。"

"我会以最寻常的方式出嫁。"安娜·阿基莫芙娜望着他那得意的表情，有些生气地说道，"我会嫁给一个普普通通的工人，我们将过着平淡而幸福的生活。"

"哟，约瑟安娜公爵小姐与格温普兰的故事要在现实生活中上演啦！"雷谢维奇调侃道，"她是公爵小姐，可以由着性子来；您是个非凡的女人，自然也是怎样都行。亲爱的，就算您爱上了一个黑鬼也不要紧，只要您快活就好！"

"您居然……"安娜·阿基莫芙娜听到这番话，眼中泛起泪花，她伤心地说道，"您为什么不能理解我呢？您知道吗，我终日生活在苦闷与恐惧之中，因为我必须对自己厂里近两千名工人负责，但我什么都不会，什么都不懂！继续过这种浑浑噩噩的生活，或者嫁给一个像我这样的白痴，真是无异于犯罪！您居然还要和我说什么黑鬼……这真是太残忍了！"

"您好美啊！"雷谢维奇边称赞她的美貌边说道，"别生气，亲爱的。您有一颗高尚的灵魂，您为了理想甘于寂寞。可是，就算您牺牲了自己的生活，工人们的处境依旧不会改善。放荡些，放荡些！您既年轻又貌美，何苦这样为难自己？"

此时，安娜·阿基莫芙娜感到十分骄傲，因为她觉得自己的思想是如此正直而美好。她坚信，若是皮明诺夫前来求婚，自己一定会欣然应允的。

"维克托尔·尼古拉依奇，您真让我生气！"安娜·阿基莫芙娜一边和雷谢维奇碰杯，一边嗔怪道，"瞧您说的，好像所有的工人都是愚昧无知、好吃懒做之徒。依我看，您根本不了解生活！这是一群多么富有智慧、多么不同寻常的人啊！"

"我有幸结交了您的父亲和伯父……"克雷林含着满嘴的食物插话道，"他们都是极其聪明……道德极其高尚的人。"

"不用您说我们也知道，您还是专心吃饭吧。"雷谢维奇有些不满地咕哝道。

饭后，克雷林去了休息室，雷谢维奇随安娜·阿基莫芙娜去了书房。

以往，一到书房，雷谢维奇便会滔滔不绝地讲起自己新看的文学作品，安娜·阿基莫芙娜则会聚精会神地听，并觉得为了这样的欢乐再多付他一万两千卢布也是值得的。可现在，雷谢维奇却靠在沙发上打起了盹儿。"我已经好久不读书了……"当安娜·阿基莫芙娜请他讲些东西时，他有气无力地回答道。

过了一会儿，他忽然精神一振，从沙发上跳了起来，说道："我现在只读莫泊桑的作品，他真是一位奇才！我恳请您读一读他的最后一部作品，您会在心底滋生出一种美好而可怕的念头！若是您能把自己的心放在舌头上，一定会品尝到一种酸涩的色情味道！"

在说完一大串诸如"邪恶的淫欲""最敏感的神经网络"之类的词后，他终于讲述起小说的内容，安娜·阿基莫芙娜则带着赞许的目光静静地听着。听故事时，安娜·阿基莫芙娜脑中不时闪现出皮明诺夫的模样。"如果他向我求婚，我一定会嫁给他的。"她高兴地想着。

雷谢维奇讲完故事，疲惫地瘫倒在沙发上。

"您是多么美丽动人啊！"他像个病人似的，虚弱地说道，"能陪在您身边真是莫大的荣幸，只可惜，我已经四十二岁了，已经老不中用了……您应该学会放荡些，这是您这个年龄段的人应该享受的幸福。"

他将脸贴在安娜·阿基莫芙娜手上，用爱抚孩子的语气说道："亲爱的，您为什么要惩罚我呀？"

"我罚您？"安娜·阿基莫芙娜一脸惊诧，"什么时候的事儿啊？"

"我还没收到您的节日赏金呢。"雷谢维奇回答道。

虽然安娜·阿基莫芙娜从未听说过要给律师节日赏金，

但雷谢维奇正向她投来充满爱意的目光,这使她觉得自己必须有所表示。

"给多少呢?"她寻思道,"对了,就把法院判给的那一千五百卢布给他好啦。"

"非常感谢。"当安娜·阿基莫芙娜把钱递过来时,雷谢维奇吻了吻她的手。

又过了一会儿,最后两位访客也告辞离开了。安娜·阿基莫芙娜站在窗边,目送着二人远去,并挥手喊道:"再见,常来坐坐。"

她喊完话便赶紧跑回自己的卧室,换下了那身令她心生厌恶的华丽衣裙。她穿着长衣,蹦蹦跳跳地跑下楼去,像孩子一样开心地笑着。

当安娜·阿基莫芙娜跑进餐厅时,姑妈正和几个老太太坐在桌旁吃夜宵。

姑妈被突然闯进来的安娜·阿基莫芙娜吓了一大跳,不由得叫出声来:"呀,我的小祖宗啊!"安娜·阿基莫芙娜已经一天没好好吃东西了,实在是饿坏了,便觉得桌上这些饭菜超乎寻常的好吃。

"哟,我们的美人儿简直比鲜花还要娇艳!"其中一个老太太奉承起安娜·阿基莫芙娜,又假装怪罪道,"今天有那么多将军、老爷来看望我们的美人儿,若是他们把咱家的门铃按坏、门槛踏破可怎么办啊！"

"唉，我倒是觉得这帮混蛋最好一个都别来。"姑妈叹了口气，说道，"你瞧瞧，有哪个是真心实意的呀？他们来问候，只会让我这可怜的孩子不得清净。"

紧接着，大家谈论起关于出嫁的问题，都认为这已成为一大难事。是啊，从前只有身体残疾的姑娘才嫁不出去，可现在，连既漂亮又有钱的姑娘都没人娶！真不知道这些男人到底想要什么！姑妈讲起了自己年轻时的罗曼史，玛莎也神秘兮兮地说，有一个身份不明的男人每天早上都要朝房子这边张望……

安娜·阿基莫芙娜听着大家的谈话，忽然强烈地渴望起出嫁。她愿意付出全部财产和一半生命，换来一个深爱她的人。

这时，有人进来通报，说"步行虫"来了，而且要在这里过夜。"步行虫"是一位拜神者，名叫斯皮丽栋诺夫娜，因为这个五十岁左右的老女人十分阴险歹毒，所以大家给她起了这样一个绰号。

话音刚落，便传来一阵急促的脚步声，只见斯皮丽栋诺夫娜快步走进餐厅。她目不斜视地走到圣像前，唱起了歌。

"亲爱的，过节好！"唱完歌后，斯皮丽栋诺夫娜吻了吻安娜·阿基莫芙娜的肩膀，说道，"我真是年纪大了，好不容易才赶到这里。"

于是，大家邀请她一同享受美餐。酒足饭饱后，斯皮丽栋诺夫娜便开始祷告上帝，又向安娜·阿基莫芙娜下跪行礼。接着，同前些年一样，大家高高兴兴地打起了牌。仆人们也没什么事儿了，便都聚集在餐厅门口，饶有兴致地看着她们玩牌。

大家边玩牌边谈论男人，还讨论起到底是老姑娘的命运相对好些，还是寡妇的命运好些。

"你既漂亮又健康，为什么迟迟不出嫁呢？"斯皮丽栋诺夫娜瞧了瞧安娜·阿基莫芙娜，问道。

"因为没有人愿意娶我。"安娜·阿基莫芙娜回答道。

"也许你已经铁了心要当一辈子姑娘了。"斯皮丽栋诺夫娜似乎没听见她的话，自顾自地说了下去，"这倒不是什么坏事……不过，就算同为不嫁人的姑娘，彼此间也有着不小的差别。有些姑娘确实是贞洁圣女，但有些姑娘却暗地里委身有钱的老头子……"

"真的没人想娶我。"安娜·阿基莫芙娜重复道。

"亲爱的，那只能怪你自己。"斯皮丽栋诺夫娜说道，"你不要老等着那些贵族和有学问的人了，干脆嫁个商人吧。"

"绝不能嫁给商人！"姑妈忧心忡忡地说道，"商人的眼中只有利益，他们舍不得在你身上花半点儿心思。而贵族呢？他们虽然会挥霍你的钱财，但至少会把你放在心尖儿上。丫头，嫁给商人，是不会有好果子吃的！"

大家七嘴八舌地讨论起来，很快，讨论演变为争论。这些人中，当属姑妈最激动，她一边敲着桌子，一边大声说道："绝对不行！绝对不能嫁给商人！你要是敢把商人领回家，你就再别认我这个姑妈！"

"嘘，嘘。"斯皮丽栋诺夫娜示意大家安静下来，然后眯缝着眼说道，"安努什卡①，你不一定非要嫁给谁，因为你很富有，也很独立。但你若真做了老姑娘，恐怕会被人议论纷纷。依我之见，你先找一个傻头傻脑的男人结婚做做样子，然后塞给他一笔钱，跟他一刀两断。这样一来，你就可以寻欢作乐去啦！到时候，你想爱谁就爱谁，谁也管不着你！"

"这简直是作孽啊！"姑妈感叹道。

"老姐姐，"斯皮丽栋诺夫娜冷笑道，"与心爱之人一同寻欢作乐，怎么能说是作孽呢？青春如此短暂，每一天都要好好珍惜啊！年轻人，快活去吧，等四十岁之后再向上帝忏悔也不迟！"她顿了顿，接着问道，"你愿意嫁给一个

---

① 安娜的爱称。

小人物吗？"

"愿意，只要嫁得出去就行。"安娜·阿基莫芙娜笑道。

"很好，嘿嘿。"斯皮丽栋诺夫娜依旧眯缝着眼，发出一阵阴险的笑声。

"我也是这样觉得的，"姑妈插话道，"商人不可嫁，贵族又等不到，嫁个平常人家的好小伙子，也算是不错的归宿。嫁给我们厂里的工人也不赖，他们都规规矩矩的，没什么不良嗜好。"

"那是自然！"斯皮丽栋诺夫娜点点头，说道，"大姐，不然我去瓦西里·列别坚斯基那里做个媒？"

"不成不成。"姑妈摆摆手说道，"瓦夏又瘦又长，长得也不好看。"

姑妈话音刚落，门口便传来一阵哄笑声。

"那么……皮明诺夫怎么样？你愿意嫁给他吗？"斯皮丽栋诺夫娜又举出了一位候选人。

"还可以，你去提亲吧。"安娜·阿基莫芙娜说道。

"你是认真的吗？"斯皮丽栋诺夫娜问道。

"我是认真的，我愿意嫁给他。"安娜·阿基莫芙娜坚定地回答道，同时用手敲了下桌子，"你去吧。"

"真的？"斯皮丽栋诺夫娜想再确认一次。

安娜·阿基莫芙娜发觉大家都在盯着自己，忽然羞红了脸,连忙将桌上的纸牌搅乱,跑出了餐厅。她来到客厅那架大钢琴前坐下,弹起了浪漫的抒情歌曲。她急切地期待着可以摆脱自己现在的生活,不禁在心里默默哀求道:"亲爱的皮明诺夫啊,把这沉重的负担从我身上移走吧!"她觉得自己是那样孤独无助,连一个可以谈谈心的人都没有。想到这儿,她悲从中来,开始低声抽泣。

她起身回到自己房间,躺在长沙发上简略地翻看了一下今天新收到的信件。除了十二封贺信之外,她还收到了三封匿名信。第一封匿名信应该是出自工人之手,那位工人在信中向她抱怨工厂的小卖部太糟糕;第二封匿名信中有人告发纳扎雷奇厂长,说他最近收受了大笔贿赂;第三封匿名信则旨在侮辱她本人,说她阴险狡诈、心如蛇蝎。安娜·阿基莫芙娜面无表情地把这三封信塞回信封,然后起身离开卧室,又一次走到钢琴旁,坐了下来。

已经过了十二点,她仍呆坐在钢琴前想着心事。这时,米申卡走了进来。

"您为何这样开心?"安娜·阿基莫芙娜见米申卡笑得合不拢嘴,便好奇地问道。

"之前在楼下,我听见您拿皮明诺夫开玩笑……"米申卡边说边用手捂着嘴笑,"若是让他和那些大官一起吃饭,他会吓得连叉子都拿不住吧!"

安娜·阿基莫芙娜再不愿意看到米申卡那副阿谀谄媚的嘴脸，便闭上了双眼。当她在脑海中构想出皮明诺夫与克雷林和雷谢维奇坐在一起吃饭的画面时，皮明诺夫那怯生生的、丝毫没有知识分子风度的可怜模样令她无比厌恶。她这才意识到，自己今天一天所说的"嫁给普通工人"之类的话，是多么荒唐而愚蠢。于是，她赶紧跑到楼下摇醒斯皮丽栋诺夫娜，并向对方一再表明自己刚才只是说着玩。交代完之后，安娜·阿基莫芙娜走回了自己的卧室。此时，玛莎正坐在卧室的椅子上打着瞌睡，她那头美丽的红头发随意地披散在身侧。

"文官恰利科夫刚刚来过，"玛莎见小姐回来了，便强打起精神，说道，"他来的时候正在撒酒疯，我就没向您通报，他说明天还会再来。"

"他想从我这儿得到什么？"安娜·阿基莫芙娜把梳子摔在地板上，愤愤地说，"让他滚！让他滚！我再也不要见到他！"她在心中哀叹，只有恰利科夫这样的无耻之徒才愿意靠近自己。现在看来，她那些所谓的善举是多么愚蠢啊！

她躺在床上，心中充满了羞愧与苦闷，于是呜呜地哭了起来。此时此刻，她虽然认为自己关于皮明诺夫的幻想都是真诚而崇高的，但又不得不承认雷谢维奇等人对自己来说更为亲近。她哭得愈加伤心，觉得一切都为时已晚。

是啊,与母亲同睡一个被窝的生活已经回不去了,而现在,她也已然失去憧憬某种幸福生活的能力了。

玛莎跪在床头,用悲伤而困惑的眼神望了她一会儿,也跟着哭了起来。不难猜出玛莎为何这样伤心。

"咱们两个真是太蠢啦!"安娜·阿基莫芙娜自嘲地抽动了一下嘴角,又哭着说道,"真是太蠢啦!"

六号病房

[一] 清夜扪心

在医院的院子里,有一间被丛生的荨麻和牛蒡团团围住的小厢房。厢房的屋顶早已锈迹斑斑,屋顶上的烟囱也已倒塌了一半儿。厢房坐落在围墙边,灰色的围墙上钉满了尖尖的钉子,墙外则是一片田野。小厢房和围墙都呈现出一种罪恶而凄凉的模样,那种模样只有在医院或监狱一类的地方才能看见。

推开厢房的门,成堆的垃圾映入眼帘,空气中弥漫着垃圾腐烂发臭的味道。看门人尼基塔是个愚顽鲁钝、崇尚秩序的退伍军人,他坚信那些病人就是应该挨揍,否则这里就会变得毫无规矩。

继续往里走便是六号病房,这是厢房的主体部分。这间病房里住着五个疯子,其中一人是贵族,另外四人都是平民。

床铺离门口最近的那个病人，是个又瘦又高的小市民。他不喜欢说话，整日愁眉苦脸的。从他那剧烈的咳嗽、瘦削的身体和发红的双颊来看，他一定正遭受着肺结核的折磨。

挨着他的，是一个活泼好动的小老头。这个小老头名叫莫伊谢伊卡，是个犹太人。二十年前，一场大火毁了他的帽子作坊，从那以后，他便成了一个呆子。

或许是因为他安分无害，还可以供大家取乐，所以他是唯一可以走出六号病房甚至走出医院围墙的人。他总是光着两只脚到处跑，还会不时收到一些小钱或食物。不过，他带回来的东西都会无一例外地被尼基塔粗暴地夺走。尼基塔还会一边翻着莫伊谢伊卡的口袋，一边向上帝发誓："我以后再也不放这个该死的家伙出去了！让他坏了这儿的规矩，真是比要了我的命还难受！"

莫伊谢伊卡常常给自己的病友们端水，或是在病友们睡着时为他们盖好被子，甚至给一位瘫痪病友喂饭。但他并不知道自己为什么要这样做，只是单纯地模仿自己的邻床格罗莫夫罢了。

伊凡·德米特里奇·格罗莫夫是一个三十出头的男人，贵族出身，患了受迫害妄想症。他只要听见屋外有一丁点儿动静，便会吓得浑身发抖，担心有人来找自己的麻烦。

他常常大半夜不睡觉，在房间里不停地走动，并时不时地停下来注视着自己的病友们，似乎想要发表什么重大讲话。但他转念一想，觉得这些人是不会理解自己的，于是便烦躁地摇摇头，继续踱来踱去。然而溜达了一会儿后，说话的欲望似乎压倒了一切顾虑，他终于开始了慷慨陈词。疯子说话总是断断续续、语无伦次的，不过仍可以隐约听出他在谈论人的劣根性，谈论暴力压制真理，谈论某种异常美好的东西……

伊凡·德米特里奇年少时曾过着优渥的生活，其父是一位颇具声望的官员。然而，当他上大学时，这种生活却突然终止了。他的父亲因盗用公款而锒铛入狱，不久便病死了，家中的财产也被悉数查抄。他为了养活母亲，不得不放弃学业，来到当地的县立学校教书。然而他既没有与同事们搞好关系，也没有获得学生们的喜爱，很快便丢了工作。之后不久，母亲也去世了。他在家待了大半年，最后去法院当了一名庭警。

他对城中的市民十分反感，觉得他们活得浑浑噩噩，没有半点儿高尚趣味。他激烈地批判着社会的阴暗面，同时号召人们创办学校，用知识武装自己。他认为人性非黑即白，绝不存在第三种可能。

虽然他有些神经质，但他乐于助人、作风正派、学识渊博的优点使他深得大家喜爱。他喜欢阅读，几乎喜欢到了一种病态的地步，就算是隔年的报纸和台历，他也不会放过。

那是一个清晨，伊凡·德米特里奇照常去工作。

走在路上，他碰巧撞见两个被押解的犯人，便忽然想到自己可能也会有这么一天。之后，这个想法一直困扰着他，令他心神不宁。他觉得自己就算一辈子不犯罪，也不能保证不会被人栽赃陷害，况且在这样一座偏僻而肮脏的小城，哪里寻得到"公正"二字？想清楚这一点后，他确信自己随时有可能被抓走，于是终日惶恐不安。他开始封闭自己，尽量不与人产生交集，生怕别人给自己挖陷阱。

第二年春天，有人在墓地旁发现了两具尸体，一具是老太婆的，另一具是小男孩的。警方初步断定是他杀，城中人便纷纷议论起这件事。伊凡·德米特里奇生怕别人把屎盆子扣在自己头上，连忙钻进了房东家的地窖。他在地窖里待了两天一夜，冻得牙齿直打战。第二天晚上，他实在扛不住了，便像做贼一样溜回了自己房里。他整晚都站在房间正中央，一动不动地听着屋外的动静。次日一早，房东家来了几名修炉工，伊凡·德米特里奇明明亲眼见到这几个工人去厨房重砌灶炉，却神经质地告诉自己，他们都是化装成工人的警察。他连外套都顾不得穿，就偷偷溜出了屋子,在大街上一通乱跑。

最终,有人截住了他,并将其送回了家。不一会儿,房东请来了安德烈·叶非梅奇医生为伊凡·德米特里奇看病。医生简单地询问了一下他的病情,便忧郁地摇了摇头,说病人已经疯了。就这样,伊凡·德米特里奇被送进了医院。起先,他被安置在花柳病房,但由于他整夜闹得别人睡不好觉,便被安德烈·叶非梅奇医生转到六号病房去了。

一年后,城中人已将伊凡·德米特里奇完全遗忘了。

最近,医院中的人都听说了这样一则传言:医生开始常常光顾六号病房。

这可真是咄咄怪事!安德烈·叶非梅奇医生很久之前便不再收治精神病人了,怎么会突然喜欢上了疯人院呢?想要搞明白这一点,还要从医生本人说起。

这位安德烈·叶非梅奇·拉京医生长得十分敦实,像个庄稼汉,可走起路来却像猫一样轻巧。他说起话来总是轻声细语的,而且从不会用命令的语气,也很难说出像"拿来""给我"一类的字眼,这与他粗犷、严厉的外表一点都不相称。

他初来报道时,便听说这家医院的状况异常糟糕:病房和走廊臭气熏天,勤杂工和护士挤在病房里过夜,总务主任和医生们对病人进行再三勒索……经过考察,他发现,对于这样一家医院来说，关门大吉是最明智的选择。他对一切都心知肚明，却缺乏改变环境的坚定性格。若是让他去警告总务主任别再为非作歹或是干脆废除这个毫无用处的职位，那真是比登天还难！

起初，他十分尽职尽责地工作，不但坐在门诊部接诊，还给病人做手术，甚至是接生。后来，他渐渐厌倦了这份工作。他觉得在这样一家满地污秽、食物发臭且没有得力助手的医院工作，无论怎样努力，都不会有什么实际意义。

同时，他也在思考：为什么要帮助病人减轻病痛？若是人类可以用医学消除病痛，宗教和哲学马上便会被抛弃吧。而这两样东西，是支撑着人类从远古走来的力量之源。况且，无数伟人都曾历经病痛的折磨，为什么城里这些空虚无聊的家伙就不能生病呢？要是生活中没有了病痛，他们大概会像蛆虫一样无所事事地过活下去吧。

他越想越沮丧，对自己的工作也就越来越懈怠了。

现在，他每天八点钟起床，喝完茶后就去医院工作。由于病人很多而时间有限，他只能简单地询问一下病人的病情，然后随便开些蓖麻油或氨搽剂之类的药。他很久不给病人做手术了，他的技术早已荒疏，而且他怕见到血，那会令他极为难过。在这样拥挤、肮脏的环境中工作，他很快就感到头晕目眩、无比厌烦，于是在接诊了五六个病人之后,他便拍拍屁股走人了,把剩下的工作都交给了与自己一同坐诊的谢尔盖·谢尔盖依奇医士。

安德烈·叶非梅奇十分庆幸自己不用接私诊,因此便不会有人来破坏他的清净。他刚一回到家,就坐到书桌前读起了书,而且一读就是好几个小时,丝毫不会觉得疲倦。他广泛阅读各类书籍,从不局限于某一领域,因此将一半儿的薪水都花在了买书上。

三点钟时,他会轻手轻脚地走到厨房,十分礼貌地请厨娘为自己准备午餐:"达里尤什卡,我现在有些饿了,如果可以的话……"勉强吃完难以下咽的午餐后,安德烈·叶非梅奇一边思考问题,一边在自己的房间来回走动。五点钟时,睡眼惺忪的达里尤什卡会从厨房探出头来,关切地问:"安德烈·叶非梅奇,您现在要喝啤酒吗?"

邮局支局局长米哈伊尔·阿维里扬内奇一般会在傍晚时前来拜访,他是城中唯一一个不会使安德烈·叶非梅奇感到讨厌的人。米哈伊尔·阿维里扬内奇曾是个富裕的地主,并且在骑兵部队服过役,但后来他破产了,穷困潦倒,不得不一大把年纪了还到邮政支局去工作。他有一副好心肠,可脾气却十分暴躁。如果有顾客同工作人员争辩起来,他便会涨得满脸通红,然后生气地吼道:"住口!"因此,人们都将邮政支局称为"令人害怕的机关"。米哈伊尔·阿维里扬内奇十分喜爱并敬重安德烈·叶非梅奇医生,他认为对方不仅学识渊博,品德也很高尚。

"是我,亲爱的,"米哈伊尔·阿维里扬内奇一边同老朋友打招呼,一边走进屋来,"您还好吗?没错,我又不请自来,会不会让您心烦?"

"恰恰相反,"安德烈·叶非梅奇回答道,"没有什么比见到您更令我开心的了。"

随后,两个朋友便来到书房促膝长谈。

"真是太遗憾了,城中人都那么低俗而无聊,根本说不出什么高尚而有趣的话来。"安德烈·叶非梅奇轻轻地说道,"是否拥有智慧,是人与动物之间最显著的差别。智慧是快乐之源,可我们身边却没有智慧,也就是说我们已然丧失了快乐。虽然我们有很多书籍,但这并不能替代生动的交谈。如果将书籍比作乐谱,交谈则是声情并茂的演唱。"

"完全正确。"米哈伊尔·阿维里扬内奇说道。

"我经常梦见自己同聪明的人交谈,"安德烈·叶非梅奇接着说,"虽然智慧不是永恒的,但我仍对它有所偏爱。"

"完全正确。"米哈伊尔·阿维里扬内奇又一次表示赞同。

安德烈·叶非梅奇滔滔不绝地讲述着智者们的故事,米哈伊尔·阿维里扬内奇则聚精会神地听着他的讲述,生怕自己漏掉一个字。

"您相信灵魂永生吗？"米哈伊尔·阿维里扬内奇突然问道。

"不相信，"安德烈·叶非梅奇回答道，"这是任何人都无法证明的事。"

"对于这种说法，我也持怀疑态度。"米哈伊尔·阿维里扬内奇说道，"但我常常觉得我似乎永远不会死，而且总能听见心底有个声音在说：你不会死的，不会死的……"

十点钟时，米哈伊尔·阿维里扬内奇起身告辞。"唉，真是造化弄人啊！我们最终还是不得不死在这样一座充满愚昧与污秽的小城中！"他边穿衣服边感慨道。

朋友离开后，安德烈·叶非梅奇又坐回到书桌旁，开始了自己的阅读。他在知识的海洋中恣意遨游，为人类智慧的进步欣喜不已。

他索性闭上眼睛，开始思考自己的过去和未来。过去惹人生厌，还是不去想为妙，可现在的一切也好不到哪儿去：病人们仍然在满是臭虫的医院中呻吟，总务主任等人依旧毫无羞耻心地对病人们进行勒索……

他深知在过去的二十多年中，医学发生了翻天覆地的变化。在他上大学时，常常觉得医学会迎来和炼金术一样的结局。可现在，当他夜读医学杂志时，总会为医学的迅猛发展感到惊异：剖宫产的成功率大大提高，结石症可以被轻松治愈，消毒法也得到了完善……据说俄罗斯地方自治局的下属医院发展得也不错，开始用科学而人道的方法对精神病人进行诊疗，还定期为他们举办舞会。六号病房中那样可恶的情形，大概只会存在于这种远离交通线二百俄里的小城吧。

"我在为一项罪恶的事业服务，我靠欺骗病人领取薪水……"他枕着手臂懊恼地想，"不过这又不是我的错，小城中所有的官员都在尸位素餐，这是时代的错……若是我晚生二百年，也许会成为与现在完全不同的人。"

凌晨三点钟，他熄灯走进卧室，却毫无睡意。

[二] 山雨欲来

两年前，市里请来叶甫盖尼·费奥多雷奇·霍鲍托夫医生协助安德烈·叶非梅奇工作。这个霍鲍托夫医生有一大特色，那就是每次去给病人看病时，都要随身携带一本名为《1881年维也纳医院最新处方》的书，这是他的寓所中仅有的一本书。而且，这位医生总觉得安德烈·叶非梅奇医生私吞了大笔经费，因此暗中嫉妒对方，甚至想要取而代之。

三月末的一天,安德烈·叶非梅奇送自己的好朋友米哈伊尔·阿维里扬内奇出门,正好碰上了乞讨归来的莫伊谢伊卡。

"赏点小钱吧。"莫伊谢伊卡冻得瑟瑟发抖,声音都在打战。

安德烈·叶非梅奇便摸出一枚十戈比的银币,放在他手中。

"多可怜啊!"安德烈·叶非梅奇望着莫伊谢伊卡那双冻得通红的赤脚,不由得心生感慨。

于是,怀着一种怜悯与厌恶相混杂的情感,他跟着犹太人来到了六号病房。见医生来了,尼基塔立即从垃圾堆上跳了起来,直挺挺地站在一旁。

"您好,"安德烈·叶非梅奇和蔼地说道,"如果您能给这个犹太人发双鞋子就好了,这样就不用担心他会把脚冻坏。"

"是的,大人,"尼基塔迅速地点点头,说道,"我马上去报告总务主任。"

"请您告诉他,这是我的请求。"安德烈·叶非梅奇补充道。

伊凡·德米特里奇在病房中听出了医生的声音,便上蹿下跳起来。

"好啊,终于来啦!"他愤怒地大吼道,接着爆发出阵阵狂笑,"这个恶棍,我要把他扔进茅坑淹死。"

安德烈·叶非梅奇听到这番话,感到十分震惊,于是他走进病房,用柔和的语气问道:"为什么要这样说呢,先生?"

"为什么?"伊凡·德米特里奇攥紧了拳头,喊道,"你这个骗子!刽子手!"

"请您冷静一下,"安德烈·叶非梅奇说道,"看得出来,您在生我的气。"

"为什么把我关在这个鬼地方?"伊凡·德米特里奇问道。

"因为您生病了。"安德烈·叶非梅奇温和地答道。

"真妙!"伊凡·德米特里奇嘲讽道,"有无数疯子在外面自由游荡,你们由于愚昧无知竟无法将其区别出来,倒让我们这些可怜人做了替罪羊!快放我出去!放我出去!"

"我不能放您出去,"安德烈·叶非梅奇平静地解释道,"而且,这对您也没什么好处。就算我放您走了,那些警察和市民肯定还会将您扣留,并再次送回这里。"

"确实是这样……"伊凡·德米特里奇被吓出了一身冷汗,自言自语道,"这可怎么办……这可怎么办……"

安德烈·叶非梅奇十分喜欢这个聪明却有些怪异的年

轻人，于是与他并肩坐在床上，说道："您想，监狱和疯人院既然存在了这么久，自然是有它们存在的道理的。不过，它们早晚会结束自己的历史使命。"

"您又开始说笑啦！"伊凡·德米特里奇用嘲弄的眼神看着他，说道，"像您和尼基塔这样的人，是没有未来的！但您必须相信，在不远的将来，真理终将战胜一切。我是等不到那一天了，但终会有人为此庆贺！愿上帝保佑他们！"

伊凡·德米特里奇激动地站了起来，朝着窗口挥舞起双手："真理万岁！真理万岁！祝福你们，我的朋友！"

"这并不值得如此兴奋，"安德烈·叶非梅奇说道，"就算如您所说，真理终将战胜一切，但大自然的规律却是永恒不变的，人们依旧会生老病死。就算您的生活被真理的曙光照耀得无比灿烂辉煌，但您最终还是要走进坟墓。"

"您不相信不灭？"伊凡·德米特里奇问道。

"唉，算了吧。"安德烈·叶非梅奇摇了摇头。

"您不相信，但我相信。"伊凡·德米特里奇说道，"忘了是哪位伟大的思想家曾说，若是没有上帝，人们便会自行臆造出一个上帝。由此可以断定，若是没有不灭，那些充满智慧的头脑也一定会发明出一个不灭的。"

"真是精彩！"安德烈·叶非梅奇不禁轻轻地鼓起掌来，赞叹道，"虽然被囚禁在一间小小的病房里，但您对生活的思考依旧是那样深入而透彻。"

"幽灵常在我冥想的时候前来拜访，将我带入一片无人之境……"伊凡·德米特里奇神游了一会儿，接着问道，"外面有什么新东西吗？"

"城中还是老样子，不过刊物上倒是有些新的动向。"安德烈·叶非梅奇回答道。随后，他为伊凡·德米特里奇讲述起报刊上的一些内容。

听着听着，伊凡·德米特里奇猛地跳了起来，抱住自己的头，栽倒在床上。

"您不舒服吗？"安德烈·叶非梅奇问道。

"滚，别想撬开我的嘴，"伊凡·德米特里奇背对着医生，粗暴地吼道，"滚，你这讨厌的家伙。"

安德烈·叶非梅奇无奈地摇摇头，走出了病房。

"多好的小伙子啊！"走在回家的路上，安德烈·叶非梅奇思忖道，"他头脑活跃，思想深刻，似乎是多年以来唯一值得我与之交谈的人。"

第二天起床时，他想起自己昨天结识了一位见解独到的人，便决定抽时间再去看看他。

当安德烈·叶非梅奇再次来到六号病房时，伊凡·德米特里奇还像昨天一样，仍背对着他躺在床上。

"您昨天是怎么了？"安德烈·叶非梅奇满脸困惑，"我们正聊得开心,您却忽然中断了谈话……"

"哼!"伊凡·德米特里奇冷笑道,"您还是别白费劲啦,密探先生!您休想从我口中套出任何话来!"

"唉,您可真是个怪人!"安德烈·叶非梅奇摇摇头,说道,"就算我真是一名密探,同您聊完天后将您出卖给警察,难道您在监牢里会比现在过得差?我认为您的境况只会好转而不会更糟。"

这番话像是说到了伊凡·德米特里奇的心坎里,他很快便坐了起来,安静地注视着安德烈·叶非梅奇。

"现在已经是春天啦!"安德烈·叶非梅奇继续说道。

"现在正是郊游的好时候,"伊凡·德米特里奇边说边揉了揉自己发红的眼睛,好像刚刚睡醒似的,"我被困在这里这么久,都快忘记正常人的生活是什么样了。这儿真令人讨厌,我想回到我温暖舒适的书房中去!"

"温暖舒适的书房与这间病房本质上是一样的。"安德烈·叶非梅奇说道,"一个善于思考的人不会将安宁与满足寄托在外物身上,而是会从内心寻找答案。"

"您还是带着您这套哲学到气候温和的希腊宣传去吧!"伊凡·德米特里奇讥笑道,"这儿可是冻得要死!"

"寒冷与疼痛类似,也是可以通过意志的力量来加以蔑视的。"安德烈·叶非梅奇慢条斯理地解释道,"马可·奥勒留曾这样说过：'疼痛仅仅是生命体对于外界刺激的一种印象，而人可以通过主观努力改变这一印象。忽视痛苦，不去诉苦，疼痛感也就消失了。'我认为，他的话非常有道理。圣贤们总是蔑视苦难，而且对所有事情都持一种平和的态度。"

"哼，"伊凡·德米特里奇冷笑道，"您是想说我是个傻瓜喽？因为我总是抱怨自己处境艰难，而且对人性的丑恶愤愤不平？"

"请不要带着这么浓的火药味儿。"安德烈·叶非梅奇温和地说道，"若您能经常深入思考，便会发现，那些令我们惶恐不安或欣喜若狂的身外之物是多么微不足道啊！如果您能努力去感悟生活，便会收获真正的幸福。"

"对不起，我对您所说的这些一无所知。"伊凡·德米特里奇皱起眉头，接着说道，"我只知道，若是生命体仍有生命力，便一定会对周围的刺激做出某种反应！就我自己而言：面对疼痛，我会叫喊与哭泣；面对下流行径，我会厌恶和鄙弃；面对美好事物，我会感动并珍惜。我认为，这才配称为生命！况且，越是高级的生命体，对外界的反应越是强烈。那种鼓吹'人要看轻一切'的学说，简直是无耻谰言！"伊凡·德米特里奇越说越激动，不禁攥紧了拳头。

"您讲得十分精彩！"安德烈·叶非梅奇赞许道。

伊凡·德米特里奇望着安德烈·叶非梅奇，忽然笑了起来。他反问道："就算人确实应当蔑视苦难，可您又有什么资格来宣扬这一观点呢？您遭受过哪些苦难？您对苦难有多少切身体会？请先回答我一个问题：您小时候遭受过父母的鞭打吗？"

"没有，"安德烈·叶非梅奇回答道，"我的父母不主张体罚。"

"您可真是幸运儿！不过我可没您那么幸运，我从小便活在高压之下，稍有不慎就会招来父亲的一顿暴打。"伊凡·德米特里奇苦笑道，"您从未被人揍过，而且壮得像头牛；您在双亲的庇护下成长，丝毫不用为生计操心；您在免费公寓里一住就是二十几年，工作也十分自由……总之，您对苦难毫无概念，对生活的理解也仅仅停留在理论层面。可现在，您居然在教导别人要蔑视苦难？！先生，您不过是在自欺欺人、逃避现实罢了！您尽管去蔑视苦难吧，等下您出门时被夹到手指，就会'啊'的一声大叫出来了！"

"我也许不会叫出声。"安德烈·叶非梅奇莞尔一笑，温和地说，"您在评价我时表现出的异于常人的总结能力，令我佩服得五体投地。和您交谈，我感到十分愉快，不过我想请您听听我的想法……"

看样子这次谈话对安德烈·叶非梅奇的影响很大，此后他便每天都要来小厢房里坐坐，而且经常一聊起来就忘记了时间。

不久之后，便有了前面提到的那则传言——医生开始常常光顾六号病房。所有人都感到纳闷儿，觉得医生的行为真是不可思议。

六月底的一天，霍鲍托夫医生要找安德烈·叶非梅奇办事，结果被告知对方去看望精神病人了，于是他便来到了小厢房。走到病房门口时，他听见有人在里面高声讲话，从声音判断出那是伊凡·德米特里奇与安德烈·叶非梅奇。为了听得更清楚些，霍鲍托夫凑到了门边，凝神谛听。

"您不要痴心妄想啦，我是绝不会接受您的信仰的！您从没受过苦，您的话不过是纸上谈兵罢了！"伊凡·德米特里奇激动地叫嚷道。

"我完全没有那种意思，"安德烈·叶非梅奇轻轻地叹了口气，说道，"我们不要总是纠结受苦不受苦的问题了，这不重要。只要我们都知道彼此是有思想、有智慧的人，都厌恶平庸与迟钝，这就足够了。"

霍鲍托夫悄悄地将门推开一条缝，向里面瞟了一眼，只见安德烈·叶非梅奇与伊凡·德米特里奇正并肩坐在床上。伊凡·德米特里奇正在做鬼脸，安德烈·叶非梅奇则涨红了脸，面带忧郁的神情。

第二天，霍鲍托夫叫来谢尔盖·谢尔盖依奇医士一起偷听二人的谈话。

"我们的老先生怕是被吓破胆喽。"从厢房中走出来时，霍鲍托夫对谢尔盖·谢尔盖依奇说。

"仁慈的上帝啊，请宽恕我们这些罪人吧！"谢尔盖·谢尔盖依奇一边说着，一边小心翼翼地绕过一小片积水，生怕脏了自己的靴子，"说实话，我就知道迟早会出事！"

从那以后，安德烈·叶非梅奇发觉大家都用一种奇怪的眼神看着他。他的好朋友米哈伊尔·阿维里扬内奇在听他说话时已不再用"完全正确"这类的字眼了，而是脸上挂着一种凄楚的神情，结结巴巴地附和道："是啊，是啊。"

两个月后，安德烈·叶非梅奇忽然收到了市长的来信，信中邀请他去参加一个重要会议。

"这是一份来自您的科室的申请，"待全体参会人员落座后，参议员边说边递给安德烈·叶非梅奇一份文书，"霍鲍托夫医生觉得药房放在主楼里太过拥挤，建议把它迁到主楼旁的一间小棚屋去。搬迁当然没有问题，不过棚屋必须要好好修理一番。"

"对，确实该修修了。"安德烈·叶非梅奇沉思片刻，接着说道，"把主楼旁的那件棚屋改作药房至少要五百卢布，对于这样一所医院来说，未免太过奢侈了。我想，如果规划得经济一些，这笔钱足够建两所样板医院啦。"

"那我们再想想其他办法吧。"参议员说道。

"把医院划归地方自治局管理是个不错的办法。"安德烈·叶非梅奇说道。

"那样的话，地方自治局可是会偷走我们的医疗经费啊！"一个浅色头发的医生笑道。

"很有可能！"参议员也笑了，对那位医生的话表示赞同。

安德烈·叶非梅奇看了看那位医生，无精打采地说道："要秉公办事啊。"

大家都不吭声了，会议室中静得可怕。

"安德烈·叶非梅奇医生，您把我们全都忽略了。"过了一会儿，军事长官打破了沉默，"您既不打牌，也不迷恋女人，和我们这些人在一起会感到乏味的。"

安德烈·叶非梅奇谁都没有理会，便自顾自地陈述起自己的观点："市民们只顾玩牌和说别人的闲话，不想花一丁点儿心思在阅读上，殊不知智慧才是最值得追求的。与智慧相比，其余的一切都显得那样无聊而卑微……"

"亲爱的安德烈·叶非梅奇，能告诉我今天是几号吗？"霍鲍托夫打断了他，问道。

得到回答之后，霍鲍托夫和那位浅色头发的医生又问了一系列常识性问题。最后，他们问安德烈·叶非梅奇，六号病房是不是住着一位了不起的预言家。

"没错，他虽然有些不太正常，但仍是个十分有趣的年轻人。"安德烈·叶非梅奇有些不好意思地说道。

散会后，地方军事长官拍了拍安德烈·叶非梅奇的肩膀，叹息道："咱们都老了，该休息啦。"

走出会议室时，安德烈·叶非梅奇才意识到，刚刚的会议不过是为了检验他的思维能力。他回想起那两个对他进行盘问的医生，不由得为医学感到痛惜。"天哪！"他抱住头，心中百感交集，"他俩可是前几天刚刚通过了精神病学这门课的考试啊，怎么连精神病的概念都搞不清楚呢？"

当天晚上，米哈伊尔·阿维里扬内奇前来拜访。

"我亲爱的朋友！我是如此仰慕您！"米哈伊尔·阿维里扬内奇抓住安德烈·叶非梅奇的手，激动地说道，"医生的职业道德要求他们必须对您隐瞒真相，但我是个军人，必须要对您实话实说……没错，您生病了！您必须好好休息并接受治疗！我特意请了假，咱们出去旅行吧！"

对于这一提议，安德烈·叶非梅奇起初十分抗拒，但他转念一想，觉得旅行可以使他暂时摆脱这座愚蠢的城市，便欣然应允。

"莫斯科、彼得堡、华沙……哦,在华沙那五年,留给了我生命中最美好的回忆!"米哈伊尔·阿维里扬内奇神往地说,"亲爱的,咱们早做准备吧!"

一个星期后,安德烈·叶非梅奇被要求递交辞呈,他对此倒是毫不在意。又过了一个星期,他和米哈伊尔·阿维里扬内奇坐上火车,开始了长途旅行。

这一路上,米哈伊尔·阿维里扬内奇不是谩骂驿站的工作人员,就是在车厢里高谈阔论,总之一刻也没消停。安德烈·叶非梅奇对此十分反感,他沮丧地想:"究竟谁才是疯子?我努力保持安静,不去打扰别人,而这个自以为是的家伙却一直喋喋不休,丝毫不理会别人的感受。"

米哈伊尔·阿维里扬内奇头戴军官帽,身穿没有肩章的军礼服和镶红色牙线的裤子,雄赳赳气昂昂地走在莫斯科的街道上,街上的士兵们纷纷向他行军礼。毫无疑问,这是一个曾有过贵族气质的人,但贵族气质中的那些优良作风早已荡然无存,只剩下一大堆的坏习气。他先带着自己的朋友去教堂做了祷告,然后又去餐馆用餐。"天使,您打算用什么来招待我们?"他一边捋着胡须,一边盯着菜单,用美食家般的口吻自语道。

安德烈·叶非梅奇一直想撇开米哈伊尔·阿维里扬内奇,好安安静静地待一会儿,可这位邮局支局局长却觉得自己有义务守在朋友身边为他解闷儿。到了第三天，安德烈·叶非梅奇终于熬不住了，便谎称自己生病了，想留在客房中休息，谁料米哈伊尔·阿维里扬内奇一听，也决定要留下来。当米哈伊尔·阿维里扬内奇从德法战争谈到莫斯科的骗子，再从莫斯科的骗子谈到如何相马时，安德烈·叶非梅奇觉得自己已经开始头晕恶心了，但他又不好意思让朋友闭嘴，只得咬紧牙关继续忍耐。吃完午饭后，米哈伊尔·阿维里扬内奇觉得屋中无聊，便出去遛弯儿了。

安德烈·叶非梅奇的耳根子终于清净了，他感到十分惬意。可是，当他回想起自己这些天的所见所闻时，便不免有些失落："米哈伊尔·阿维里扬内奇很为我着想，但他其实是在帮倒忙。他表面上看起来风趣幽默，事实上却无聊得让人难以忍受。"

此后，安德烈·叶非梅奇便一直自称有病，再没出过客房。

又过了几天，安德烈·叶非梅奇在米哈伊尔·阿维里扬内奇的软磨硬泡下，极不情愿地陪着他去了华沙。

到了华沙，安德烈·叶非梅奇依旧没出过客房，米哈伊尔·阿维里扬内奇则欢欢喜喜地满城游荡，还经常夜不归宿。一天早上，米哈伊尔·阿维里扬内奇风风火火地回到住处后，一直在屋中踱来踱去，口中不断念叨着"名誉第一"四个字。

"是啊,名誉第一!"他忽然停下脚步,将目光转向安德烈·叶非梅奇,并哀伤地说道,"亲爱的朋友,您尽管鄙视我吧,我夜里打牌欠了人家五百卢布!"

安德烈·叶非梅奇明白他的意思,便默默数出五百卢布交给了自己的朋友。

[三] 日暮途穷

当两个人于十一月份回到小城时,小城已为皑皑白雪所覆盖。此时,霍鲍托夫已经霸占了安德烈·叶非梅奇的职位,正等着他腾出医院提供的免费公寓呢。所以,安德烈·叶非梅奇不得不刚回到家就去另寻住所。

"亲爱的,我冒昧地问一句,"米哈伊尔·阿维里扬内奇支支吾吾地说道,"您现在有多少钱?"

安德烈·叶非梅奇从口袋里掏出钱,默默地数了数,说道:"还剩八十六卢布。"

"我不是指这个,"米哈伊尔·阿维里扬内奇以为对方误会了自己的意思,便解释道,"我是问您一共有多少财产?"

"八十六卢布,只剩这么多了。"安德烈·叶非梅奇平静地回答道。

米哈伊尔·阿维里扬内奇一直觉得安德烈·叶非梅奇至少有两万卢布的家产,现在才得知自己的朋友并不富裕,而且已陷入困境,便搂着他哭了起来。

安德烈·叶非梅奇搬到了女市民别洛娃家中,与别洛娃、别洛娃的三个孩子、达里尤什卡住在一起。女房东的相好偶尔会来她家过夜,这个男人总是醉醺醺的,还常常在夜里撒酒疯。每当那个醉汉开始大吵大闹时,安德烈·叶非梅奇便把饱受惊吓的三个孩子和达里尤什卡带到自己屋中。看着他们渐渐平复了心中的恐惧,安德烈·叶非梅奇感到十分欣慰。

安德烈·叶非梅奇还是八点钟起床,之后便坐在桌前读书。他已经没有买新书的钱了,只能翻阅之前的旧书。不知是因为没有新书,还是因为环境的改变,总之阅读已经令他感到厌倦了。他渐渐喜欢上了单调细心的工作,比如为自己的藏书编订详细的目录,把小标签贴在书脊上,或是同达里尤什卡一起挑拣荞麦米中的杂质。

安德烈·叶非梅奇又去见了两次伊凡·德米特里奇,想和他聊聊天,但对方每次都异常恼怒,不愿被别人打搅。

同时,安德烈·叶非梅奇近来常常感到委屈,因为自己工作了二十多年,现在却连养老金都没有。他知道,自己确实没有好好工作，但其他公职人员却都可以领到养老金，无论他们是否尽职尽责。"谁不是这样？津贴、勋章早已不是对道德和能力的表彰了，而是所有公职人员都可以享受得到的。"他越想越觉得心中不平，同时也生起了自己的气，"唉，我为什么要和米哈伊尔·阿维里扬内奇去旅行呢？那次长途旅行足足花了我一千卢布，把我的家底儿都折腾没了！"为了买啤酒，他已经欠了杂货店三十二卢布了，还因为别的事情欠了女房东一些钱。达里尤什卡背着他卖掉了一些旧书和旧衣服来抵债，并骗女房东说医生很快就能收到一大笔钱。

霍鲍托夫时常来看望安德烈·叶非梅奇，并为他开些溴化钾之类的药。安德烈·叶非梅奇却对自己这位同事十分反感，觉得对方令自己不得安宁。

米哈伊尔·阿维里扬内奇也把帮朋友散心视为自己的责任，每次来访都会宽慰道："上帝保佑，您的病很快就能康复啦！"由此可见，他其实是觉得安德烈·叶非梅奇的病已经无药可救了。他没有将在华沙时欠的钱还给安德烈·叶非梅奇，所以在面对自己的朋友时不免有些心虚，因此他总是没完没了地讲着笑话，以求减轻心中的愧疚感。他老是这样吵吵嚷嚷的，令安德烈·叶非梅奇感到异常痛苦。

一天午后，米哈伊尔·阿维里扬内奇又来拜访安德烈·叶非梅奇,与霍鲍托夫大夫撞了个正着。于是,两个人你一言我一语地安慰起安德烈·叶非梅奇来。

"您今天的精神可比昨天好多了!"米哈伊尔·阿维里扬内奇说道,"亲爱的,我真为你高兴!"

"快好啦,快好啦!"霍鲍托夫边说边将一个装着溴化钾的小药瓶放在桌上,"只要您乖乖听话!"

"对!您一定会好起来的!"米哈伊尔·阿维里扬内奇笑道,"您啊,还能活上个一百年哩!"

"一百年我不敢保证,但多活二十年肯定没问题!"霍鲍托夫拍着胸脯说道。

"对,对!"米哈伊尔·阿维里扬内奇仍是一副喜笑颜开的模样,接着说道,"我们还得给您娶个漂亮媳妇呢……"

"滚出去!"安德烈·叶非梅奇终于忍无可忍,粗暴地打断了二人冗长的安慰词,"庸俗的家伙,别再烦我啦!"

米哈伊尔·阿维里扬内奇和霍鲍托夫顿时吓得呆若木鸡,因为老医生一向脾气温和,从不发火。安德烈·叶非梅奇也想维持自己一贯的温柔礼貌,可他的手却不受控制地抓起药瓶,朝二人狠狠地砸去。

"都给我滚!"他带着哭腔吼道,"白痴!麻木不仁的东西!下地狱去吧!"

那二人离开后,安德烈·叶非梅奇躺在沙发上瑟瑟发抖,口中仍不停地念叨着刚才的话:"白痴!下地狱去吧!"

不过,等他平静下来之后,便忽然为自己刚才的言行感到羞愧与恐惧,心想:"我怎么能这样对待我可怜的朋友?我的理智和分寸都到哪儿去啦?以前可从未发生过这样的事啊!"

第二天一早,他来到邮局支局向自己的朋友道歉。

"不要紧,过去的事就让它过去吧!"米哈伊尔·阿维里扬内奇紧紧握住他的手,流着泪叹息道,"我从未埋怨过您,我知道是疾病改变了您。您把我和霍鲍托夫医生吓了一大跳,我俩出来以后就您的事儿谈论了好半天,并一致希望您能住到医院里去,因为您现在无钱治疗,而且那种肮脏、拥挤的生活环境有碍于您的康复。在医院里,您既可以得到照料,又可以得到治疗。霍鲍托夫医生已经向我保证了,说他会好好照看您的。"

安德烈·叶非梅奇被深深地感动了,他手抚着胸口说道:"亲爱的朋友,别相信他们,这不过是个骗局罢了。我什么病也没有,我只是找到了城中唯一一个有头脑的人,可惜他是个精神病人。"

"亲爱的,听我一句劝,住院去吧。"米哈伊尔·阿维里扬内奇央求道,"叶甫盖尼·费奥多雷奇会安排好一切的。"

"好吧，我答应您。"安德烈·叶非梅奇说道，"但是，我现在正处在一个怪圈。所有的一切，甚至是朋友们真诚而热心的帮助，都将导致我的毁灭。我无比清醒地意识到了这一点。"

"不，亲爱的，您一定会好起来的。"米哈伊尔·阿维里扬内奇反驳道。

"您是体会不到我现在的感受的，"安德烈·叶非梅奇无奈地摇摇头，说道，"如果大家忽然把注意力集中在您身上，您就会发现自己掉进了一个怪圈，而且再别想出来。这时候，您只能选择投降，因为谁也救不了您。近段时间，我一直都是这种感受。"

眼见营业窗口前的顾客越聚越多，为了不影响朋友工作，安德烈·叶非梅奇便告辞离开了。

这天傍晚，霍鲍托夫拜访了安德烈·叶非梅奇，并邀请他与自己一同进行会诊。安德烈·叶非梅奇觉得这是一次和解的好机会，便跟着霍鲍托夫走了出来，并且打心底里感激他。霍鲍托夫却没提这茬儿，看样子已经忘记那件不愉快的事了。

两人走进安置精神病人的小厢房后，霍鲍托夫对安德烈·叶非梅奇悄悄说道："有个病人患了肺病，我们要为他做个检查。不过我忘记带听诊器了，请您等我一下。"他说完便走了出去。

然而安德烈·叶非梅奇却没有等来霍鲍托夫，只等到了尼基塔。"大人，快换上吧，上帝会保佑您早日康复的。"尼基塔把病号服递给安德烈·叶非梅奇，又指了指那张不久前刚搬过来的空床，轻声说道，"您看，这是您的床。"

安德烈·叶非梅奇恍然大悟。他坐到了自己的病床上，默默地换好了衣服。等尼基塔走出去后，他思忖道："无所谓的，反正一切都是那么空虚无聊……"

他一动不动地坐在床上，忽然发起愁来，便扪心自问："难道一辈子都要待在这里了吗？我是不是应该向他们解释清楚其中的误会？"

这时，伊凡·德米特里奇醒了过来，他见医生穿着病号服，便露出了嘲讽的表情。

"哈哈，您也被关进来啦？"他揉揉眼睛，得意地说道，"好极啦！您饮了别人的血这么多年，现在终于轮到别人饮您的血了！"说完，他啐了口唾沫，又躺回床上。

"这讨厌的生活！"过了一会儿，伊凡·德米特里奇抱怨道，"我们只能在屈辱和痛苦中走向毁灭啦！不过没关系，在另一个世界中，或许有我们的伊甸园……我的鬼魂会从另一个世界飘回来，将这群败类吓得屁滚尿流！"

夜已经深了，天空中升起一轮阴冷的圆月。安德烈·叶非梅奇站在窗前,向田野望去。在围墙外不远处,那所外观呈白色的监狱散发出阴森恐怖的气息。他努力劝慰自己,说眼前的一切终将消亡,没什么可怕的,但一种令人窒息的绝望感忽然涌上他的心头。他用尽全身力气摇撼着窗前的栅栏,但坚固的铁栅栏仍纹丝不动。为了分散一下注意力,他坐到了伊凡·德米特里奇身边。

"亲爱的,我快不行了!"安德烈·叶非梅奇一边擦着冷汗,一边用颤抖的声音说道,"我已经精神崩溃了!"

伊凡·德米特里奇嘲弄地笑了笑。

"您为何要露出这种幸灾乐祸的表情呢?"安德烈·叶非梅奇几乎快要哭出来了,他继续诉说着自己的不幸,"一个聪明、高傲、受过良好教育的人,却被迫到这样一个愚蠢肮脏的小城来行医,而且一干就是二十多年,还不得不去迎合那些低级趣味!上帝啊!"

"您别胡言乱语啦,不想做医生就去做大臣吧。"伊凡·德米特里奇说道。

"不,我们太软弱了,因此什么都做不成……"安德烈·叶非梅奇悲戚地摇了摇头,继续往下说,"我曾经觉得什么都无所谓,但当生活不再一帆风顺时,我便失去了勇气与希望……而您呢?您生来就是个聪明高尚的人,但一经磨难便萎靡不振……归根结底是我们太软弱了,这真是太糟糕了！"

　　过了一会儿，安德烈·叶非梅奇在病房中实在待不下去了，便推开门想要出去走走。

　　"您不能出去！"尼基塔急忙从垃圾堆上跳了下来，堵住了去路。

　　"您就放我出去一会儿吧，"安德烈·叶非梅奇央求道，"只是去院子中走走而已。"

　　"绝对不行，不能坏了规矩！"尼基塔边说边"砰"的一声关上门，并将身子抵在门后。

　　"凭什么囚禁我们！"伊凡·德米特里奇忽然歇斯底里地叫喊起来，"法律上说，任何人都不能未经审判就被剥夺自由！你们这是对法律的践踏！"

　　"放我们出去！暴徒！"安德烈·叶非梅奇也提高了音量，朝门外吼道，"你无权这样做！"

　　"你聋了吗，畜生？"伊凡·德米特里奇开始谩骂尼基塔，同时用身体撞击着病房的门，"你这个刽子手！快放我出去！"

　　尼基塔猛地打开门，接着用膝盖顶开安德烈·叶非梅奇，又挥动拳头向他的脸上砸去，把他打得满脸是血。伊凡·德米特里奇也被狠狠地揍了一顿。

　　安德烈·叶非梅奇躺在地板上，动弹不得。他忽然想到，无数人不得不忍受的正是这种疼痛，甚至比这还要剧烈，可他却对此毫不了解，也从未想过要去了解。同时，尼基塔的粗暴凶狠令他十分恼怒，他真想冲出去打死尼基塔，再打死霍鲍托夫、总务主任和医士，最后结束自己的生命……

第二天，他滴水未进、粒米未沾，始终一动不动地瘫在床上。米哈伊尔·阿维里扬内奇、达里尤什卡和霍鲍托夫都来看望他，可他一直沉默不语，谁也没理。

到了晚上，他觉得浑身发冷，同时胃里热浪翻涌。很快，一种令他十分难受的感觉蔓延到全身，他忽然什么都听不见，也什么都看不见了，接着便永远失去了知觉。

一天后，安德烈·叶非梅奇的葬礼在教堂中举行。前来参加葬礼的人，只有米哈伊尔·阿维里扬内奇和达里尤什卡。

相识的男人

美丽的万达,或者,像她护照上所写,荣誉公民娜斯塔西娅·卡娜夫金娜,刚刚出院便陷入前所未有的困境之中:既无安身之处,又身无分文。可怎么办呀?

她先是去了贷款处抵押了自己唯一值钱的东西——镶有绿松石的戒指。他们付给了她一个卢布,但是……一个卢布能买什么呀?这点钱既买不到时髦的短外套,也买不到漂亮的高帽,还买不到古铜色的鞋子,而没有这些东西她觉得自己是赤身露体一般。她觉得不只是人,就连马和狗看她的时候都在嘲笑她穿得太普通了。于是她就只想着穿戴,她的吃饭和过夜问题反倒没让她着急。

"要是能遇到一个认识的男人……"她想着,"我就有钱了……任何一个男人都不会拒绝我,因为……"

但是她没有遇见认识的男人。晚上在"文艺复兴"俱乐部很容易碰上相识的男人,但是穿着普通衣服,不戴高帽是不准许进入的。怎么办呢?苦恼了好久,当万达已经厌倦了走路,坐下来想时,她决定采用最后一种手段,随便去某个男人的家直接要钱。

"去谁那儿呢?"她在思考着,"不能去米沙那里,他有家……红头发的老头现在正在上班……"

万达想起了牙科医生芬克尔,这是个犹太人,三个月前送给她一只手镯,有一次在德国俱乐部晚饭后她往他头上倒了一杯啤酒。她想起了这个芬克尔,感到十分高兴。

"没准他能给我钱,只要他在家里。"她一边想一边朝他家走去,"他要是不给,我就砸碎他家所有的灯。"

当她走近牙医家的门时,她计划要笑着沿楼梯跑上去,跑进医生的办公室,要二十五卢布……但当她要按门铃时,这个计划却不知所踪。万达突然变得胆怯惊慌,这是她从未有过的。其实她只在一群醉汉中才大胆无礼,现在,她穿着普通的衣服,做个普通的乞求者,人家完全可以将她拒之门外。想到这里,她感到分外心虚,低三下四。她既羞愧又害怕。

"没准他把我忘了……"她想着,没按门铃,"我怎么能穿这身衣服去找他呢?简直就是个乞丐或者是小市民……"

她犹犹豫豫地按了门铃。

门后传来脚步声,来的是看门人。

"医生在家吗?"她问。

如果门卫说"不在",她反而会更高兴,但是门卫却把她让进屋里,给她脱下大衣。她觉得楼梯是那么奢华富贵,但是最先映入她眼帘的奢侈品却是一面大镜子,她在镜子中看见一个没戴高帽,没穿时髦短外套和古铜色鞋子的女人。万达觉得寒酸,好像她是来做缝纫活和洗衣服的人,她很羞愧,早已没有了大胆的劲头儿,她想已经不能称呼自己为万达,应该像从前一样,叫自己娜斯塔西娅·卡娜夫金娜……

"请!"女仆说着把她领到办公室,"医生马上就来……请坐吧。"

万达坐到软绵绵的扶手椅里。

"我这么对他说:请借我点钱!"她想着,"这是客气的,因为我们认识。只是如果女仆从这离开就好了,当着女仆的面多不自在……为什么她要站在这呢?"

过了五分钟左右,门开了,芬克尔走进来。这个人黑发黑皮肤,高个,胖胖的脸颊,眼睛突出。他那脸颊、眼睛、肚皮、大腿——总之他身上所有的一切都是臃肿的,令人心生厌恶。在"文艺复兴"俱乐部和德国俱乐部,他常常喝得醉醺醺的,在女人身上大把花钱,忍受女人们开的玩笑(例如,当万达往他头上倒啤酒时,他只是微微一笑,用手指吓唬她一下)。现在他脸色阴沉,睡眼惺忪,看上去一本正经，很冷漠，像是一个官僚。他嘴里还嚼着什么东西。

"你有什么指示？"他问，也不看着万达。

万达看了看女仆严肃的面孔，又看看芬克尔肥胖的身体，显然芬克尔并没有认出她来，她的脸不禁红了起来……

"你有什么吩咐？"牙医这次语气里很是不满。

"牙……牙疼……"万达小心说道。

"哦……哪颗牙？在哪里？"

万达回想起，她有一颗蛀牙。

"在右下面……"她说道。

"嗯，把嘴张开。"

芬克尔眉头紧蹙，屏住呼吸，开始观察病牙。

"疼吗？"他问，用铁器在牙齿里抠。

"疼……"万达说，"应该提醒他，"她想，"没准他已经认出她了……但是…有女仆在！为什么她要站在这呢？"

芬克尔突然直喘气，像个火车头，直对着她的嘴，并说：

"我建议您别补了……这颗牙没有用处，补不补都一样。"

他又在牙里抠了一会儿，烟熏的手指弄脏了万达的嘴唇和牙床。他又屏住呼吸，往她嘴里塞冷冰冰的东西……万达突然觉得特别疼，叫了起来，抓住了芬克尔的手。

"没什么，没什么……"他嘟囔着，"您不用害怕……

您这颗牙反正没有用处。您要勇敢一点。"

烟熏的手指沾着血把拔出的牙送到她眼前。女仆走过来，把水杯放到她的嘴边。

"您在家用冷水漱口……"芬克尔说，"血就会止住了……"

他在她面前摆出一副盼着人离开、让他安静一下的模样。

"告辞了……"她说着转向门。

"哎，谁付给我钱呢？"芬克尔笑着问。

"哎哟，是的……"万达想起来，脸一下红了，给了他用绿松石戒指抵押来的一个卢布。

她走到街上，觉得自己比之前更加羞愧，但是现在她已经不为贫穷而羞愧了。她已经忘了她没有高帽和时髦的短外套。她走在街上，吐着血，每一口红色的血都在告诉她，她的生活糟糕、沉重，她今天承受的，明天，一周后，一年后她所要遭受的各种屈辱——这就是她的一生，一直到死都是这样……

"哦，太可怕了！"她自言自语着，"太可怕了，我的上帝呀！"

不过，第二天她已经在"文艺复兴"俱乐部跳舞了。她戴着新的大红色高帽，穿着新的时髦短外套和古铜色的鞋子。一位来自喀山的年轻商人正邀请她吃晚饭呢。

假　面

有人以慈善为目的在某社交俱乐部举办了一个假面舞会，或者，像本地小姐们所说的，"化装舞会"。

当时是夜里十二点。有五个没跳舞的知识分子没戴面具坐在阅览室的一张大桌子旁，用报纸挡住鼻子和胡须，在读报、打瞌睡，用当地首都报的记者的话说：是"思想家"。

从大厅传来法国卡德里尔舞曲《纺车》。整个阅览室十分安静，门外则时而有侍者跑过，响起阵阵脚步声和器皿碰撞声。

"看来这里好像会更方便些，"一个好像是从烤炉里传出来的低沉喑哑的声音说道，"快到这里来，到这里来，朋友们。"

门打开了，一个膀大腰圆的男人走进了阅览室，他穿着马车夫的衣服，戴着马车夫式的带孔雀羽毛的帽子，还戴着面具。随后有两个戴面具的女士和一个拿着托盘的侍者跟在他们身后进来。托盘上摆放着装有烈性酒的大肚子玻璃瓶、两瓶红葡萄酒和一些杯具。

"到这里来,这里会凉快些,"男人说道,"把托盘放到桌子上……请坐,小姐们,热—武—阿—拉—特里蒙特朗!而你们,先生们,让开点……这里没地方!"

男人的身子摇晃了一下,一挥手就把几本杂志扫落在地。

"摆到这里,你们这几个读报的先生,让开点,现在可不是读报和关心政治的时候……把报纸都扔掉吧。"

"请您安静点,"一个知识分子一边透过眼镜看戴面具的男人,一边说道,"这里是阅览室,不是小吃部……这里不是喝酒的地方。"

"为什么不是喝酒的地方?难道桌子在晃动或者天花板可能塌下来?奇怪!没时间和你们说!扔掉报纸吧……你们读的都是小事,再说你们不读也已经很聪明了,读报还伤眼睛,最重要的是,我不希望你们读报。"

侍者把托盘放到桌子上,把毛巾搭在胳膊肘上,就站到了门口。女士们立即拿起了红葡萄酒。

"你们可真是太聪明了,竟然觉得报纸要比这些酒更好,"插着孔雀羽毛的男人开始说道,"依我看,你们这些受人敬重的先生,喜欢读报是因为你们没有买酒钱。我说的对不对？哈哈！你们说吧！报上写了什么事？戴眼镜的先生！您读的是什么事件？哈哈！呶，扔掉吧！别再装模作样了！喝酒才更好！"

插孔雀羽毛的男人稍稍起身，把报纸从戴眼镜的先生手里夺过来。那个人脸色煞白，然后又变红了，惊讶地看了看其他的知识分子，那些知识分子同时也看了看他。

"您放肆了，先生！"他面红耳赤地说，"你把阅览室变成了小酒馆，您允许自己胡作非为，从别人手里抢报纸！我不允许！您知道，您是在和谁打交道吗？先生！我是银行行长热斯佳科夫！"

"我呸，你个热斯佳科夫！你的报纸只配让你享受这种荣耀……"

这个男人拿起报纸，把报纸撕成碎片。

"先生，这是什么事？"热斯佳科夫嘟囔着，他惊呆了，"这太奇怪了，这……这简直岂有此理……"

"你生气了。"男人嚷道，"哎哟哟，我吓了一大跳！甚至两腿都在打战。尊贵的先生！说正经的，我不想和你交谈……因为我想和女士们单独在一起，想在这儿找点乐子。请吧！别列布欣，请滚回你的猪狗窝！你皱什么眉头！我让你滚开，马上滚！否则我给你点颜色看看，打得你鼻青脸肿。"

"这是怎么回事。"孤儿院的会计别列布欣红着脸,耸耸肩膀问道,"我不明白……怎么会有个恶棍跑到这里来……突然说出这番混账话来。"

"无赖?这是说谁呢?"插着孔雀羽毛的男人生气地喊了起来,用拳头敲桌子,托盘里的水杯似乎都要跳出来了。"你对谁说话呢?你觉得我戴着面具,你就可以对我说不同的话吗?你个刺儿头!滚出去,我说,银行行长,趁早消失!都滚开,一个混蛋也不许留在这里,滚回你们的猪狗窝。"

"马上我们就会看见结果!"热斯佳科夫说道,他激动得眼镜都已经蒙上了一层水汽。"我要给你点颜色看看!快去把值班主任叫到这里来!"

过了一分钟,小个子的值班主任走了进来,他一头栗色头发,领子上别着蓝色小布条,刚跳完舞,气喘吁吁的。

"我请您离开,"他开始说道,"这里不是喝酒的地方,请到小吃部去喝酒。"

"你从哪儿冒出来的?"戴面具的男人问道,"我刚才没叫你呀?"

"您不要说了,请离开。"

"亲爱的,我给你一分钟……因为你是主任和重要人物,那么就请你把这些演员拉出去。我的女士们不喜欢有外人在……她们会害羞，我花钱了，希望她们个个尽显本色。"

"显然，这个恣意妄为的人不明白，他不是在猪圈里！"热斯佳科夫大声叫道，"把叶夫斯特拉特·斯皮里多内奇叫来。"

"叶夫斯特拉特·斯皮里多内奇，"俱乐部里响起呼喊声，"叶夫斯特拉特·斯皮里多内奇在哪儿？"

一个穿警察制服的老头迅速地出现。

"请您离开这儿！"他声音嘶哑地说，瞪起自己那可怜的眼睛，微微动了一下自己抹了染须剂的小胡子。

"我吓了一大跳，"男人说道，然后高兴得哈哈大笑，"我吓了一大跳，这样可怕的人不常有，上帝保佑我！您的小胡子像猫的触须一般，眼睛都瞪出来了……嘿嘿嘿……"

"请不要争论了，"叶夫斯特拉特·斯皮里多内奇气得浑身发抖，大喊了一声，"滚出去，否则我叫人把你拖出去。"

阅览室里一片嘈杂。叶夫斯特拉特·斯皮里多内奇，脸红得像螃蟹一般，声嘶力竭地喊叫着，同时还用力跺脚。热斯佳科夫也在喊着。别列布欣也在喊着。所有知识分子都在喊着，他们所有人的声音压住了戴面具的男人低沉喑哑的声音，人们纷纷从大厅涌向阅览室。

叶夫斯特拉特·斯皮里多内奇叫来了俱乐部的所有警

察来控制局面,自己坐下来开始写笔录。

"写呀,写呀,"戴面具的人说,用手指戳着笔尖。"现在我是穷人!我是可怜人儿呀!你们为什么要把我这个无依无靠的人置于死地呢?哈!呶,什么?笔录做好了?都记下了吗?现在我让你们看看!……一……二……三……"

男人挺直了身子,摘下面具。展露出自己醉醺醺的脸,看着大家,享受着产生的效果,他倒入扶手椅里,高兴地哈哈大笑起来。他确实给人留下了非同一般的印象。所有知识分子惊慌失措地互看,脸色苍白。还有一些知识分子在搔后脑勺。叶夫斯特拉特·斯皮里多内奇喊了一声,像是无意犯了一个大错误。

大家认出了这个惹事的人是当地的百万富翁、工厂主、世袭荣誉公民皮亚吉格罗夫,以喜欢胡闹、热爱慈善著称,当地报纸上还说他热爱教育事业。"还让我滚开吗?"皮亚吉格罗夫沉默了几分钟后问道。

知识分子们都不出声,不说一句话,踮着脚从阅览室离开。皮亚吉格罗夫跟在他们后面把门锁上。

过了几分钟,叶夫斯特拉特·斯皮里多内奇捅了捅把葡萄酒带到阅览室的仆人的肩头,低声嘶哑地说:"你为什么不出声?"

"不让说呀!"

"不让说……让你关一个月禁闭,该死的,那时你就会知道'不让说'的厉害了!滚!!你们可倒好,先生们,"他转向知识分子们,"造反了!就不能离开阅览室十分钟!现在你们去收拾这个烂摊子吧。唉,先生们,先生们……我不喜欢干这样的事,上帝作证!"

知识分子们在俱乐部里来回走着,一个个沮丧、惊慌、满脸愧色,像是犯了不可饶恕的罪过,准确地说是有了不祥的预感……他们的妻子和女儿得知皮亚吉格罗夫"受了委屈",还发了一通脾气,吓得都不敢出声,早就各自回家了。舞会也因此结束了。

醉醺醺的皮亚吉格罗夫从阅览室走出来,他喝醉了,摇晃着身子。走进大厅,他坐到了乐队旁边,在音乐伴奏下打起盹来,然后悲伤地低下头,鼾声大起。

"别玩了!"主任向音乐家挥了挥手,"耶格尔·尼雷奇睡觉呢……"

"能否派人把您送回家,耶格尔·尼雷奇?"别列布欣凑近百万富翁的耳朵问道。

皮亚吉格罗夫努了努嘴唇,好像是要赶走脸上的苍蝇一样。

"能否派人把您送回家,耶格尔·尼雷奇?"别列布欣重复着,"或者给您准备马车?"

"啊？你是谁，你有什么事？"

"该把您送回家了……该睡觉了……"

"我想回家……送我回去。"

别列布欣眉开眼笑，立即扶起皮亚吉格罗夫。其他的知识分子也跑过来帮忙，他们高兴地微笑着，小心翼翼地把这位世袭荣誉公民抬到了马车上。

"要知道，只有演员、天才才能愚弄这么一大群人，"热斯佳科夫高兴地说着，扶他坐下，"我被震住了，耶格尔·尼雷奇！到现在还想笑……哈哈哈……我们竟然还大动肝火，胡乱折腾起来！哈哈！您相信吗？在剧院里都没这么笑过……真是滑稽极了！我会永远记住这个难忘的晚会的！"

送完皮亚吉格罗夫，知识分子们高兴起来，也安心了。

"离别时他还向我伸出手来，"热斯佳科夫满意地说，"这说明，他不生气了……"

"上帝保佑，"叶夫斯特拉特·斯皮里多内奇深深叹了一口气，"混蛋、下流人，但却是个慈善家，真是没法说……"

预谋犯

一个非常瘦小的庄稼汉穿着粗花布制成的衬衫和打补丁的裤子站在法院的审讯官面前。他的头发散乱着,满脸的小麻子,勉强可以看得见浓密而下垂的眉毛下的眼睛和那一副愁眉苦脸的阴沉相。他的头发乱蓬蓬的,像一顶帽子,让他看上去更加有了蜘蛛般的阴郁。他还光着脚。

"丹尼斯·格里戈里耶夫!"审讯官开始说,"走近一些回答我的问题。本月,七月七号铁路看守伊万·谢苗诺夫·阿金福夫早上沿铁路线走,在一百四十俄里处看见你在拧钢轨上固定枕木的螺丝帽,就是这个螺丝帽……他把你和螺丝帽一齐逮住了。是这么回事吗?"

"什么?"

"一切都像阿金福夫所说的那样吗?"

"是的。"

"好,那你为什么要拧螺丝帽?"

"什么?"

"你别总'什么''什么'的,回答问题:你为什么拧螺丝帽?"

"如果不需要的话,才不会拧呢。"丹尼斯声音嘶哑地说道,斜眼看着天花板。

"你为什么需要螺丝帽?"

"螺丝帽?我们用螺丝帽做铅坠儿……"

"我们是指谁?"

"我们是村民呀……也就是克利莫夫斯基的庄稼汉。"

"听着,老兄,不要给我装蒜,好好地说。不要扯什么铅坠儿。"

"我从未撒过谎,现在说我撒谎……"丹尼斯嘟囔着,眨巴着眼睛,"大人,难道可以没有铅坠儿吗?难道你在鱼钩上挂鱼饵或者蚯蚓,没有铅坠儿鱼钩能沉到水底吗?我撒谎……"丹尼斯冷笑道:"鱼饵在水面上是没用的,那么就只能钓到赤梢鱼了,这也很少见……我们的河里没有赤梢鱼……这种鱼喜欢广阔的水域。"

"你为什么对我讲赤梢鱼?"

"什么?要知道,是您亲自问的呀!我们这里的老爷也是这样钓鱼的。最不懂事的毛孩子也不会不加铅坠儿钓鱼。当然,啥也不懂的人没有铅坠儿也去钓鱼。傻子才不懂章法呢……"

"照你这么说,你拧了这个螺丝帽是用来做铅坠儿?"

"不然还能做什么?难不成用来打拐子玩儿!"

"你可以用铅、子弹头、钉子什么的做铅坠儿……"

"路上找不到铅,需要买,钉子不合适。螺丝帽最好不过了,不用找……又沉,还有一个洞。"

"别装傻,你是昨天才出生还是从天而降。你个傻子,难道你不明白,拧螺丝帽会导致什么样的恶果吗?要不是看守人及时看到,火车就会脱轨,会死很多人,到时你就成了杀人凶手!"

"千万可别,大人。我怎么能是杀人凶手呢?难道说我们没有受过洗礼或者是什么凶犯?上帝保佑,好老爷,我一辈子也没有杀过人,从来没有过这种想法……圣母救救我吧……瞧您说的!"

"那么你说,火车失事是怎么发生的?拧了两三个螺丝帽,就会出事!"

丹尼斯冷笑着,怀疑地眯缝着双眼看审讯官。

"哎,我们全村人拧下了那么多的螺丝帽,上帝保佑,也没见火车失事……我杀人了?难道我搬走了钢轨,还是我把原木横放在铁路上了,那样的话,火车才会翻。呸,不就少一颗螺丝帽吗?"

"你要明白,螺丝帽有把钢轨固定在枕木上的作用。"

"我们知道这个……要知道,我们并没有拧下全部螺丝帽……我们留下了一些……我们也是动了脑子的……我们知道这个……"

丹尼斯打着哈欠,在嘴上画了个十字。

"去年这里有一列火车脱轨了,"审讯官说,"现在我明白了,为什么……"

"您有什么吩咐吗?"

"现在,我说,明白了为什么去年有火车脱轨……我弄明白了!"

"你受过教育,所以明白事理,我们的大恩人……上帝知道,该让谁明白事理……您说了一堆道理,可那个看守也是个庄稼汉,什么也没讲,就知道抓住我的后脖领子,拽我走……倒是先说理嘛,然后再拽我也不迟呀……请记下来,大人,他打了我两个耳光,还捶了一下我的胸口。"

"我们在你家里搜查过了,还找到了一个螺丝帽……你是何时何地拧下了这个螺丝帽的?"

"您说的这个螺丝帽,是在小红箱子底下的吧?"

"我不知道这颗螺丝帽在你家哪里放着,但找到了它。你是如何把它拧下来的?"

"我没有拧它,是伊戈纳什卡,独眼龙谢苗的儿子,给我的,我说的是放在小箱子底下的那颗,院子里雪橇上的那一颗是我和米特罗凡一块儿拧的。"

"哪个米特罗凡?"

"米特罗凡·彼得罗夫……难道您没听说过吗?在我们村这个人做大渔网卖给老爷们。他需要好多螺丝帽。每个大渔网怎么也得十来个螺丝帽。"

"听着……法典第一千零八十条规定:蓄意破坏铁路,致使该铁路上的交通工具发生危险,且肇事者明知道会造成不良后果……你明白吗?你明明知道!你不可能不知道拧螺丝帽会导致什么后果……该肇事者被判处去流放地服苦役。"

"当然,您知道的东西多……我们是些愚昧无知的人……我们哪知道呀?"

"你什么都懂,还在撒谎,装蒜。"

"为什么要撒谎呢?您要是不相信的话,您问问村里人……没有铅坠儿就只能钓欧鲌,更糟糕的是钓**鲍**,没有铅坠儿连**鲍**你也钓不到。"

"你再讲一讲赤梢鱼吧!"审讯官微笑着说。

"我们那没有赤梢鱼……放开卡普纶钓鱼线到水面上,用蛾子当诱饵,只有圆鳍雅罗鱼上钩,没有铅坠儿,这也很少见。"

"呶,住嘴……"

沉默。丹尼斯不知所措地左右脚替换地站着，时而看蒙上绿呢子的桌子，使劲地眨巴眼睛，好像在他面前的不是呢子，而是太阳。审讯官迅速地写着什么。

"我可以走了吗？"丹尼斯沉默了一会儿问道。

"不，我要逮捕你，抓你进监狱。"

丹尼斯不再眨眼，抬了抬自己浓密的眉毛，疑惑地看着审讯官。

"也就是说，要进监狱？大人！我没时间，我要去赶集，叶戈尔欠我三卢布的荤油钱。"

"闭嘴，别碍事。"

"进监狱……要是因为点什么事，那也行呀……活得好好的……为什么呀？我没有偷东西，也没和别人打架……难道您怀疑我拖欠税款，大人，您可不能相信村长……你一定得问问常任委员先生呀……村长他丧尽天良……"

"闭嘴！"

"我没说什么呀……"丹尼斯嘟囔着，"村长核算错了，我发誓……我们兄弟三个：库兹马·格里戈里耶夫、叶戈尔·格里戈里耶夫，还有我，丹尼斯·格里戈里耶夫……"

"别妨碍我工作……唉，谢苗，"审讯官喊道，"把他带下去。"

"我们三兄弟，"丹尼斯嘟囔着，这时两名强壮的士兵抓住他，把他拖出了审讯室，"亲兄弟也不能为兄弟担责任……库兹马没上全税，那你，丹尼斯，就来承担……什么法官呀！我的老爷是个将军，他已经死了，愿他升天，要不一定让他给你们这些法官点儿厉害瞧瞧……审理案子要有本事才行，不能胡来……哪怕抽我一顿，可是也得有凭据，要凭良心呀……"

名贵的狗

一个年老的中尉杜博夫和一个后备军士官生克纳普斯正坐在一起喝酒。

"这只公狗真是好极了!"杜博夫指着自己的狗米尔卡对克纳普斯说,"太好了!您看这狗的脸!这张脸就值好多钱呢!如果遇到喜欢狗的人,就凭这张脸也能给二百卢布的价!您不信?这么说在这方面您是外行……"

"我懂,但是……"

"要知道这是赛特种猎狗,英国纯正赛特种猎狗!这种狗有让人震惊的伺伏姿势,还有灵敏的嗅觉……上帝呀,多么好的嗅觉呀!您知道,当时我花了多少钱买下了这只小狗吗?一百卢布!惹人怜爱的小狗!鬼东西,米尔卡!小傻瓜,米尔卡!到这里来!到这里来……小狗狗,我的小公狗……"

杜博夫把米尔卡叫到自己身边来,在它的两耳之间吻了吻。他的眼中流出了泪水。

"我谁也不会卖……我的美人……这个调皮鬼。要知道,你喜欢我,米尔卡,是不是?你喜欢吗?……呶,滚一边去。"中尉突然喊了起来,"你那脏兮兮的爪子弄脏我的制服了!是的,克纳普斯,当时我买的时候,花了一百五十卢布!因此,这只狗很值钱!我只惋惜一点:我没时间狩猎!这只狗闲得要死,埋没了它的天赋……这就是我卖它的原因。买了吧!克纳普斯!您一生都会感谢我的!如果您钱不够,那就这样,我半价给您……五十卢布吧!这价格简直是白送啊!"

"不,亲爱的……"克纳普斯叹了一口气,"您的米尔卡要是一只公狗,可能我会买下它,但是……"

"米尔卡不是公狗吗?"中尉惊讶地说道,"克纳普斯,您怎么啦?米尔卡不是公狗吗?哈哈!那依您之见,它是什么?母狗吗?哈哈……好孩子,怎么区分不出公狗和母狗了呢?"

"您这么说,好像我是一个瞎子或者是婴儿……"克纳普斯生气了,"它当然是只母狗!"

"您没准还会说我是太太吧!呶,克纳普斯!亏你还是技校毕业的呢!不,我的心肝,这是一条地道的纯种公狗!它比任何一条狗都强十倍,而您却说……不是公狗!哈哈……"

"请原谅,米哈伊尔·伊万诺维奇,但是您简直是拿我当傻瓜了……真叫人生气……"

"呶,别生气,您见鬼去吧……不买就算了……没人强迫您!您很快会说,它的尾巴不是尾巴,而腿……别生气。我本来也是一番好意,瓦赫拉梅耶夫,上白兰地。"

侍从官又上了一瓶白兰地。两位朋友各自给自己斟满一杯,深思了起来。大约沉默了半个钟头。

"就算是条母狗……"中尉打破了沉默说道,愁眉苦脸地看着酒瓶子,"真是怪事!这对您也有好处呀。可以给您下好多小狗崽,一只小狗崽就值二十五卢布呢……谁都会想从您那里买。我不知道,为什么您这么喜欢公狗!母狗要好一千倍。母狗更懂得感恩和黏人……呶,如果您害怕母狗,那好吧,二十五卢布拿着吧。"

"不,亲爱的……我不会付一戈比。第一,我不需要狗;第二,我没钱。"

"那您早说呀。米尔卡,到这儿来。"

侍从官又端上了煎荷包蛋。两位好朋友一声不响地把一锅煎鸡蛋都吃光了。

"您是个可爱的人,克纳普斯,诚实的人……"中尉说道,擦了擦嘴唇,"要是就这么让您走,我就太难为情了,见鬼去吧……想不到吧?把狗带走吧,白送给您了!"

"亲爱的，我把这只狗带到哪里去呀？"克纳普斯说道，叹了一口气，"我那里哪有人照看它呀？"

"咙，没关系，没关系……您见鬼去吧！您不想买，也不想要……您这是要去哪里？再坐一会儿！"

克纳普斯伸了一个懒腰，站起身，拿起帽子。

"我该走了，再见……"他打着哈欠说道。

"您等等，我送您。"

杜博夫和克纳普斯穿上衣服，走到了户外。不出声地走了一百步远。

"您知道，把这只狗送给谁好呢？"中尉开始说道，"您有没有什么熟人？您看见了，这是一只好狗，纯种狗，但是我一点也不需要！"

"我不知道，亲爱的……我在这里哪来的熟人呀？"

到达克纳普斯的家之前，这两个老朋友再没说一句话。只是当克纳普斯握完中尉的手后，打开了自家的小门，这时杜博夫咳嗽了一下，犹犹豫豫地说道：

"您知道当地的屠夫收狗吗？"

"应该收吧，我也说不准。"

"明天我就和瓦赫拉梅耶夫一起去……见它的鬼去吧，让人剥了它的皮……令人厌恶的一只狗！不但弄脏了房间，而且昨天把厨房里的肉偷吃光了，下流货色……要是一只纯种狗就好了,鬼知道它是什么东西,可能是看门狗和猪的杂种。晚安。"

"再见。"克纳普斯说。

门砰的一声关上了,只留中尉一个人在外面。

演说家

在一个阳光明媚的早晨,人们安葬了八等文官基里尔·伊万诺维奇·瓦维洛诺夫。他死于俄国广为流行的两种病:老婆凶恶和酒精中毒。当送葬队伍从教堂走向坟墓时,死者的同事,波普拉夫斯基坐上马车,向自己的老友格里高利·彼得罗维奇·扎波伊金那里疾驰而去。这个人虽然年纪轻轻,但是已经很有名了。就像许多读者所知道的那样,扎波伊金拥有一种罕见的才华,在婚礼上、纪念日上、葬礼上做即兴致辞。他随时都能即兴演说:半睡半醒的时候、饿着肚子的时候、醉得跟死人一样的时候、患热病的时候。他的言语流畅、均匀,仿佛从水管里流出的水,滔滔不绝。他的演说词典里令人感动的话语比任何一家小酒馆里的蟑螂都多。他总是讲得生动而又冗长。以至有时候,尤其是在商人的婚礼上,不得不请警察来让他闭嘴。

"老兄,我到你这儿来呀。"波普拉夫斯基正巧碰上他在家,就说:"赶快穿上衣服,我们走一趟。我们一个同事死了,现在正准备把他送往另一个世界,老兄,送别时应该说点无关紧要的话……全都指望你了。要是某个小人物死了,我们也就不麻烦你出场了,要知道这个人可是秘书……办公厅的顶梁柱,因此,从某种程度上讲,安葬这个显要人物没有致辞可不妥。"

"啊,秘书,"扎波伊金打着哈欠说,"是那个酒鬼吗?"

"是的,就是那个酒鬼。会有冷盘、薄饼招待你……还会给你乘车费。我们走吧,亲爱的!到了墓地,你一定要天花乱坠地讲一通,我们会感激你的。"

扎波伊金欣然同意了。他把头发弄得蓬乱,装出一脸忧郁的样子和波普拉夫斯基出了门。

"我知道,你们的那个秘书。"他说着,坐上了马车,"诡计多端,非常狡猾,但愿他死后能上天堂,这种人可真少见。"

"哎,格利沙,骂死人可不合适。"

"当然,要么对死人只字不提,要么对其多加颂扬。可他终究是个老滑头。"

两位朋友赶上了送葬队伍,跟在后面。人们慢慢地抬着灵柩前行,以至在到达坟墓之前他们俩去了三次小酒馆,为超度死者的亡灵喝上一小杯。

在墓地举行了安魂祈祷。死者的丈母娘、妻子和小姨子按照风俗大哭一场。当棺材被放进坟墓时,死者的妻子甚至喊了一声:"把我和他放在一起吧!"但是她最终没有跟丈夫一起进坟墓,大概,她回想起了抚恤金。所有人都安静下来了,扎波伊金走到前面演讲,他看了一下周围的人,开始说道:

"你们相信眼睛和耳朵吗?这个棺材,这些泪流满面的脸,呻吟声,哀号声都不是噩梦!唉,这不是一场梦,我们看到的都是真的!不久前我们还看见死者是那么的精神饱满,像年轻人一样开朗而纯洁;不久前,在我眼中,他像一只不知疲惫的小蜜蜂把自己采摘的蜂蜜送进了国家福利机构的公用蜂房,这个人现在已经化作一盒骨灰,变成了物质幻影。冷酷无情的死神把自己僵硬的手臂放到他身上时,他还精力旺盛,充满幸福的希望。真是无法替代的损失呀!现在谁能取代他呢?我们有很多好官员,但是普罗科菲·奥西佩奇却是独一无二的。他在灵魂深处忠于自己的神圣职责,不吝惜自己的精力,工作到深夜,还大公无私,不收取贿赂……他最憎恶那些有损公家利益妄图收买他的人,那些用生活中诱人的福利诱骗他背叛自己职责的人!是的,在我们眼中,普罗科菲·奥西佩奇把自己为数不多的薪俸分发给自己贫穷的同事们,现在你们听见了靠他周济而活着的那些寡妇和孤儿的哀号。他忠于职守、一心向善,所以,他无暇顾及生活中的快乐,甚至放弃了享受家庭幸福。你们都知道，直至生命结束时他都是一个单身汉！谁又能取代得了像他这样的同事呢？我现在仿佛看见他那张刮得干干净净充满柔情的脸，他对我们报以善意的微笑，现在我好像听见他柔和友善的嗓音。愿他的遗骸永远安宁，普罗科菲·奥西佩奇！请安息吧，诚实又高尚的劳动者！"

扎波伊金继续说着，而听众开始叽叽咕咕地说悄悄话。他的演说大家很满意，让听众流了眼泪，但还是觉得有很多地方很奇怪。首先，大家不明白为什么演说者称死者为普罗科菲·奥西佩奇，死者叫基里尔·伊万诺维奇；其次，众所周知，死者和自己的妻子吵了一辈子的架，因此，一定不能称其为单身汉；再次，他蓄有浓密棕红色的胡须，生下来他就没剃过，为什么演说者说他有一张剃得干干净净的脸呢。听众困惑不解，相互对视，耸着肩膀。

"普罗科菲·奥西佩奇！"演说者深吸了一口气，望着坟墓继续说道，"你的脸不好看，甚至是难看极了，你阴沉而又严厉，但是我们都知道，你是外冷内热，在你这样的躯壳里跳动着一颗诚实又善良的心！"

很快听众发现演说者自己也变得奇怪起来。他看一个地方，不安地扭动着身子，自己也耸起肩膀来。突然，他不出声了，吃惊地张大了嘴，转身冲着波普拉夫斯基。

"听我说,他还活着!"他惊恐地看着那边说。

"谁还活着?"

"普罗科菲·奥西佩奇,他就站在墓碑旁边!"

"他没有死,是基里尔·伊万诺维奇死了!"

"要知道是你自己说的,你们的秘书死了!"

"基里尔·伊万诺维奇是我们的秘书,你个傻瓜,搞混了!普罗科菲·奥西佩奇确实是我们以前的秘书,但是两年前他就被调往第二科室当科长了。"

"啊?鬼才弄得清楚你们的事!"

"怎么停了呢?继续说呀,这样不合适!"

扎波伊金转身对着坟墓如从前一样继续那中断了的悼词。墓碑旁真是普罗科菲·奥西佩奇,一个脸刮得干干净净的老官员。他看着演说者,生气地眉头紧蹙。

"你真不该这么做!"和扎波伊金一道返回时,文官们说道,"你把一个活人给下葬了。"

"这样不好,年轻人!"普罗科菲·奥西佩奇埋怨道,"你的话可能比较适合死人,但是对于活人来讲,你的话简直就是冷嘲热讽!你看你都说了些什么呀?大公无私,不被收买,不收取贿赂!要知道,这些对于一个活人来说只能是挖苦。先生,没有任何人让你宣扬我的长相。就算是不漂亮、难看,但是你又何必当众拿来展示呢?真让人生气呀!"

必要的新婚声明

一对年轻夫妇刚从教堂举行完婚礼准备回家。

"喂,瓦利亚,"新郎说,"请你使劲把我的胡子揪下来。"

"哦,天知道你在胡想些什么。"

"不,不,求你啦,我求你啦!直接揪下来就好……"

"够了,你这是为什么呀?"

"瓦利亚,我求求你……求你了还不行吗!如果你爱我的话,那你就把我的胡子扯下来……我胡子就在这儿,扯它吧!"

"我才不会那么干呢!那样会弄疼你的,我爱你胜过爱我的生命……不,我绝不干!"

"但我求你了!"新婚丈夫开始生气了,"你不懂吗?我是在求你……我需要你这么做!"

最后,经过长久的争论后新娘妥协了,莫名其妙的她只好抬起她纤小的手揪掉了丈夫的一根胡须,她几乎没怎么用力，丈夫甚至连眉头都没皱一下。

"你瞧，我一点儿都不疼，"他说，"真的，不疼。喂，等一等，现在轮到我了……"

丈夫揪下了妻子的几根鬓发，还十分的用力。妻子大声尖叫。

"现在，我的朋友，"丈夫总结道，"你看到了，我比你强大得多，你要知道，如果将来某一天你冲我挥拳头或者想抠我的眼睛的话……一句话，你就等着挨揍吧。"

外科手术

地方医院的医生结婚去了,没在医院,所以由古梁京医士接诊。古梁京医士是个胖胖的四十岁男子,身上穿着一件破破的柞丝绸夹克衫和一条坏了的花呢裤子,脸上满是职责感和愉悦交织着的表情,左手的食指和中指夹着根散发臭气的雪茄烟。

这时王米克拉索夫诵经士走进了候诊室,他是个身材高大、肩膀结实的老人,身着褐色的教袍,系着宽宽的皮腰带。他的右眼得了白内障,半闭着,鼻子上长了个肉瘤,这肉瘤从远处看活似一只大苍蝇。诵经士迅速地看看这里有没有圣像,没找到,他就对着盛满石碳酸溶液的大玻璃瓶画起了十字。随后他从红头巾中取出一块圣饼,鞠了一躬把它放在医士身前。

"啊呀……您好!"医士打着哈欠说道,"您哪里不舒服吗?"

"祝您有个美好的周日,谢尔盖·库兹米奇……我为着您的仁爱而来……对不起,在《旧约》的诗篇中曾真诚地写道:'我的酒中含着忧伤之泪。'不久前我与一老妇坐下饮茶,可是我根本无法下咽,只想着躺下死去……勉勉强强喝下去一点儿,浑身无力!除了这些,尤其是牙这里,还有整个这一面……止不住地疼啊疼!耳朵也疼,抱歉,就好像耳朵上有个钉子或者别的什么东西,止不住地疼啊疼!我这是造了什么孽,犯了什么过啊……可耻感充满我的心,我的一生庸碌无为……都是因为这些罪过,谢尔盖·库兹米奇,都是因为它们!圣餐仪式之后,神父大人责备我说:'你口齿不清啊,叶菲姆,还夹着鼻音,你一唱,就什么也听不清了。'您评判评判,如果嘴都张不开了,那还唱什么呢!无论哪儿都是肿的,抱歉,晚上也失眠……"

"哦……请坐吧……把嘴张开!"

王米克拉索夫坐下来,然后张开了嘴。

古梁京皱了皱眉,瞅了瞅诵经士的嘴,还在他因年迈和吸烟而泛黄了的牙齿中发现了一颗龋齿,这龋齿上甚至裂开了一个洞。

"助祭神父给了我一瓶加了洋姜的伏特加,可这不管用。格里克利亚·阿尼西莫夫娜,愿上帝保佑她健康,她把从阿索斯山拿来的短线交到我手中,还嘱咐我用热牛奶漱口。而我呢,我承认,我带着那根短线,可是没有用牛奶漱口,我惧怕上帝，因为现在是斋戒期……"

"这都是迷信……"医士顿了顿，才说道，"得拔掉蛀牙，叶菲姆·米海伊奇！"

"您是更清楚的，谢尔盖·库兹米奇，您受过专门的教育，知道该怎么做这些事，怎么拔牙、怎么滴药或者其他什么的……您这位大善人身在此处，正是为了我们能日日夜夜为您——我们亲爱的父亲啊，为您祈祷，直到入坟都为您祈祷着，愿上帝保佑您健康……"

"小事一桩……"医士不好意思了，他走到柜子前在工具中翻找，"外科手术……小事一桩……这全靠技术的熟练度，还有手劲儿……完全可以不当回事儿……也是前几天，和您一样，地主亚历山大·伊万内奇·叶吉佩茨基来我们医院……同样是牙的问题……他是个有教养的人，什么都问得很清楚，包括所有的问题，怎么回事都一一问清。他与我握手，称呼我的名字和父称以示尊敬……他在彼得堡住了七年了，访遍了所有教授们……我们也认识他好久了……他以耶稣基督的名义央求我：您给我拔掉坏牙吧，谢尔盖·库兹米奇！究竟为什么不拔掉它呢？能拔的。只是得懂该怎么拔，不能一点儿概念没有……牙都是各不相同的。有的你得用钳子，有的就得用山羊刀，有的就要用扳子……因人而异。"

医士拿起山羊刀，疑惑地看了它一分钟，随后放下了，又拿起钳子。

"来吧，把嘴张大点儿……"他说着，把钳子伸向诵经士，"我们马上就把它拔掉……那个……请别担心……只是要凿穿牙床……沿着纵轴做个牵引术……就全完事了……（凿穿牙床）全完事了……"

"您是我的恩人……我们这些愚蠢的人是想不到这些的，上帝赐予您启示……"

"请别说话了，要是您张开嘴……这就很容易拔掉，不过也存在这种情况，整个牙拔掉了，但是牙根没去干净……这个完全不必担心……（上钳子）等一等，别抓我……请坐好别动……一眨眼的工夫……（做牵引术）主要是，得往深处挖（牵引）……为了让牙根也出来，别折在里面……"

"我的天父……圣母啊……噢噢噢……"

"不对劲……不对劲啊……该怎么把它拔出来呢？请您别用手抓我！放手啊！（做牵引术）快了快了……就行了就行了……要知道拔牙也不是件容易事儿……"

"天父啊……爹娘啊……（号叫道）天使啊！噢噢噢……你倒是拔呀，快拔呀！您怎么拔了五年都拔不出来？"

"要知道，这可是……外科手术……快不了……这就好了，这就好了……"

王米克拉索夫疼得膝盖都贴到了胳膊肘上,手指直颤,眼睛瞪得硕大,呼吸都连不上了……他青紫青紫的脸上沁满了汗,眼里含着一汪泪儿。古梁京在诵经士面前喘着粗气,直跺脚,同时还在拔着那颗牙……最折磨人的半分钟过去了——钳子从牙那里掉了下去。诵经士蹦了起来,把手指伸进口中。他在嘴里摸着,发现那颗虫牙还在老地方没动。

"你拽什么拽!"诵经士以嘲笑的口吻哭着说,"把你拽到鬼的世界才好呢!还真是谢谢你啦!你呀要是不会拔,那就别拔!我疼得都看不清上帝主宰的世界了……"

"可你干吗用手抓我?"医士生气了,"我在做牵引,而你不仅推我胳膊还口出蠢话……傻瓜!"

"你才傻瓜!"

"乡巴佬,你以为拔牙很容易吗?就拿这个来说吧!拔牙可不比你爬上钟楼轻轻敲两下钟那么简单。(挑衅道)'你呀要是不会拔,那就别拔!'你说,瞧你这样子,你倒是训起人来了!地主叶吉佩茨基老爷,亚历山大·伊万内奇,我给他拔牙,人家什么事都没有,一句话也没说……人家比你显赫多了,也没有用手抓我……坐下!坐下,我跟你说!"

"我眼都花了……让我清醒清醒吧……哎哟!(坐下了)

只要别总是拽那颗牙,拔了就好。你别拽,是拔……迅速拔了!"

"无知的反倒训起懂行的了!真是的,上帝,瞧你这没教养的子民哟!和这种傻瓜生活在一起……你头脑发昏了吧!张嘴……(上钳子)兄弟,外科手术可不是玩笑……这可不是像唱诗班那样唱唱诗那么容易……(做牵引术)别动……牙就快出来了,牙老了,根也埋得深……(拽着)别哆嗦……对……对……别发抖啦……喂喂……(只听嘎巴一声响)唉,我早知就会这样!"

这一分钟里王米克拉索夫坐着一动不动,好像失去了知觉。他表情惊愕……眼睛呆呆地望着白墙,苍白的脸上都是汗。

"早知道,我就使山羊刀了……"医士嘟囔着,"这真是意外!"

恢复了意识后,诵经士把手指伸进嘴里,在长蛀牙的位置上摸到了两个明显的凸出物。

"恶魔……"他骂道,"把你安排在这儿,恶棍,真是我们的不幸!"

"你又在那儿骂我了……"医士嘟囔着,同时把钳子放回柜子,"没教养的家伙……你没少在寄宿学校挨揍吧……地主亚历山大·伊万内奇·叶吉佩茨基,人家在彼得堡住七年了……有教养……一套西服就值一百卢布……人家都没骂人……你装哪门子高贵？你就活该吧，没死就不错了！"

诵经士拿着自己的圣饼从椅子上站起来，一手捂着脸颊，回家去了……

未婚夫和爸爸

"听说您要结婚了!"在别墅舞会上彼得·彼得罗维奇·米尔金的一个友人问他,"打算什么时候举行娱乐晚会呢?"

"你从哪里听说我要结婚了?"米尔金涨红脸说道,"哪个傻瓜告诉你的?"

"大家都这么说,而且也能看出来……没什么好隐瞒的,兄弟……你以为我们什么都不知道啊,我们早把你看透啦!嘿嘿嘿……全都能看出来……您整天待在孔德拉什金家,在那里吃午饭、吃晚饭,还唱浪漫歌曲……只和娜斯坚卡·孔德拉什金娜一起散步,只给她一个人送鲜花……太明显啦!前几天孔德拉什金亲自来见我并对我说,你的如意算盘成功了,只要你们一从别墅搬回城里就举行婚礼……怎么样?上帝保佑!我为您高兴,更为孔德拉什金高兴……要知道,那个可怜的人有七个女儿呢!七个!开玩笑!哪怕能嫁出去一个也好啊……"

"怎么这么多人……"米尔金想,"这已经是第十个人跟我提起我与娜斯坚卡的婚事了。他们都是从哪里得出这个结论的啊,真是活见鬼!是因为我每天在孔德拉什金家吃午饭,和娜斯坚卡一起散步……不,不,该制止这些谣言了,是时候了,别让这事儿成了真……明天要去给孔德拉什金这个糊涂虫讲清楚,不要让他空怀希望,我得三十六计,走为上计!"

第二天米尔金就带着几分尴尬和害怕走进了七等文官孔德拉什金在别墅的办公室里。

"彼得·彼得罗维奇!"主人欢迎道,"日子过得怎么样?无聊吗,亲爱的?嘿嘿嘿……娜斯坚卡马上就来,去古谢夫家了……"

"我,说实话,不是来找纳斯塔西娅·基里洛夫娜①的,"米尔金一边窘迫地揉眼睛,一边吞吞吐吐地说,"而是来找您的……我想跟您说一件事……眼睛里好像进去了什么东西……"

"你准备跟我说什么呢?"孔德拉什金眨了下眼睛,"嘿嘿嘿……为什么这么难为情呀,小伙子?哎,年轻人啊,年轻人!真不知道该拿你们怎么办!我知道你想跟我说什么,嘿嘿嘿……早该……"

---
① 娜斯坚卡的正名。

"老实说，由于某些原因……您看，是这么回事，我……我是来和您告别的……我明天就要走了……"

"您要离开？"孔德拉什金瞪圆眼睛问道。

"非常简单……我要走，就是这样……请允许我感谢您的殷勤招待……您的女儿们如此可爱，我什么时候都不会忘记……"

"对不起……"孔德拉什金恼羞成怒地说，"我不太明白您的意思，当然，每个人都有离开的权利……您可以做任何您想做的事，但是，先生，您……逃避……这太不诚实了！"

"我……我……我不知道，这怎么就是逃避了？"

"整个夏天都来这里，又吃又喝，让人误以为……还和我的女儿们从早到晚地聊天，结果突然就说要走！"

"我……我没想到会让人误会……"

"当然，您没有求婚，可是您的行为是什么意思，我们还看不出来吗？每天都在这儿吃饭，每天晚上都和娜斯佳手牵着手……难道你做这些都是无意的吗？只有未婚夫才能每天在别人家吃饭，您不准备当未婚夫，我为什么要供你吃饭啊？真是岂有此理！我不想听任何借口！要不就求婚，否则我……"

"纳斯塔西娅·基里洛夫娜是个非常可爱、非常好的姑娘……我很尊重她……而且……我不敢奢想能娶到比她更好的妻子，但是……我们的很多观念都不一致。"

"是因为这个原因？"孔德拉什金转怒为喜，"只是因为这个？我的心肝宝贝啊，难道这世上能找到和丈夫的观念一致的妻子吗？哎，年轻人啊，年轻人！幼稚，太幼稚了！就爱谈一些大道理……嘿嘿嘿……还慷慨激昂……现在观念不一致，只要一起生活一段时间，所有的这些问题就都不是问题啦……马路还新的时候就不好走，但只要多走几次就好啦！"

"话虽这么说，但是……我配不上纳斯塔西娅·基里洛夫娜……"

"配得上，配得上！不要担心，你是一个非常棒的小伙子！"

"您还不清楚我的那些缺点……我没钱……"

"没关系，你有薪水呢，没事……"

"我……是个酒鬼……"

"绝对不可能！我一次都没见您喝醉过！"孔德拉什金摆着手说，"年轻人不可能不喝酒……我自己也年轻过，酒杯里的酒每次都满得溢出来啦。不可能不喝……"

"但我总是酗酒。我有遗传的坏毛病！"

"我不信！这么优秀的小伙子突然说爱酗酒？我不信！"

"骗不过这个老混蛋！"米尔金暗想，"不过，他是多么想把女儿打发出去啊！"

"我不仅爱酗酒，"他继续说道，"而且还有其他的恶习。我收受贿赂……"

"亲爱的，谁不受贿啊？嘿嘿嘿，没什么可大惊小怪的。"

"但是，在我还不知道自己的判决的时候，我没有结婚的权利……我以前没有告诉您，但是现在您应该知道……我……我由于挪用公款正在接受法庭的审判……"

"审判？"孔德拉什金吃了一惊，"确实……是个新消息……我不知道这回事。眼下您的判决还不确定，确实不能结婚……您挪用的公款多吗？"

"十四万四千。"

"这么多！应该会被流放到西伯利亚吧……这样的话，我女儿不就白白牺牲了吗？这也没办法，愿上帝保佑您……"

米尔金松了口气，伸手去拿帽子……

"不过，"孔德拉什金想了想继续说道，"如果娜斯坚卡爱您，那么她可以跟着您去那里。如果她害怕牺牲，怎么能称得上是爱情呢？而且托木斯克省土地很肥沃。在西伯利亚可以比在这里过得更好。要不是我已经成家了，我就去了。您可以求婚！"

"真是一个不好说话的麻烦鬼！"米尔金想，"这哪里是嫁女儿，分明是想尽快打发走一个麻烦的包袱！"

"这还没完……"他继续大声说，"我受审判不仅是因为挪用公款，还因为我伪造文件。"

"无所谓！反正都得判刑！"

"呸！"

"您为什么这么大声吐唾沫？"

"这也……听着，我还没有完全向您坦白……不要逼我告诉您我的秘密……可怕的秘密！"

"我不想知道您的秘密！小事而已！"

"不是小事，基里尔·特罗菲梅奇！如果您听了……知道了我是怎样的一个人，那您一定会跟我断绝关系……我……我是一个逃犯……"

孔德拉什金好像被蜇了一下似的，猛地从米尔金身边跳开，吓呆了。他沉默地站了好一会儿，两眼一动不动地盯着米尔金，心中充满了恐惧，然后一屁股瘫在椅子上，呻吟起来。"没有想到……"他含混不清地嘟囔道，"我帮助的是怎样的一条毒蛇啊！你走吧！看在上帝的分儿上赶紧走吧！我再也不想看见你了，唉！"

米尔金拿起帽子，一边窃喜，一边朝门走去……

"等等!"孔德拉什金叫住他,"为什么你至今都没被抓住呢?"

"我一直用别人的名字……很难逮住我……"

"或许你可以一辈子都这么活下去,谁也不知道您是谁。等等!现在您已经是一个诚实的人了,也早就洗心革面了……上帝会保佑您的,就这样吧,结婚吧!"

米尔金冒出一身冷汗,逃犯的谎话再扯下去是行不通的。只有一个办法了,不说原因,直接跑!他正准备夺门而逃,脑海里突然灵光一现……

"听着,您知道的还不全!"他说,"我……我是个疯子,精神错乱的疯子是禁止结婚的……"

"我不信,疯子思考问题不可能这么有逻辑……"

"您要是这么想当然想不通。难道您不知道吗,很多疯子只有在特定的时间发疯,其他时候跟正常人没什么不同。"

"我不信!您别说了!"

"那我把医生的证明给你拿来吧!"

"医生的证明我信,但你我不信……好一个疯子!"

"半个小时后我把证明给您拿来……现在我先告辞了……"

米尔金抓起帽子匆忙跑出来。过了大概五分钟,他就走到了自己的友人菲秋耶夫医生那里。但是不幸的是,他去的时候正赶上朋友刚和妻子吵完架，正在整理自己的头发。

"我的朋友，我有事找你！"他对医生说，"事情是这样的……有人不惜任何代价逼我结婚……为了躲避这件麻烦事，我想出一个装疯的主意……有点像哈姆雷特的办法……你也知道，疯子是不能结婚的……是朋友的话，就给我开一张我疯了的证明。"

"你不想结婚？"医生问。

"一点儿也不想！"

"这样的话我不会给你开证明，"医生边整理自己的头发边说，"不想结婚的人不是疯子，恰恰相反，是最聪明的人……等你想结婚的时候再来找我要证明吧……那时候就可以很清楚地确定，你疯了……"

乞 丐

"善良的老爷！行行好，可怜可怜我这个不幸且饥肠辘辘的人吧！我已经三天没吃东西了……身无分文，无家可归……对上帝发誓！我当了八年的乡村教师，结果却因为地方自治局搞鬼丢了饭碗，成了诬告的牺牲品。我已经一年都无处可去了。"

律师斯克沃尔佐夫打量着这个身穿灰蓝色破大衣的乞讨者，看着他浑浊的醉眼和双颊现出的红晕，他觉得自己似乎以前在哪儿见过他。

"现在有人在卡卢加省为我谋了一份差事，"这个乞讨者又继续说道，"但是我连去那里的办法都没有。您行行好，帮帮忙吧！虽然我不好意思求人，但是，这也是形势所迫……"

斯克沃尔佐夫又瞧了瞧他的鞋子：一只高帮，一只矮帮。他突然想起来了。

"听着，三天前，我记得我在花园街见过您，"他说，

"但是那时您对我说您是个被开除的大学生,而不是乡村教师,您不记得了吗?"

"不……不可能!"乞讨者咕哝一声,顿时便慌了神,"我是乡村教师,如果您愿意,我可以拿证件给您看。"

"您别再扯谎了!您自称是大学生,甚至还跟我说了您被开除的原因,还记得吗?"

斯克沃尔佐夫涨红了脸,带着厌恶的表情从这个穿着破烂的人身边走开。

"这太下流了,先生!"他愤怒地喊道,"这是诈骗!我可以把您送到警察局去,真见鬼!您贫穷、饥饿,但这不能成为您撒谎的借口!这简直太过分了!"

乞讨者抓着门把手,像个被抓住的小偷一样惊慌失措地环顾了一下前厅。

"我……我没撒谎。"他小声嘟囔着,"我可以给您看证件。"

"谁会相信您?"斯克沃尔佐夫继续气愤地喊道,"利用社会对乡村教师和大学生的同情心——这太卑鄙、太肮脏、太下流了!简直太可恶了!"

斯克沃尔佐夫大发脾气,毫不留情地痛斥这个乞讨的人。对方无耻的谎言激起了他内心的嫌弃和厌恶,同时也是对斯克沃尔佐夫最喜爱和看中的品格的侮辱:善良、同情心以及对不幸人们的怜悯之情。乞讨者的谎言谋杀了他对人的同情心，亵渎了他那喜欢接济穷人的纯净之心。乞讨者开始一再为自己开脱，对上帝发誓，而后便沉默了，羞愧地低下了头。

"先生！"他说着，把手按到胸口，"确实，我……我撒了谎！我不是大学生，也不是乡村教师。这些都是我瞎编的！我原来在俄罗斯合唱团工作，由于酗酒被赶了出来。但是我能怎么办呢？上帝啊，不说谎我怎么活下去呢？我要是说实话谁都不会帮我的。说实话就得饿死，无家可归就会被冻死！您说的对，我也明白这些，但是……我能怎么办呢？"

"怎么办？您问您自个儿该怎么办？"斯克沃尔佐夫大吼着走近他，"工作，这就是您应该做的！您应该去工作！"

"工作……我自己也明白，但是我能去哪儿找工作呢？"

"胡扯！您年轻、健康、强壮，任何时候都能找到工作，只要您愿意。但是您懒惰、娇生惯养，还酗酒！您身上就像小酒馆一样散发出一股酒气！您谎话连篇、堕落成性，就只会用谎言来乞讨！如果您什么时候肯赏个脸屈尊去工作，那也得给您找个文职，像去合唱团，或者当个台球记分员那种您什么都不需要做就能拿钱的工作！您乐意去干体力活吗？恐怕不会去当守门人或者工人吧？您怎么会去受那种委屈！"

"您怎么能这么说,上帝啊……"乞讨者苦笑了一下继续说道,"我去哪儿找体力活呢?去当学徒已经太晚了,商店里的伙计都要从小培养的,去当守门人谁也不会要我,因为我受不了别人对我指手画脚的……去工厂也不可能,那得有技术才行,可是我什么都不会。"

"胡扯!您总是能为自己找到借口!您愿意去劈柴吗?"

"我倒不反对,但是现在连专门的劈柴工都没活干了。"

"看吧,所有想要不劳而获的人都会这么说。真要给您建议了,您又拒绝。您愿意去我家劈柴吗?"

"好吧,我去劈……"

"那好,咱们走着瞧……好极了。等着看吧!"

斯克沃尔佐夫张罗起来,他幸灾乐祸地搓着手,把厨娘从厨房里叫出来。

"奥莉嘉,"他对她说,"把这位先生领到板棚里去,让他劈木头。"

乞讨者耸耸肩,似乎摸不着头脑,有点犹豫地跟着厨娘出去了。从他的脚步看,似乎他同意去劈柴不是因为想要赚钱,而是碍于自尊心和羞耻心,就像他的话被人抓住把柄,不得不去兑现。看得出他的身体由于酗酒变得很虚弱,对工作也没有丝毫的兴趣。

斯克沃尔佐夫急忙走进餐厅。通过那个朝向院子的窗户能看到堆放木柴的板棚和院子里发生的一切。斯克沃尔佐夫站在窗边,看着厨娘和乞讨者从侧门进了院子,踩着泥泞的雪地向板棚走去。奥莉嘉气呼呼地打量她的同伴,胳膊肘向两边甩着,砰的一声打开了板棚。

"我们大概妨碍这婆娘喝咖啡了,"斯克沃尔佐夫想道,"真是个恶婆娘!"

然后他看到那个冒牌的教师兼冒牌大学生坐到木墩上,用拳头撑着自己发红的双颊,思考起什么来。厨娘把斧子扔到他脚边,恶狠狠地啐了一口,看她嘴的动作,似乎在骂人了。乞讨者迟疑着把一块劈柴放在双腿中间,小心翼翼地砍下去。劈柴晃了一下,倒了下去。乞讨者又把它捡起来,朝自己冻僵的双手哈了一口气,又用斧子小心地劈过去,生怕劈到自己的鞋子或者砍到手指。木柴又倒了下去。

斯克沃尔佐夫的气愤已经消失,他开始觉得有点不安,有点羞愧,也许他不该逼这个娇生惯养、可能还有病的酒鬼在寒冷的板棚里干这种粗活。

"哎,没什么,让他去吧……"他边想边从餐厅走到书房,"我这也是为他好。"

一个小时以后,奥莉嘉来告诉他说,木材已经劈好了。

"把这五十戈比给他,"斯克沃尔佐夫说,"如果他愿意,就让他每个月的一号都来这劈柴吧……工作总是会有的。"

一号那个破衣烂衫的人又来了，并且又赚了五十戈比，虽然勉强才能站稳。从此以后，他经常出现在院子里，每次斯克沃尔佐夫都能为他找些活儿干：有时把雪扫成一堆，有时收拾板棚，有时打扫地毯和垫子上的灰尘。每次他都能赚二十至四十戈比，有一次甚至得到了一条旧裤子。

斯克沃尔佐夫搬家的时候让他过来帮忙收拾东西，搬家具。这次他没有喝酒，面色阴郁，沉默不语；他只碰了几下家具，甚至不愿意装出干活的样子，当几个马车夫嘲笑他的懒散、无力和那件贵重的破大衣时，他窘迫得手足无措，冷得直缩脖子。搬家结束之后，斯克沃尔佐夫让人把他叫到跟前。

"我看得出来，我的话对您起了作用，"他边说边递给他一卢布，"这是您的工钱。我看得出来，您不喝酒了，也不反对工作。您叫什么？"

"卢什科夫。"

"好的，卢什科夫，我现在给您介绍另一份工作，干净一些的工作。您会写字吗？"

"会，先生。"

"那么您拿上这封介绍信，明天去我的一个同事那里，他会给您一份抄写的工作。好好工作吧，别再酗酒了，别忘了我对您说过的话。再见！"

斯克沃尔佐夫非常满意自己终于把这个人拉回了正轨。他亲切地拍了拍卢什科夫的肩膀，甚至向他伸出手去。卢什科夫拿了信就离开了，再也没有到这家来干过活。

两年过去了。有一天，斯克沃尔佐夫站在剧院的售票处买票的时候，看到身边站着一个穿翻领羊皮大衣，戴着旧海狗皮帽子的矮个子。这个矮小的人怯生生地向售票员要了一张顶层楼座的票，付了五戈比硬币。

"卢什科夫，是您吗？"斯克沃尔佐夫问道，他认出这个人是自己家以前的劈柴工，"怎么样，您现在都忙些什么？日子过得不错吧？"

"还好吧……我现在在一位公证人那里工作，每个月赚三十五卢布，先生。"

"哦，感谢上帝，那真是太好了！我真为您感到高兴。非常非常高兴，卢什科夫！您在某种意义上来讲可以说是我的教子呢。要知道，是我把您带上了正路。还记得我是怎样痛斥您的吗？当时您在我面前窘得恨不得找个地缝钻进去。谢谢您，我亲爱的朋友，您没有忘了我跟您说过的话。"

"我是要好好谢谢您，"卢什科夫说道，"如果当时我没有去您那儿，我可能现在还在冒充教师或者大学生。是的，我是在您那儿得救的，在那儿跳出了陷阱。"

"我非常非常高兴。"

"非常感谢您那些好心的话和善意的举动。您当时说得很对。我很感谢您,还有您家的厨娘,上帝保佑这个善良高尚的女人身体健康。您当时说得很对,这一点我当然至死都感激不尽,但是说实在的,真正救我的人,是您家的厨娘奥莉嘉。"

"这是怎么回事?"

"就是这么回事。当初我去您家劈柴的时候,她总是这样开始:'哎,你这个酒鬼!你这个可恶的人!你怎么还没死!'然后就坐在我对面,发起愁来,瞧着我的脸哭着说:'你这个不幸的人!你在这世上一点都不快乐,就算是到了另一个世界,你这个酒鬼也要在地狱里遭火烧的!你这苦命的人啊!'您知道吗,她说的都是这类的话。她为我耗费了多少心血,为我流过多少泪,我无法对您说。但最重要的是——她替我劈柴!先生,在您家我连一根柴都没劈过,都是她劈的!为什么她要拯救我,为什么我要痛改前非,看到她,我就决定戒酒,这些我都没法对您解释。我只知道,她的那些话和高尚的行为改变了我的内心,她拯救了我,这一点我终生难忘。不过现在到入场的时候了,里面正在打铃。"

卢什科夫鞠躬告辞,找自己的楼座去了。

美妙的结局

一天，正值列车长斯特奇金的休息日。柳博芙·格里戈里耶夫娜在他家里做客，这是一位丰满结实的女人，四十岁左右，她的工作是给人说媒，同时还会干一些只能在背地里悄声谈论的营生。斯特奇金有些不好意思，但是还是像往常一样严肃认真，他在屋里走来走去，抽着烟说："很高兴认识您，谢苗·伊凡诺维奇把您介绍给我，说您能在一件微妙的事情上帮到我。这件事对我十分重要，关系到我人生的幸福。柳博芙·格里戈里耶夫娜，我已经五十二岁了，在这样的年纪，许多人的孩子都已经成年了。我有稳定的工作，虽然积蓄算不上丰厚，但也足够养家糊口。我偷偷告诉您，除了薪水外，我在银行还有一笔存款，这些钱都是我依照自己的生活方式辛苦积攒下来的。我是一个正直而冷静的人，我的生活作风也很正派，在这方面我可以为许多人作典范，但是我却偏偏没有个家，没有生活伴侣，我的生活过得就像是到处迁移的匈牙利人，从一处迁到另一处,没有什么事能使我快乐,我也没有个人能商量事情,若是以后生病了,甚至不会有人给我端水,照顾我。另外,柳博芙·格里戈里耶夫娜,已婚人士在社会上的地位总是比单身的人要高……我是受过教育的人,也不缺钱,但是如果从某个角度来看我,那么我是谁?一个孤苦伶仃的人,就像个出家人似的。因此我希望您能帮我,让我和一位与自己般配的女人结婚。"

"这是好事!"媒婆长出一口气。

"我在这座城市里孤身一人,也没有认识的人。既然谁也不认识,我又能去哪里向谁求助呢?这也就是为什么谢苗·伊凡诺维奇建议我来找您这样一位专门负责这件事、专门将思索人类幸福作为职业的行家。我恳求您,柳博芙·格里戈里耶夫娜,请您帮助我,来安排我的命运。您认识城里所有未婚的女士,您可以轻易地给我一个妥善的安排。"

"这没有问题……"

"您请喝,别客气……"

媒婆习惯地将杯子放到嘴边,一饮而尽,眉头也不皱一下。

"这没问题,"她又重复道,"那您,尼古拉·尼古拉伊奇,希望娶一位什么样的妻子呢?"

"我吗？这都要看命运的安排。"

"当然了，这件事是要看命运和缘分的，但是无论如何，任何人都有自己的喜好。有些人喜欢黑发女人，而有些人喜欢金发女郎。"

"您知道吗？格里戈里耶夫娜……"斯特奇金严肃地深吸一口气，"我是一个正派并且性格倔强的人。对于我来说，美貌和外表都是次要的，而且您也明白，在结婚这件事上，相貌并不重要，而且和漂亮的妻子生活也未必省心。我认为，对于一个女人来说重要的不是外表，而是她的内心，在于她有美好的心灵和一切崇高的品质。您请喝，别客气……当然，如果老婆长得丰满一些这也是很好的，但是这对双方的幸福并不重要，重要的是智慧。但实际上，女人也不需要有太多的智慧，因为有了智慧，她就会对自身有更多的想法，会异想天开。当然，在现今社会没有接受过教育是不行的，但是教育的存在形式也是不同的。如果妻子会法语、会德语，甚至是其他的各种语言，这当然是好事，但是如果她连给你缝个扣子都不会，又有什么用呢？我是受过教育的，即便是和卡尼杰林公爵我也能侃侃而谈，就像现在和您交谈一样，但是我的性格很简单，我需要一个比我更简单的姑娘。最重要的是，她能尊重我，认为我能带给她幸福。"

"那是当然。"

"好,现在来说一下现实问题……我不需要很富有的女人。我不会允许自己有那种以金钱为目的而结婚的卑鄙行为。我希望不是我要靠她来养活我,而是她依靠我生存,并且希望她明白这一点。但是太贫穷的人我也不需要。虽然我是个有财产的人,而且我也不是出于利益而是因为爱情而结婚的,但是我不会娶一个穷人,因为,您也知道,现在什么都在涨价,而且以后还会有孩子。"

"可以找一个带陪嫁的。"媒婆说。

"您请喝,别客气……"

沉默了大概五分钟,媒婆叹了口气,斜着眼睛看着列车长问道:

"那么,老兄,单身的,你需要吗?现在有好的人选,一个法国女人还有一个希腊女人。都很抢手的。"

列车长思索一下回答:

"不,谢谢您。承蒙您垂青,现在请允许我问一句:您介绍一门亲事要收多少钱?"

"我不需要很多,给我二十五卢布外加一件做裙子的布料就很感谢了,至于介绍带陪嫁的就要另算了。"

斯特奇金双手交叉在胸前沉默地思索着。想了一会儿,他缓了一口气说道:

"这太贵了……"

"这一点也不贵,尼古拉·尼古拉伊奇!以前婚礼比较好办的时候是比较便宜的,但是现在,我们能赚几个钱?如果在荤月里我们能挣上两张二十五卢布,就要感谢上帝了。而且,老兄仅靠婚礼是攒不下钱的。"斯特奇金莫名其妙地看着媒婆,耸了耸肩。

"哼,难道五十卢布还少?"他问道。

"当然少了!过去我常常要收一百卢布呢。"

"啊?我从来不知道这种行当能赚这么多钱。五十卢布!这可不是每个男人都能赚到的!喝呀,别客气……"

媒婆眉头也不皱一下地一饮而尽。斯特奇金默不作声地从头到脚地打量着她然后说:

"五十卢布……这意味着,一年六百卢布……请喝呀,别客气……知道吗,这样的红利。柳博芙·格里戈里耶夫娜,您很容易给自己找个伴儿的……"

"我?"媒婆笑了,"我已经老了……"

"没有啊……您不但身材很好,脸也很饱满白嫩,其他的一切也都很好。"

媒婆很害羞。斯特奇金也有些不好意思地坐在了她旁边。

"您还能变得更加讨人喜欢,"他接着说,"如果您的丈夫是个正派、稳重、节俭的人，那么他的薪水加上您的，他一定会很喜欢您，而你们也能相濡以沫地生活在一起。"

"上帝知道您在说什么，尼古拉·尼古拉伊奇……"

"说说怎么了？我没有别的意思……"

又开始了一段沉默的时间。斯特奇金开始大声地擤鼻子，而媒婆羞得面红耳赤，她羞怯地看着他，问：

"那您的工资是多少呢，尼古拉·尼古拉伊奇？"

"我吗？七十五卢布，不算奖金。另外，我们还能在硬脂蜡烛和兔子上得到点额外的收入。"

"您还打猎吗？"

"不是的，兔子在我们这里指的是那些逃票的乘客。"

又沉默了一会儿，斯特奇金起身焦虑地在房间里走来走去。

"我不需要年轻的伴侣，"他说，"我已经老了，我需要的是像您这样，稳重、认真，并且拥有像您这样的身材的人……"

"上帝知道您在说什么……"媒婆窃笑，用手帕遮住了自己羞红的脸。

"有什么可想这么久的呢？我喜欢您，您的品质很符合我的要求。我是个正派冷静的人，如果您也喜欢我，那么还有什么比这更好的事情呢？请允许我向您求婚！"

媒婆由于激动而流下了眼泪,她笑着和斯特奇金碰了碰杯,表达了自己的赞同。

"那么,"幸福的列车长说,"现在请允许我向您说明一下,我对您的行为和生活方式的一些要求……我是个严厉、认真、正派的人,做事光明磊落,我希望我的妻子也一样严谨,并且能够明白,我是她的恩人,并且也是她最重要的人。"

他深吸一口气坐了下来,开始向他的未婚妻阐述他对家庭生活和妻子义务的看法。

在钉子上

一群十四等文官和十二等文官下班之后,在涅瓦大街上漫步。在斯特鲁奇科夫的带领下,他们一起去他家参加他的命名日晚宴。

"我们马上就要痛快地吃一顿了,兄弟们!"过命名日的人想象着说道,"让我们大吃一顿吧!我老婆已经准备好了馅饼,面粉也是我昨天晚上亲自去买的,还有产自沃龙佐沃的白兰地酒,我的老婆大概已经等很久了!"

斯特鲁奇科夫住在非常遥远的地方。走啊走,终于走到了。他们走进前厅,就闻到了馅饼和烤鹅的香味。

斯特鲁奇科夫一边问"闻到了吗",一边非常满意地偷笑着。"先生们,请脱下外衣!请把毛皮大衣都放到箱子上!卡佳在哪儿?哦,卡佳!我各科室的同事都来了!阿库林娜,快来帮先生们脱下外衣!"

有一个同事指着墙上的东西问道:"这是什么?"

墙上有一枚很大的钉子,在钉子上挂着一顶新的带着闪闪发亮的帽檐和帽徽的大檐帽。同事们互相看了看,顿时面色变得煞白。

"这是他的帽子!"他们小声说道,"他……在这里?!"

"是的,他在这里,"斯特鲁奇科夫咕哝着说,"他在卡佳那儿……先生们,我们先到小饭馆去坐一会儿,等他走了,我们再回来。"

同事们又扣上大衣的扣子,出了门,懒洋洋地朝小饭馆走去。

"难怪一进门时闻到烧鹅的味道,原来是因为有一只公鹅在那里!"档案保管员的助手说道,"是魔鬼派他来的吧,他很快就能走吗?"

"很快。从来没有超过两个小时。我饿了,来吧,我们先喝点伏特加酒,就着鲱鱼下酒……然后再喝一杯,兄弟们……两杯之后我们就吃馅饼。否则就没有胃口了……我老婆烤的馅饼可好吃了。然后再上菜汤……"

"买沙丁鱼了吗?"

"买了两盒呢。还有四种不同的腊肠……我老婆也应该饿了吧……偏偏他来了,真是见鬼了!"

他们坐在小饭馆里一个半小时了,为了摆摆样子,喝了些茶,又回到了斯特鲁奇科夫的家里。走进前厅,香味更浓了。厨房的门虚掩着,同事们看到了烤鹅和一盘黄瓜。

阿库林娜从火炉里拿出了什么东西。

"又不赶巧了,兄弟们。"

"又怎么了?"

同事们的胃难受得都缩起来了,饥饿是无情的,那钉子上又挂着一顶貂皮帽子。

"这是普罗卡季洛夫的帽子,"斯特鲁奇科夫说,"先生们,我们还是到别的地方去等一会儿吧……这位坐不了多长时间……"

"这个坏蛋有这么好的一个妻子!"仿佛从客厅里传来的沙哑的男低音。

"傻人有傻福,大人!"一个女人应和着。

"我们走吧!"斯特鲁奇科夫哼哼了一阵。然后又来到了小饭馆。他们要了啤酒。

"普罗卡季洛夫非常有权力!"同事们开始安慰斯特鲁奇科夫,"他在你家坐上一个小时,准保你十年官运亨通。幸运儿啊,兄弟!你怎么伤心了?用不着伤心。"

"你们不说这些,我也知道用不着伤心,但是问题不在这儿,我伤心的是,肚子饿得慌!"

过了半个小时,他们又回到了斯特鲁奇科夫的家里。貂皮帽还在钉子上挂着。他们又回去了。

都晚上七点多钟了,钉子上才没有挂东西,他们才吃上馅饼！馅饼已经瘪了，菜汤凉了，烤鹅也烤焦了，这一桌子的佳肴都让斯特鲁奇科夫的官运给弄糟了！不过，他们还是吃得津津有味。

彩　票

伊凡·德米特里奇是一个中产阶级，一年的家庭花销为一千二百卢布，他对自己的命运十分满意，一天晚饭之后坐在沙发上开始读报纸。

"我今天忘了读报纸，"他的妻子一边收拾桌子一边说，"你看看，那上面有没有彩票中奖的号码？"

"有呢。"伊凡·德米特里奇回答道，"难道你的彩票没抵押出去吗？"

"没有，周二我取利息了。"

"号码是多少？"

"9499组，26号。"

"我查查啊，9499和26。"

伊凡·德米特里奇不相信彩票能带来好运，要是别的时间他不会去查开彩的单子的，现在只是闲来无事罢了。况且现在报纸就在眼前，他用手指从上往下指着号码一个一个地检视。就在这时，像是讽刺他的灰心，从上面数第二行,"9499"这几个数字一下子映入眼帘!没有继续看是多少号,也没有再核对一遍,他很快把报纸放在膝盖上,就好像有人往他肚子上泼了一瓢凉水,顿时感觉心里有一股令人愉悦的凉意:痒痒的,颤悠悠的,但很甜蜜!

"玛莎,有9499!"他大呼道。

妻子看着他惊讶的面孔,明白了,他不是在开玩笑。

"是9499?"她急忙问道。她脸色发白,把折叠好的桌布又放到桌子上。

"是啊,有,真的是!"

"那票的号码呢?"

"啊,对!还有票的号码。不过,先别急,我们先不看,怎么样?反正组号对上了,对吧,你懂得的……"

伊凡·德米特里奇看着妻子,咧着嘴哈哈大笑,就像一个孩子看到闪闪发光的东西一样。妻子也笑了:无论是她还是他,都很高兴,看到他读出组号,并没有着急知道票的号码。抱着能有好运的心情,他们借此机会折磨并刺激一下自己,这是多么甜蜜和可怕。

"有我们的组号,"伊凡·德米特里奇在沉默很久之后说,"这就是说,有可能我们中奖了。尽管只是可能,但是还是大有希望的!"

"那我们来看一看吧!"

"先别急,一会儿还来得及失望。这是从上数第二行,就是说,我们中的是七万五千卢布。这不仅仅是钱,更是实力,资本!一会儿我对一下单子,看见有26!啊?你听着,要是我们真的中了彩呢?"

夫妇相视一笑,久久地看着对方,没有说话。这突如其来的可能的幸福把他们弄蒙了,他们甚至不能想象,不敢说他们需要这七万五千卢布去干什么,去买什么,去哪儿玩。他们一直在想9499和七万五千卢布,在各自的想象中描绘着它们,而关于这幸福是不是真的,他们已经不去想了。

伊凡·德米特里奇手里拿着那份报纸,在屋里来回走啊走,直到恢复平静,又开始幻想。

"如果我们中了,"他说,"我们就会有新的生活,这简直是意外的惊喜!你的彩票,如果它是我的,首先,我要花两万五买下一套类似于庄园的不动产,然后花一万用于一次性花销:新的家具……旅行、还债等等。剩下的四万五全部存进银行。"

"嗯,这个想法好,"他的妻子说,往沙发上一坐,把手放在膝盖上。

"在图拉省或者奥尔洛夫省选一处好地方,首先,就不需要另外再置办避暑别墅了;其次,庄园终归还可以获得收入。"

于是他又开始浮想联翩，那一幅幅画面如此甜美，富有诗意，头脑中所有的画面，使他看到自己是那样的富裕、宁静、健康，这一切都使他感到温暖，他甚至觉得太热了！瞧他，刚喝完冰凉的浓汤，却像喝了蜜一样，就腆着肚子躺在小河旁炽热的沙地上，或者是在花园的椴树下……好热……儿子和女儿在周围爬来爬去，挖沙坑或是到草地里去捉昆虫。他美美地在打瞌睡，什么都不想，全身心地感觉到无论是今天、明天还是后天，他都不用去上班。如果不想躺着了，他就去割割草，去森林里采蘑菇，或是去看看农夫们捕鱼。当太阳落山的时候，他带着浴巾、肥皂，慢悠悠地走到海滨浴场，在那里不急着脱掉衣服，而是用自己的手掌长时间地摩擦自己赤裸裸的胸脯，再跳进水里。在水里，那无光泽的肥皂波纹附近，有小鱼在游来游去，绿藻也在摆动着。洗完澡之后，喝点奶茶，吃点面包……然后散散步或者和邻居打扑克。

"如此美妙的想法。"妻子说，从她的面容中可以看出，她也在幻想，想得都痴迷了。

伊凡·德米特里奇又想象着多雨的秋天里那寒冷的夜晚以及晴和的初秋里的那些景色。这个时候他要去花园、菜园里遛一遛，去河边逛一逛，为了更好地冻一冻，然后喝一大杯伏特加酒，就着咸蘑菇一起下酒，或者就着酸黄瓜，之后再来一杯。孩子们从菜园里跑来，拉拽着胡萝卜和青萝卜，这些东西新鲜得都带着泥土的味道。然后懒散地躺在沙发上，不急不忙地浏览着带有插图的杂志，再用杂志把脸一盖，解开背心的扣子，舒舒服服地打个盹儿。

过了晴和的初秋，便是阴雨绵绵的时节。日日夜夜都在下雨，光秃秃的树木在哭泣，秋风带来潮湿和寒冷。狗、马、母鸡——全都是湿湿的、没精打采的、胆小的。没有地方可以闲逛，不想踏出家门半步，一整天都不得不在屋子里走来走去，忧愁地望着窗外阴暗的景象。太无聊了！

伊凡·德米特里奇回过神来，看着妻子。

"我，你知道的，玛莎，我想出国。"他说。

然后他又开始幻想，要是在深秋时节出国游玩再好不过了，可以去法国南部、意大利、印度！

"我也得出国，"他的妻子说，"我们看看彩票的号码吧！"

"别着急！再等一等……"

他在房间里走来走去，继续幻想。又有一个想法在头脑中闪现：如果妻子真的也要出国，那可怎么办？一个人旅行那才叫愉快，或者和一群容易相处的、无忧无虑的、活在当下的女人出去旅游也是极好的；而不能和那些一路上都在想念和谈论孩子，叹气发愁，因为花一点钱就担惊受怕的女人出去。伊凡·德米特里奇想象自己的妻子在车厢里带着很多包裹和篮子；她总是在唉声叹气，总是抱怨路途中要花很多钱，抱怨由于路途奔波而疲倦；每到一个停车站就要下去打开水，买夹肉面包和矿泉水，她不在餐车里吃饭，因为太贵了……

"她是要从我身上省每一分钱，"他想到这儿，看了看妻子，"这是她的票，不是我的！但是她为什么要出国？她能见到什么世面？她只会让我老实待在房间里陪她，不让我出去……这些我都知道的！"

这是他一生中第一次觉得他的妻子老了，变得不怎么好看了，浑身上下都是油烟子的味道，而自己是这么的年轻、健康、时尚，简直可以再结一次婚的。

"当然了，所有这些都是废话，都是在胡扯，"他想，"但是，为什么她要出国呢？她出国了能见识到什么？要是让她出国……我都能想象到……事实上，对于她来说，那不勒斯和克林那都是一样的，她只会妨碍我，我只能听她的。我能想象，她要是有了钱，就会像那些娘儿们那样加上六道锁，把钱藏起来，不让我知道，接济自己的亲戚，而我每一分钱都要算着花。"

伊凡·德米特里奇又想到了她的那些亲戚们，这些兄弟、姐妹、姨、舅要是都知道她中了彩票，肯定要向她诉苦，像乞丐一样地缠着她要钱，阿谀奉承，虚情假意。这些令人厌恶的、可悲的人们啊！如果给他们，他们就还会再要，而如果拒绝，他们将会诅咒、谩骂我们，希望我们能有霉运。

伊凡·德米特里奇也想到了自己的亲戚，想到了他们的那些面孔，以前他见到他们漠不关心，现在他会觉得他们令人厌恶，面目可憎。

"这些可恶的人们！"他想道。

此时，妻子的面孔也显得那么让人讨厌、憎恨。在他的心里对妻子的不满开始沸腾起来，他幸灾乐祸地想道："她在钱的事上不在行，所以如此吝啬。如果她真中了彩票，她只给我一百卢布，剩下的都据为己有。"

这时候，他的脸上已经没有了笑容，他憎恨地看着妻子。她也憎恨地看着他。妻子有自己多彩的梦、自己的计划、自己的意图；她知道丈夫在想什么。她知道，谁是第一个伸手向她要钱的人。

她的眼神仿佛在说："拿别人的钱做什么美梦！不，你想都别想！"

丈夫明白了她的眼神，心中满是憎恨，为了要气一气自己的妻子，他故意作对，很快地浏览了第四页报纸，大声地说："9499 组，46 号！不是 26 号！"

双方的希望和憎恨同时消失了。此时此刻，伊凡·德米特里奇和他的妻子都觉得房间变得如此昏暗、狭窄，他们刚刚吃过的晚饭，并没有填饱肚子，反而让胃觉得很不舒服，这个夜晚也变得如此漫长和无味……

"鬼知道，"伊凡·德米特里奇说，也开始耍脾气，"你走到哪儿，你的脚底下都有废纸、碎屑、硬壳。你根本没把房间打扫干净！弄得我想离家出走，真见鬼。我离开家之后遇到第一棵杨树就上吊。"

牡　蛎

我不必冥思苦想就能回忆起那个多雨的秋天的黄昏的所有细节。那时我和父亲站在莫斯科一条拥挤喧闹的街上，我感到自己好像被一种怪病折磨着，没有任何疼痛，我的腿弯曲着，话噎在喉咙里，头也无力地耷拉着……看起来，我马上就会昏厥过去。如果这时我来到医院，医生们会在我的病历上写上"饥饿"这个词，而医学书上并没有记载这种病。

我和父亲紧挨着站在人行道上。他身穿一件破旧的夏季大衣，头上戴着一顶花条呢帽，帽子上翘着一小块露出的白棉花。他的脚上穿着一双大而沉重的套鞋。多么渺小的人啊，总是害怕人们发现他光脚穿着套鞋，便在小腿上紧紧地套着一副旧皮靴筒。

我的父亲是一个贫穷又有点傻里傻气的怪人，他那件漂亮的夏季大衣变得越破越脏，我对他的爱就越深。五个月前他来到首都，想找一份文书工作。整整五个月来他在莫斯科徘徊，找事做，直到今天他决定上街乞讨……

我们对面是一幢挂着蓝色招牌"旅店"的三层楼大房子。我的头无力地往后仰，并歪向侧边，不由得看向了旅店那灯火辉煌的窗子。窗户上闪现着人们的身影。在一架轻便管风琴的右侧挂着两幅石印油画和一盏吊灯……我看到一面窗户上有一块发白的东西。这个东西一动不动，在四周深褐色背景的衬托下形成耀眼的长方形般的轮廓。我紧盯着那块东西，看出了这是一块白色招牌。在招牌上写着什么我不清楚，也看不清……

整整半个小时我都没有转移视线，一直看着那块牌子。它洁白的颜色吸引着我的目光，好像要催眠我的大脑。我努力辨别着上面写的字，但这都是徒劳。直到最后怪病又一次向我袭来。

我感觉到街上的噪音越来越大，在大街上的臭气中我能分辨出上千种气味，旅店和街上的灯闪烁着耀眼的光芒。我的五官都随之兴奋起来，努力地想要去认识周围的一切。我开始了解一些以前从未见过的东西。

"牡蛎……"我看清了牌子上的词。

好奇怪的词！我在这世上活了大概八年零三个月，但还是第一次听到这个词。它是什么意思呢？难道是旅店老板的姓？但是姓氏的牌子都挂在门上，而不是挂在墙上的啊!

"爸爸,牡蛎是什么东西啊?"我用沙哑的声音问道,努力把头转向父亲那边。

父亲没有听到我在问他,他看着移动的人群,目光追随着每个行人……我能从他的眼神中读出,他想对行人说些什么,但是这要命的话如同秤砣一般哽在他颤抖的嘴边,怎么也不能说出口。他甚至已经走到了一个路人身后,触到了那人的袖子,但当人家转过身来,他说了声"抱歉",窘迫地向后退去。

"爸爸,牡蛎是什么东西啊?"我再次问道。

"这是一种动物……生活在海里……"

我马上在脑海里联想这种不熟悉的海生物。它应该是某种类似于鱼和虾的动物,那么也可以用它做出非常美味的放有月桂叶和胡椒的热腾腾的香辣鲜鱼汤,或是一盆带脆骨的酸辣汤,或是做成虾酱似的烧汁,或是加上洋姜做成凉菜……我兴奋地想象着,从市场买来这个动物,麻利地把它洗干净,然后立即下锅……一切都做得很快,因为大家都想吃……非常想吃!厨房里也散发出热腾腾的鱼虾汤的香味。

我能感觉到这香气刺激着我的上颚和鼻孔,然后慢慢地占据我整个身体。旅店、父亲、白色招牌、我的袖子,周围所有的一切都散发着诱人的香气。香气是这么浓烈，以至我的嘴都开始咀嚼起来了。我咽下口水，好像我的嘴里就放着一块牡蛎肉。

我的腿因满足而向前弯曲，我抓住父亲的袖子，倒向他被汗湿透了的夏季大衣，以防自己跌倒。父亲打着哆嗦，他很冷……

"爸爸，牡蛎是荤的还是素的啊？"我问他。"它们可以生吃……"父亲说，"它的肉包裹在甲壳里，就像乌龟那样，不过……它有两片壳。"

美味的香气转眼间就不再刺激我的身体，我的幻想也退去……现在我全明白了！"这是一种脏东西，多么令人讨厌的东西啊！"我小声嘀咕着。

原来这就是牡蛎的样子！我想象着这种类似青蛙的生物。青蛙坐在甲壳里，用它那大而发光的眼睛往外看，鼓动着那令人厌恶的下颌。我想象着从市场上买回来这种有壳、有螯、眼睛炯炯发光、皮肤黏滑的动物……孩子们都会躲起来，厨娘也会很厌恶地皱起眉头，剥下它的螯，把它放在盘子里，再端到饭厅里。大人们拿起它就吃……生着吃，吃掉它的眼睛、嘴巴，还有爪子！而它尖叫着，用力地咬着人们的嘴唇……

我皱着眉，但为什么我的嘴开始咀嚼起来了呢？这令人讨厌的、肮脏的、可怕的动物，但我要吃掉它，贪婪地吃掉它，我害怕去猜测它的味道和气味。吃掉一个，我就会看到另一双炯炯发光的眼睛，然后是第三双……我要把它们全部吃掉。最后我会吃掉餐巾、盘子、父亲的套鞋、白色的招牌……吃掉一切我能看到的东西。因为我觉得，只有吃东西，我的病才能好。牡蛎用它那丑陋的、可怕的眼睛看着我，我因这种想法而浑身颤抖，但我还是想吃！只想吃！

"给我牡蛎！给我牡蛎！"从我的胸膛里迸发出呼喊声，我的手也向前伸去。

"帮帮忙，先生！"这时我听到父亲低沉而又喑哑的声音，"真不好意思，请求您，但，我的天，我们实在没有力气了！"

"给我牡蛎！"我喊道，一边揪着父亲的后襟。

"难道你想吃牡蛎？小子。"我听到身边有人在笑。

我们前面站着两个戴高筒礼帽的人，他们笑着瞧着我的脸。"小孩，你要吃牡蛎吗？真的吗？真有趣！你怎么吃呀？"

我记得，有一双有力的手把我拉到了那个灯火通明的旅店。一会儿工夫就有一堆人围着我，他们用一种观赏的眼神瞅着我，哄笑着。我坐在桌子后面吃着黏滑的、咸咸的、带着潮湿和霉味的东西。我狼吞虎咽地吃着，不嚼也不看，也不打听自己正在吃的东西。我感觉只要我睁开眼睛，就会看到一双炯炯发光的眼睛，看到牡蛎可怕的螯和嘴巴……

突然我吃到了某种硬硬的东西，听到了咔嚓的碎裂声。

"哈哈哈！他连壳都吃了！"人们哄堂大笑，"小傻子，这壳还能吃啊？"

之后我觉得很口渴。我躺在床上，因为胃里的灼热和发烫的嘴里的怪味儿无法入睡，而父亲在屋里走来走去，打着手势。

"我可能着凉了，"他嘟囔着，"我感到脑袋里装着什么……好像我的头里有个人……可能正因为今天我没有……可能……没吃到东西……大概，我很奇怪，很愚蠢……你看，这两位先生买了十卢布的牡蛎，也许我能向他们借点钱，他们多半会给我。"

黎明的时候我终于睡着了，我梦见了一只有螯的青蛙，它坐在壳里，转动着它的眼珠子。中午的时候我口渴得醒过来，寻找着父亲，而他还在踱着步，比画着双手，做着手势……

醋　栗

　　还是清晨，天空被雨雾遮蔽。很安静，不闷热也不干燥，像是灰蒙蒙的阴天一样。天空中早已乌云密布，等待着一场大雨，可什么也没等来。兽医伊凡·伊凡内奇和中学老师布尔金已经走得很累了，他们觉得这旷野无边无际。在远处的前方隐约可见米罗诺西茨村的风车，在右边，小丘绵延不绝，一直延伸到村子的后面。他俩知道，那里有河岸、有草坪、有绿柳、有庄园。如果能站到小丘上，在那里便可以看到无尽的原野、电线杆和远远地看着像正在爬行的毛毛虫的火车。如果天气晴朗，从那里定会看到整座城市。现在，天朗气清，大自然都显得安静。沉寂下来的时候，伊凡·伊凡内奇和布尔金爱上了这片原野，他们都在想，祖国是多么伟大、多么俊美。

　　"上次，我们在村长普罗科菲那儿的时候，"布尔金说，"您准备讲一段故事来着。"

　　"是的，我想讲讲我兄弟的故事。"

伊凡·伊凡内奇深吸口气，点着烟袋，正要开始讲故事，可就在这时下起了雨。差不多五分钟左右，已是瓢泼大雨，连绵不断，很难预测究竟何时会停。伊凡·伊凡内奇和布尔金陷入了沉思。浑身湿透的狗儿们，夹着尾巴蹲在那里，直勾勾地盯着他们。

"我们需要找个地方避避雨。"布尔金说。

"去阿列兴那儿吧，离这儿近。"

"好的。"

他们拐过弯，沿着原野的坡攀爬，时而直走，时而向右拐，直到走到大路上。立刻就看到了成排的杨树，花园，后边还有红色的谷仓顶，波光粼粼的小河。宽广的河面上呈现出风车和白色浴池的影像。这就到了索菲诺，阿列兴住的地方。

风磨转得轰轰作响，盖住了雨声，水坝在晃动。大车旁站着湿漉漉的马儿，低着头。人们披着麻袋，来来往往。潮湿、脏乱、烦闷，就连这河面也清冷、阴森。伊凡·伊凡内奇和布尔金已经感到浑身阴冷，不干净，不舒服，连脚也因脏乱懒得抬了。当他们穿过堤坝，登上主人的谷仓时，俩人都沉默了，更准确地说，是生起了对方的气。

簸谷机在谷仓的一个屋子中隆隆作响，门是开着的，从里面扬出尘土。阿列兴就站在门口，这个男人四十岁左右，高高壮壮的，留着长头发，比起地主，他看起来更像是教授或是艺术家。他穿着一件好久没洗过的白衬衫，腰间缠着一根绳子，下面穿着一条长衬裤。靴子上布满污迹和秸秆，鼻子和眼睛布满灰尘。他认出了伊凡·伊凡内奇和布尔金，看样子非常高兴。

"快请进，先生们，"他笑着说，"我这就来。"

房子很大，两层楼。阿列兴住在楼下带拱棚和小窗户的二居室，那里曾是管家住的地方，空间很大，散发着黑麦的味道，还放着廉价的伏特加和工具。楼上的正房，除了来客人的时候，他很少去那儿。伊凡·伊凡内奇和布尔金在屋中遇见了年轻的女仆人，她是如此美丽，以至他俩都停下了脚步，互相对视一眼。

"你们都无法想象，我见到你们是多么开心，"阿列兴跟着他们走进了门厅，"真是没想到啊！佩拉吉雅，"他对女仆说，"给客人们换些衣裳，对了，我也要换，只是应该先去洗洗，我呀，从入春后就没再洗过澡。先生们，难道不想洗洗吗？已经都准备好了。"

美丽的佩拉吉雅对人是那么礼貌，看上去又是那么温柔。她拿来了毛巾和香皂，阿列兴就陪着客人们到浴室里去了。"我已经很久没洗过澡了，"阿列兴边脱衣服边说，"我的浴盆，你们也看到了，很不错，是我父亲建的，但总是没时间洗。"

他坐在小台阶上，洗着自己的长头发和脖子，流过的水都变成了褐色。

"的确这样……"伊凡·伊凡内奇盯着他的脑袋说。

"我好久没洗澡了。"阿列兴不好意思地又说了一遍，便又开始洗漱，流过的水像墨汁一样呈黑蓝色。

伊凡·伊凡内奇走到外面，一头栽进水里，在雨中游泳，他用力摆动双臂，激起叠叠白色的浪花，游到了湖面的最中央之后潜入水中，一分钟后来到了另一个地方，继续向更深处游，努力潜入湖底。"哎呀，我的天啊……"他赞叹地重复道，"哎呀，我的天啊……"他游到了磨坊处，和那里的伙计们聊了聊后便返了回来，他在湖中央仰泳，让雨点打在他的脸上。布尔金和阿列兴穿好衣服，准备离开，而他还在潜泳。

"哎呀，我的天呀……"他说。

"您可够了吧！"布尔金对他喊道。

回到屋中，楼上大客厅的灯已经点着，穿着丝绸大褂和暖和靴子的布尔金与伊凡·伊凡内奇坐在圆椅上，而洗完澡，梳好头的阿列兴穿着新的长礼服在屋中走来走去，惬意地享受着干净衣服和轻快的鞋带来的温暖、舒爽。当漂亮的佩拉吉雅带着微笑悄悄地从地毯上走来，端来茶和果酱,伊凡·伊凡内奇正准备开始讲述他的故事,看上去,他的听众不只是布尔金和阿列兴,还有那些在金色画框中平和又严肃地看着他们的老老少少的女士们和军官们。

"我们兄弟两个,"他开始说,"我,伊凡·伊凡内奇,另一个是比我小两岁的尼古拉·伊凡内奇。我读完书,成为一名兽医,而尼古拉从十九岁起就在省税务局工作。我们的父亲奇木沙·喜马拉雅斯基是位世袭兵,但被授予了军官官衔,给我们留下了世袭的贵族身份和地产。他走后,那份地产抵了债,但无论如何,我们在乡间的童年生活过得无忧无虑。我们就像村里的孩子一样,一天到晚地在田间、在林中尽情欢乐,看马、捉鱼、剥树皮……你们也知道,谁要是钓到一条鲈鱼或是在秋天看到鸫鸟飞行,那他一定不是城市人了,他到死都会向往过那样的生活。我的弟弟在省税务局工作,多年来,他在同一个岗位上工作,写着同样的文件,总是想着一件事情:怎么回到乡间。这种愁苦慢慢地使他生出一种强烈的想法,那就是在河边或是海边随便的一块地方给自己买一个小田庄。

"弟弟是个善良温和的人,我爱着他,但他要把自己一辈子封锁在自家庄园的想法,我从未感到同情。常言道,每个人只需三俄尺的土地。但三俄尺只够供给尸体,而不是给人类。现在也流行这样的说法,如果我们的知识分子向往土地和庄园,这是好事。但要知道,庄园也无异于三俄尺土地。远离城市,远离争斗,远离生活的喧闹而藏身于庄园中,这不是生活,这是自私主义,怠慢精神,这是一种自我修行,但是毫无意义的修行。人只需三俄尺的土地,并非庄园,因为在整个地球、整个自然界中,每个人都可以展现自我,充分发展。

"我的弟弟尼古拉坐在办公室中,幻想着喝着香气布满整个庭院的自制的红菜汤,在绿草地上吃饭,在阳光下睡觉,好几个小时都坐在门外的长椅上看草原、看树林。农业手册和日历上的小贴士成为他的乐趣,成为他最爱的精神食粮。他喜欢读报纸,但只读这样的告示,如卖十几亩耕地和草场,附带庄园、花园、磨坊和池塘。于是在他脑海中就会浮现通往花园的小路,那里有花、有果实、有鸟巢,池塘中有鱼,你们知道吧,尽是些这样的东西。这些幻想的画面千差万别,取决于他看到的告示内容。但不知为什么,每幅画面都必有醋栗。任何一座庄园,任何一个诗意的角落,他都无法想象那里没有醋栗。

"'乡间生活自有它的安逸之处',他常常这样说,'坐在阳台上喝着茶,池塘里的小鸭子游来游去,香溢满园,还有……还有醋栗茁壮生长。'

"他计划着庄园的构成,且每次的计划都一模一样:一、主人的屋子，二、仆人的屋子，三、菜园，四、醋栗。他生活得很吝啬，不舍得吃，不舍得喝，天知道他穿得有多么寒酸，就像乞丐一样，一点点钱也攒起来存到银行里。实在太吝啬了。看到他的样子，我都觉得痛心。我常常接济他，过节时寄些钱去，可他连这都存起来。如果一个人打定了主意，可真是拿他无可奈何。

"过了一些年，他被调到另一个省工作，那时的他已年过四十，可还在读着报纸里的告示，攒着钱。后来听说他结婚了。还是为了那个目的：买座带醋栗的庄园。他娶了个又老又丑的寡妇，没什么感情，纯属是因为她的钱。他对妻子很吝啬，常常让她吃不饱饭，把她的钱存入自己的银行账户。他的妻子是邮政局局长的前妻，她已过惯了曲奇配甜酒的生活，在现任丈夫这儿连黑面包也没得吃，这样的生活使她饱受煎熬，没过三年她便离开了人世。当然，我的弟弟连一刻也没有觉得，她的死是他造成的。钱就像伏特加一样，把人变得很古怪。我们市里有一个商人死了，临死前他让人给他端来一盘蜂蜜，于是他把所有的钱和彩票就着蜂蜜一起吃掉，为的就是不让任何人得到他的财产。还有一次，我正在车站验货，这时有一个货贩子摔倒在大机车下，车截去了他的脚。我们立刻把他送去急诊室，他的血一直往外流，特别恐怖。而他却一直请求把他的脚找回来，因为被截掉的脚的鞋子里有二十卢布让他实在放心不下，可千万不能丢了呀。"

"您跑题啦。"布尔金说。

"妻子去世后，"伊凡·伊凡内奇想了一分钟后，接着说，"我的弟弟便开始物色庄园，当然，就算物色五年，最后还是会犯错，买不到完全称心如意的那个。弟弟尼古拉通过代理人，用分期付款的方式买了座一百一十二俄亩的庄园，这个庄园有主人的屋子、仆人的屋子和花园，但没有果园、没有醋栗、没有活水池塘。但有一条小河，里面的水和咖啡一个颜色，因为庄园的一侧是烧砖厂，另一侧又是烧骨厂，但我的尼古拉·伊凡内奇很少为此烦恼，他订了二十株醋栗，种在院子里，开始了地主般的生活。

"去年我去看望他。我心想，我要去看看他那里怎么样。在信中，弟弟说他的庄园是丘姆巴罗克洛夫荒园，或叫喜马拉雅荒园。我到达'喜马拉雅荒园'已是下午，非常的热，到处都是水沟、围墙、栅栏，里面种着排排云杉。都不知道怎么可以穿到他家门前，马该拴到哪里。走进他的房子，迎面看到一条长得像猪一样胖的褐色毛的狗，它本想叫两声，可又懒得这么做。从厨房走出来一位长得同样像猪的光着脚的胖厨娘，她说：老爷正在饭后午休。我走近弟弟，他坐在床上，被子盖到膝盖。他老了，胖了，皮肤也松弛了。脸、鼻子、嘴唇都向前突,眼看就要哼哼出声了,又睡了过去。

"我们抱在一起,流下了泪水,因为高兴,也因为这伤感的思绪:当年我们还风华正茂,可现已步入暮年,离尽头也已不远。他穿好衣服,带我参观他的庄园。

"'过得怎么样啊?'我问他。

"'谢天谢地,一切都好。'

"现在的他已不是从前的那个胆小可怜的小职员了,而是一个真正的地主、老爷。他对一切也已习惯,过得很享受,大吃大喝、泡澡,也发福起来。他和两个村社、两个工厂打过官司,就因为那里的伙计没有喊他'至高无上的老爷',使他感到不舒服。他对自己的灵魂照顾有加,很有老爷范儿。做善事并不低调,而是大张旗鼓。那他做了些什么善事呢?一件是用苏打和蓖麻油给患有不同病症的庄稼汉治病,另一件是在自己的命名日那天,在村中举行盛大的祈祷活动,然后供上半桶白酒,他觉得这非常重要。唉……真是要命的半桶白酒啊!今天胖地主抓庄稼汉去村长那里,告他们糟蹋他家庄稼,可第二天到了他的命名日,他就为他们摆出半桶白酒,庄稼汉们边喝边高呼'乌拉',醉汉们还跪在他的脚下。生活变好了,富裕了,节日也使俄国人变得自命不凡,蛮横无理。原本在税务局工作的,连自己的想法都不敢有的尼古拉·伊凡内奇,现在用大臣似的口吻说着这样的话:'教育是必不可少的,但在当下,对于我们的群众为时尚早。''身体上的惩罚总体上说是有害的,但在个别情况下这又是有益的,是必不可少的。'

"'我对群众是了解的,也和他们交流,'他说,'群众也爱我,只要我的指头稍稍晃晃,他们就会做我想要办的所有事情。'

"提请你们注意,他说这一切的时候,带着一脸精明得意的微笑。他数次说道:'我们贵族''我作为贵族'。很明显,他已经忘记我们的祖父是位庄稼汉,父亲是位士兵,甚至我们平凡的姓氏奇木沙·喜马拉雅斯基现在对他来说,也如此的显贵,赫赫有名。

"但我想说的实质不在他,而在于我。我想说说,我自己在他的庄园中短短几小时的变化。夜晚,当我们正在喝茶的时候,厨娘端上桌满满一盘子醋栗。这醋栗不是买的,而是自从种上后,第一次丰收的果实。尼古拉·伊凡内奇笑了,看着醋栗他沉默了,眼中饱含泪水,他激动得说不出话来,然后放了一颗到嘴里,看着我,像是一个终于得到了心爱玩具的小孩。

"'真好吃!'他说道。

"他贪婪地吃着,不住地说:'哎呀,太美味了!你也快

尝尝吧！'

"醋栗又酸又硬，但正如普希金所说：'欺骗比隐瞒着的真相更为美好。'我看到了一个幸福的人，因他实现了人生中的梦想，因他得到了他所想要的，因他满意他的命运和他自己。在我的思想中，人的幸福总是掺杂着烦恼，而现在，我看着这幸福人的模样，我思绪沉重，近乎绝望。

"到深夜里我更加的难过。我被安排在弟弟卧室旁边的屋中睡下，我听得到，他是如何辗转反侧无法入睡，他是如何起身走到装醋栗的碟子前品尝果子。我理解，事实上有很多满意、幸福的人！这多让人心灰意冷啊！你们看看这生活：强者蛮横无理，好逸恶劳；弱者不学无术，当牛做马。到处是难以忍受的贫穷、落后、喧闹、酗酒、虚伪、谎言……与此同时，在所有人家，在大街小巷都一片安静、平静；在这个城市里的五千人中，没有一个人，哪怕出来高喊一声，宣泄自己的气愤。我们只能看到，人们来往于市场买食物，白天吃饭，晚上睡觉，他们讲述着自己的琐事，结婚，老去，平静地为亲人送葬。但我们看不到也听不到，人们还在苦难中，生活的暗潮中布满伤痛。一切风平浪静，只有无声的数据默默反抗：多少人疯了，多少桶白酒被喝光了，多少个孩子死于饥饿……显然，这样的秩序是需要的。幸福的人自我感觉良好，只是因为不幸的人背着自己的重担默不作声，如果没有这样的沉默，幸福，显然不会存在。这是自我催眠。应该在每一个满意、幸福的人的门背后，站一个拿着小锤子的人，用敲打声不断提醒他们，还有不幸的人，同时，无论他们现在多么幸福，生活迟早会向他们伸出利爪：病痛、贫穷、失去，并且他们也会遭到无视，就像他们现在不管不顾任何人一样。没有拿着小锤子的人，幸福的人逍遥自在地活着，生活的琐事也会使他们担忧，但这担忧就好像风吹过杨柳一般，如此的无关痛痒，一切都安然无恙，顺顺利利。

"那个夜里我开始明白，我也是个满意、幸福的人，"伊凡·伊凡内奇站起来，接着说，"我也在饭局、狩猎时教导说，如何生活，如何信仰，如何管理民众。我也谈，学则明，教育必不可少，但对于普通人来说，识字就够了。我还说，自由是好的，是必不可少的，但需要等待。对，我是这么说的，但我现在不禁要问，为了什么等待？"伊凡·伊凡内奇生气地看着布尔金问道。"为了什么等待？我在问您呢？为了什么理由？大家对我说，不可能一蹴而就，任何的想法在生活中都会在合适的时候慢慢实现。但这是谁说的？有什么证据可以说明它的正确性？你们定会用事物的自然规律、法律法规来说明。但是否有这样的规律和法规来解释下面的现象呢？我一个有思想的鲜活的人站在沟前等待着，鸿沟自己闭合或是被沙土填满，而此时，我或许可以自己迈过去或是在上面搭一座桥。这又是为什么等待呢？等待，等到没有活下去的力量吗？

"我第二天一早便离开了弟弟的庄园，从那时起我开始无法忍受在城市里的生活。安静和平静使我压抑，我害怕往窗外看，因为对于现在的我来说，没有比围成一桌喝茶的幸福一家更沉重的场景了。我已经老了，不适合斗争了，我甚至连恨的能力都没有了。我只剩心痛、气愤、懊恼和整夜整夜因为冒出的想法而头疼得无法入睡……唉，我如果还年轻多好！"

伊凡·伊凡内奇因激动从屋中的一边走到另一边，不断重复地说："我如果还年轻多好！"

他突然走向阿列兴，握住他的一只手，然后是另一只。

"巴维尔·康斯坦丁内奇！"他用央求的声音说，"不要安于现状，不要让自己松懈！趁您还年富力强，精神饱满，努力做善事吧！没有幸福，也不应该有幸福，如果在生活中有思想、有目标，那么这思想和目标绝对不是我们的幸福，我们的幸福在更为明智的事业中。做善事吧！"

伊凡·伊凡内奇说这些话时，带着急切恳求的笑容，好像是为自己央求一样。

之后他们三人坐在房间里不同角落的圆椅上，默不作声。伊凡·伊凡内奇的故事既没有让布尔金满意，也没有让阿列兴满意。暮色中金色画框中的将军和女士们仿佛活过来一样，听了一个可怜的小官员吃醋栗的故事，有些无聊。不知为什么他们更对文人、女人的故事感兴趣。他们所在的房间里的一切：枝形的吊灯、圆椅、脚下的地毯都表明，曾经，这画中的看着他们的人物在这里走过、坐过、喝过茶；现在，漂亮的佩拉吉雅悄悄地从这里走过，这比任何故事都优美。

阿列兴非常想睡觉，他凌晨三点因为要做农活就起来了，现在的他快要睁不开眼了，可又担心客人讲什么有趣的故事而不愿离开。伊凡·伊凡内奇刚刚讲述的东西是否明智，是否正确，他不想去理会。客人不谈柴米油盐，而是说些与他的生活没有直接关系的事，他非常高兴也希望继续听故事。

"但是该睡觉了，"布尔金说，站起身来，"祝大家晚安。"

阿列兴道过晚安后就回到楼下了，客人们则留在楼上。他俩被安排在一个大屋子里，屋子的两扇木质大门上刻着花纹，在墙角有用象牙雕刻的耶稣受难的十字架。漂亮的佩拉吉雅为他们铺好的被褥，宽大、舒服，散发着淡淡清香。

伊凡·伊凡内奇沉默地脱去衣服，躺下。

"主啊，请您饶恕我们这些罪人！"他说完便蒙住了头。

布尔金放在桌子上的烟斗散发着刺鼻的烧焦了的烟草味。他久久不能入睡，却怎么也想不明白，哪儿来的这股呛人的味道。

整夜，雨一直敲打着窗。

出　事

——车夫讲的故事

老爷，您看，在山沟后的小树林里发生过一件不幸的事。我死去的亲爹，愿他老人家上天堂，有一次赶车给东家送五百卢布的一笔款子。当时，我们村和舍佩列沃村的农民都租那位东家老爷的地，我爹送的就是大家半年的田租。因为我爹信上帝，常常读《圣经》，他从来不干上帝不允许的事，比方说，克扣别人、欺压他人、骗取钱财等等，所以大家都很信任他。大家总是推举他去进城见长官或者给东家送钱。我亲爹人品没的说，超出一般人，可是人无完人，他有个嗜酒的毛病。路过小酒馆时，他一般总要拐进去，喝上几大杯，简直就是无法控制，糟糕极了！他老人家知道自己有这个毛病，所以他送公款的时候总是带上我或者我的妹妹安纽特卡，害怕自己睡着了，或者不小心把钱弄丢了。

说实话，我们一家人都好喝酒。我上过几年学，有点文化，在城里的烟草店里站过六年柜台，能够应付各种各样的老爷，能说各种场面话。可是我从书里得知伏特加其实是恶魔的血，这话一点不假，老爷。因为我老喝酒的缘故，我的脸色发青，脑子里浑浑噩噩的。就像您现在所看到的，我只好当了车夫，成了一个不识几个字的庄稼汉，一个什么都不懂的粗人。

我爹给东家送钱那回把安纽特卡带上了。那时候安纽特卡七八岁，个头矮小，什么都不懂。到卡朗契克之前，路过莫谢卡时，我爹进了一家小酒馆，他的老毛病又犯了。三杯酒下肚，他就开始在众人面前胡诌起来：

"我虽然是个普通的小老百姓，口袋里可有五百卢布呢。只要我愿意，什么酒馆，各种酒器，莫谢卡镇，还有镇上的所有犹太娘儿们和犹太孩子，我全部都能买下来。我全都能买下来，我全包了。"

这就是他老人家的玩笑话。随后，他又抱怨：

"教友们，财主和商人的日子可不好过。没钱，就没有那么多的牵挂；有了钱，你就得整天捂着口袋提防被坏人偷去。那些个阔老爷整天都提心吊胆地活在世上。"

当时一同喝酒的人记下了他老人家说的话。那时候，卡朗契克一带正在修路，来了很多刁民。我爹后来意识到了问题的严重性，但为时已晚。常言道，一言既出，驷马难追。老爷,他们当时就走进这片树林。走着走着,忽然听到有人从后面骑马追赶。我爹不是胆小,只是这确实比较可疑。因为树林里的路很窄,车马没法通行,平常也就是有人拖点干草和木柴,不会有人骑马来这里,而且现在是农忙时节。骑马的人不会是去做什么好事。

"有人在追我们,"他老人家对安纽特卡说,"他们很快就会追上。我方才在酒馆酒后失言了,真该让舌头长疮。闺女,我感觉要出事。"

他老人家想了想,对我妹妹安纽特卡说:

"事情不妙呀,真是有人在追我们。闺女,好孩子,你现在拿着这些钱,藏在衣服里面,钻到树林里躲起来。如果抢劫的来了,你就跑回家,把钱交给你娘,让她再送给村长。你要注意,千万不要让人看见你,要找隐蔽的地方跑,不要被人家发现。快跑吧,我会祈祷上帝保佑你。愿基督和你同在!"

他老人家把钱塞给安纽特卡。她钻进茂密的灌木丛里。不一会儿,三名骑者赶到我爹眼前。其中一个人很高很壮,胖头肿脸,穿一件红色的衬衫和一双靴子。另两个人衣服很破,脏兮兮的,显然是修路的。老爷,我爹怀疑的事当真发生了。那个穿红衣服的人勒住马,之后他们三个人一起收拾我爹。

"别动,鬼东西!把钱藏哪儿了?"

"我没钱,你们什么也不会抢到!"

"你给东家送的田租呀!快拿出来,你这个浑蛋,秃子,否则我们杀了你,让你来不及忏悔就去见上帝!"

"你们这些恶棍打劫我干什么?你们心中不信上帝,你们会不得好死的!你们活该抢不到钱,你们会挨鞭子的,上帝会惩罚你们的。滚开,你们这些恶棍,不然我要打人了!我怀里有把手枪,枪里有六发子弹。"

强盗们听了这些话,变得更加穷凶极恶,他们拿起武器来就往死了打他老人家。

他们翻遍了车上的所有东西,又搜了他老人家的全身,甚至把他的靴子都检查了一遍。他们看到我爹挨了打反而骂得更凶了,于是就绞尽脑汁折磨他。这时,躲在树林中的安纽特卡看见了所发生的一切。后来,她还看到爹爹躺到了地上,奄奄一息。她就拼命往家里跑去。当时,她年纪还小,什么也不懂,不认识路,只能沿着小山沟瞎跑。其实,那地方离我家总共也就八九里路。要是大人一个小时就跑到了,可她一个小孩子,难免进一步,绕两步。而且我们村的小姑娘都在炕头上蹲着,要不就在院子里干活,很少进树林,自然不习惯光着脚丫在荆棘丛生的林子里跑。

到了晚上,安纽特卡终于看到了一户人家。那是苏霍卢科沃村外护林人的家,他守着一片官府的林地,当时有位商人为了烧炭租了这片树林。她敲了敲门,守林人的老婆出来给她开了门。安纽特卡突然哭了起来。把事情的经过原原本本地对守林人的老婆讲了一遍,其中,连钱的事也讲到了。守林人的老婆很同情她。

"可怜的孩子,宝贝儿!你小小年纪能活下来,那是上帝在保佑你!我的好姑娘!快进屋,我来给你弄点吃的。"

守林人的老婆极力讨好安纽特卡,给她吃的和喝的,还陪她一起流眼泪。安纽特卡相信了她,孩子就是孩子,竟然轻易地把钱交给了守林人的老婆。

"小宝贝儿,我先把钱藏起来,明天一早我就还给你,再把你送回家去,我的小乖乖!"

守林人的老婆拿到了钱,把安纽特卡安顿在炉台上睡觉,当时,炉台上正烘烤着许多笤帚。守林人的女儿和我家安纽特卡同龄,也躺在炉台上的笤帚上睡觉。安纽特卡回到家后,跟我们说,因为那些笤帚散发着一股香浓的蜂蜜味。安纽特卡躺了好久,却无法入睡,偷着哭了起来,她可怜起爹爹,为爹爹担心害怕。可是,老爷,过了一两个小时,有人进屋来了。安纽特卡一下就认出来正是那三个打爹爹的强盗。他们的头儿,那个穿红颜色衣服的人走到那个女人跟前说:

"老婆,今天我们弄死了一个人,却连一分钱也没找到。中午时候的事。"

"那个老家伙白白送了命,"他的两个衣衫褴褛的同伙说道,"同时,我们也白白让灵魂背上了罪孽!"

那女人望着他们,嘻嘻笑了起来。

"傻老婆,你笑什么呢?"

"我笑,我既没打死人,灵魂也没背上罪恶,反倒却把钱弄到手了。"

"什么钱?你说什么胡话呢?"

"那就叫你们开开眼,看我说的是不是真的。"

那个女人把钱包打开给他们看,接着就把安纽特卡是怎么来的,对她说了什么,等等,原原本本地跟他们说了。那些凶犯们非常高兴,马上开始分赃,还差一点因为分赃不均打起来,后来就坐下来大吃大喝。可怜的安纽特卡躺着,听到和看到了一切,她吓得浑身颤抖,就像是犹太人掉进了热锅里。怎么办呢?从他们的话里,她了解到,爹爹已经被他们打死了,尸体横在路上。她恍恍惚惚地好像看到一群狼和狗在吃可怜的爹爹,好像我们家的马跑进了林子里,也让狼给吃了,又好像她自己被关进了大牢里,有人要鞭打她,责怪她不应该把钱弄丢了。

那些个强盗把酒喝光了,让女人去打酒。给她五卢布,让她买伏特加和葡萄酒。他们花安纽特卡的钱胡吃海喝。这些败类喝个没完没了,又让女人去打酒,看样子,他们会无休止地喝上一宿。"我们索性喝个通宵吧!"他们嚷嚷着,"我们现在有的是钱,用不着那么吝啬!多喝点,就是千万别喝昏了头!"

他们喝到了半夜,已经喝醉了,第三次打发婆娘去打酒。守林人在屋子里走起路来已经东倒西歪了。

"哎,兄弟们,"他说,"必须要干掉那个小姑娘!我们要是放过她,她一定会去告发我们的。"

他们商量了好久,最后决定杀死安纽特卡。要知道,要对一个无辜的小姑娘下毒手,那是一件十分可怕的事,只有醉鬼或者疯子才能下得了手。他们争论了将近一个小时,应该由谁去杀小姑娘。三人互相推诿,差点又要打起来,结果谁也不愿意去。最后,只能通过抓阄来决定,守林人抓着了。他又喝了一大杯,清了清嗓子,出去取斧子。

可是安纽特卡这个小姑娘还是挺有心眼的。她平时傻乎乎的,这次她可想到了一个绝不是随便哪个有学问的人能想出来的好主意。多半是上帝怜悯她,让她变聪明了。总而言之,在最危险的时刻她比谁都机灵。她轻轻地爬起来,向上帝祈祷一阵,拿起守林人老婆给她盖的羊皮袄。要知道,守林人的女儿和她并排躺在炉台上,她们俩年龄差不多。安纽特卡互换了她们两人身上盖的东西，把自己身上的羊皮袄盖在守林人女儿身上，把守林人女儿身上的棉袄盖在自己身上。之后，她用棉袄蒙住头，走出房间，还从那些醉鬼身边经过，那些人以为她是守林人的女儿，连看都没看她一眼。她很幸运，守林人的老婆又打酒去了。要不然，安纽特卡可能躲不过那把斧头，因为女人的眼睛很尖，就像鹰一样。守林人老婆的眼睛也不例外。

走出屋子后，安纽特卡赶忙跑了起来。她又迷路了，在树林里转悠了一宿，一直到早上才找到了林边空地上了大道。上帝保佑她，她遇见了村秘书叶戈尔·丹尼雷奇，这个人现如今已经去世了，愿他上天堂！当时，他拿着鱼竿正准备去钓鱼。安纽特卡见到他后，告诉了他一切情况。于是他赶紧往回赶，这时候还哪有心情去钓鱼。他回到村子，召集了一帮村民，急忙赶往守林人的家里。

他们到了那儿，看到那几个凶犯全醉倒在地了，横七竖八地躺在地上。守林人的老婆也喝醉了。首先，要搜他们的身，把钱找到。他们看到了炉台上守林人的女儿满头都是鲜红的血。他们把这三男一女都弄醒，捆绑了他们的手，押着他们回乡里去了。守林人的老婆哭天喊地叫嚷起来，守林人则不停地晃脑袋，央求道：

"再给点酒，乡亲们，让我清醒一下！我的头要痛死了。"

后来,依法定程序在城里开庭审判,他们受到了法律的严惩。

老爷,这件不幸的事就发生在小山沟后面的那片树林里。这会儿太阳落到树林后头去了,已经看不清林子了。我只顾着跟您说话了,连这些马都好像在为听我讲的故事站住了。哎呀,宝贝儿,我的好马!跑得再快一点,坐车的是一位很好的老爷,会有赏茶钱的!呶,我的好马呀!宝贝儿呀!

捉 弄

冬天里晴朗的一天中午……很冷,冻得树都发出嘎嘎的响声。娜坚卡挽着我的胳膊,她的鬓发上、嘴上的茸毛都挂上了一层薄薄的霜。我们来到了山顶上。从山顶到山脚下有一条斜坡,在阳光的照耀下,它像镜子一样闪闪发亮。我们旁边有一个轻便小巧的雪橇,上面盖着一块红色的绒布。

"我们滑下去吧,娜杰日塔·彼得罗夫娜!"我建议道,"就滑一次!我保证,我们会毫发无损,完整无缺。"

但是娜坚卡①很害怕。她认为,从她脚下到山底这段斜坡简直就是一个神秘的可怕地穴。当我们坐上雪橇后,她往下看了一眼,吓得都喘不上气了,还倒抽了一口冷气。看样子,要是她真的冒险飞向深渊,那她肯定会吓死或者是吓疯的。

"求您了!"我又说道,"不用害怕!您要知道,您这是

---
① 娜杰日塔的爱称。

没有毅力、胆怯的一种表现！"

娜坚卡最后还是同意了，不过我看她的脸色就知道，她是在冒生命危险做出让步的。我扶着她坐上雪橇，用手搂着这个脸色惨白、浑身颤抖的姑娘，跟她一起滑向深渊。

雪橇开始滑动，就像出膛的子弹一样。空气被我们冲断，于是发出怒吼，拉扯着我们的衣服和帽子，刺痛我们的脸部，好像就是要把你的脑袋从肩膀上揪下来。风的力量太大了，我们几乎没法呼吸。好像有个魔鬼抓住了我们，大叫着把我们拖进地狱里去。周围的景物变成了一条一闪而过的带子……再过一秒钟，我们就要被撕碎了。

"娜佳，我爱你！"我悄悄地说。

快到山脚下时，雪橇的速度减慢了，风的呼啸声和滑木的沙哑声也减弱了，我们的呼吸也没那么困难了。娜坚卡却已经快被吓死了。她的脸色惨白……这时，我扶她站了起来。

"再也不滑了，"她睁大充满恐惧的眼睛望着我说，"永远也不滑了，我都快吓死了！"

不久，她缓过神来，用怀疑的眼神打量我：是我说的那句话，还是她在急速的旋风中产生了幻听？我站在她旁边，抽着烟，认真地检查我的手套。

她挎着我的胳膊，我们在山脚下又玩了好一会儿。显然,那句话让她不得安宁。那句话真的有人说吗?有还是没有?有还是没有?这是一个非常重要的问题,世界头等重要的问题,关乎她的自尊心、名誉、生活和幸福的问题。娜坚卡不耐烦地、忧伤地、用富有穿透力的眼神打量着我,心不在焉地回答我的问话,等着我自己说出那句话。她的脸可爱极了,表情也丰富多样!我看得出,她在努力控制自己的情绪,她想说什么,提问题,但又不知道如何说才好,她感到很别扭。

"您知道吗?"她眼睛不看着我,说道。

"你说什么?"我问道。

"让我们再……再滑一次吧!"

我们沿着阶梯又走上山顶。我又一次把脸色苍白、浑身颤抖的娜坚卡扶上雪橇,我们再一次一同飞向恐怖的深渊,风又一次在我们身边咆哮,滑木再一次发出沙哑的声音,在雪橇飞得最快、风声最大的时候,我又一次悄悄地说:

"娜佳,我爱你!"

雪橇又一次停住了,娜坚卡马上回望我们刚刚滑下来的山坡,之后长久地探察我,仔细听我那若有似无的声音,于是她整个人,以及身上的各种饰物无不表现出极度的困惑。她的脸表明她在想:

"这是怎么一回事？到底是谁说了那句话？是他说的，还是我出现了幻听？"

这个疑惑让她魂不守舍，没了耐性。可怜的她无心回答我的问话，一脸忧愁，马上就要哭出来了。

"我们应该回家了吧？"我问道。

"可是我……我喜欢上了滑雪，"她满脸通红地说，"我们再滑一次吧？"与前两次一样，她脸色惨白，浑身颤抖，吓得几乎无法呼吸。

我们第三次飞向了恐怖的深渊，我发现，这次她一直盯着我，注视着我的嘴唇。可我故意用围巾遮住嘴，咳嗽起来。我们滑到半山腰时，我又一次悄悄地说：

"娜佳，我爱你！"

结果如前两次一样！娜坚卡一声不吭，心事重重……我从冰场把她送回家，她不说话，不愿走快，一直想着我是否可能对她说那句话。我看出，她的内心受着巨大的煎熬，她在竭力控制自己，免得说出：

"风不可能说出那句话！我也不希望是风说的！"

第二天上午，我收到了一张便条："您今天还去冰场的话，请顺便叫上我。娜坚卡。"以后，我和娜坚卡几乎天天都去滑雪。当我们坐雪橇滑下斜坡的时候，我还是悄悄地说：

"娜佳，我爱你！"

很快，娜坚卡对这句话上了瘾，就像人喝酒、饮咖啡上瘾一样。现在没有这句话她就没法活下去。从山顶往下滑依然令她胆战心惊，但是此时的恐惧和害怕，反倒是给那句表达爱意的话增添了一种特殊的魅力。尽管这句话是谁说的仍然是个谜，依旧折磨着她。她依然怀疑我和风……她不确定，究竟谁在向她诉说爱意，但后来她显然已经变得不在乎了，因为喝醉了就行，谁还管用什么杯子喝的呢？

有一天中午，我自己一个人去了冰场。我混在人群中，突然发现娜坚卡正朝这边来找我……但是后来她却胆怯地沿着阶梯上了山顶……要知道，一个人滑下来可是极其可怕的！她脸色惨白，艰难地走着，像赴刑场一样，但还是头也不回地坚定地走着。后来，她已经打定了主意，要试最后一次，看我不在她身边的时候，还能否听到那句美好的话。我看到她坐上雪橇，脸色惨白得跟雪一样，闭上眼睛，像与人世离别似的滑了下去……"沙沙沙"……滑木依旧发出这样的响声。我不知道，娜坚卡是否再次听到了那句话，最后，我只看到，她从雪橇上站起来时，已经快奄奄一息了。从她的脸色可以看得出，她自己也不确定自己听到了什么没有。她一个人滑下来时，已经吓得失去了听觉和理解力……

早春三月已经来到，天气逐渐变暖。我们的那座冰山变得发黑，没有了昔日的光彩，最后融化掉了。我们也没有再去滑雪。可怜的姑娘娜坚卡再也听不到那句话了，我要动身去彼得堡了，要去很久，也许再也不会回来了。

有一次，大概是我动身的前两天，快到傍晚我坐在花园里，这个花园与娜坚卡所居住的院子只隔一道带钉子的高板墙……天气还是十分寒冷，牲畜粪便下的积雪还没有融化，树木萧条，但一群白嘴鸦大声叫着，找树枝晚上睡觉用。这一迹象已经有了春天的气息。我走近高板墙，从板缝里往另一头看。我恰巧看到娜坚卡从门口走出，站在台阶上，抬头悲凉地望着天空。春风轻拂着她苍白的脸庞，这风让她回忆起往昔在半山腰的情景，正是在怒吼的风声中她听到了那句话。于是她的脸色变得忧郁，流下了两行悲伤的眼泪……可怜的娜坚卡张开双臂，好像是在央求春风再一次送给她那句话。等风刮过之后，我悄悄地说：

"娜佳，我爱你！"

天哪，娜坚卡变得不一样了！她欢呼，眉开眼笑，迎着风张开双臂，她当时是那么的幸福和美丽。

我离开，回去收拾行囊……

这件事已经发生很久了。现如今娜坚卡早已出嫁。不知是出于父母之意，还是她自己的愿望。这都不要紧，她嫁给了贵族监护会的一名秘书，已经有了三个孩子。当年我们一起滑雪时，风儿送给她的一句耳畔话："娜佳，我爱你！"的回忆，令她永生不忘。于她来说，这是她一生中最美好、最动人、最幸福的回忆……

现如今我也上了岁数，已经不能理解，为什么当初我要说那句话，为什么要捉弄她呢……

代　表

或：杰兹杰莫诺夫损失二十五卢布的故事

"小点声！……这儿不方便，我们去屋里说……在这儿他能听见……"

于是他们来到了屋里。为防止看门人马卡尔偷听泄密，他们打发他去地方金库了。马卡尔拿起账本，戴上帽子，但是他并没有去金库，而是躲在楼梯底下偷听，因为他知道他们想造反……卡沙洛托夫第一个发言，随后是杰兹杰莫诺夫和兹拉奇科夫……他们的言论很危险，说得满脸通红，甚至抽搐起来，还捶胸顿足……

"要知道，现在是十九世纪下半叶，不是鬼才知道的年代，更不是灾难年代！"卡沙洛托夫说道，"过去这些大肚子的家伙恣意妄为，现在可不行！我们已经无法忍受！现在已经今非昔比，他们可以……"类似的话说了好多。

之后杰兹杰莫诺夫慷慨陈词的内容与卡沙洛托夫基本相同。兹拉奇科夫甚至骂了起来……所有人都在大喊！不过,其中还是有明智的人。这位有识之士一脸忧虑,用沾满鼻涕的手帕擦着脸说:"哎呀,这样值得吗?哎……行,就算你们说的话是有道理的,那又怎样呢?你们怎么对待别人,别人也会怎样看待你们,可以换位思考一下,假如你们是上司,别人也同样会反对你们!相信我的话吧!这样做对你们有害无益……"

但是,在那样的氛围下,大家哪里听得进去他说的话,还把他挤到了门口。这位有识之士发现理智无法战胜激情,自己也受感染激动了起来。

"到时候了,该让他明白我们和他一样也是人!"杰兹杰莫诺夫说,"我要重复一遍,我们不是奴隶,也不是下等公民!更不是古罗马的角斗士!我们不许别人讥讽我们!他对我们一点也不尊重,总是以'你'来称呼;我们跟他行礼,他从未还过礼;我向他报告,他却背对着我们;他还张口骂人……现在对差役也不能'你你你'的呀,更何况我们也都是有头有脸的人!这些话都应该让他知道!"

"前些日子他故意数落我:'你的那张老脸怎么啦?让马卡尔拿墩布给你擦干净!'这种玩笑话也说得出口!还有……"

"有一次我和爱人一起走,"兹拉奇科夫插嘴说道,"碰上了他。'呶,你这人,'他说,'怎么总是跟妓女厮混呢!

而且大白天的还在一起走！'我解释说，大人，这是我妻子……他并没有道歉，只是咂巴了一下嘴唇！我老婆因为受到了这种奇耻大辱哭闹了三天。她不是妓女，相反……这些你们都再清楚不过了……"

"总之，先生们，无论如何不能再这样下去了！要我们和他共事比登天还难！要么他滚蛋，要么我们辞职！宁可不干了，也不能受这样的侮辱！现在都十九世纪了，人人都有自尊心！虽然我是不起眼的小人物，可我是个活生生的人，也有自己的脾气和性格。我不能容忍！对，就这么直接跟他说！我们派一个代表去告诉他：我们已经无法这样活下去！谁能代表我们大家去呢！就这么直说！没什么可害怕的，不会有什么事！谁去呢？哎……见鬼去吧……我嗓子都喊冒烟了……"

他们开始推选代表。经过长时间的争论，他们认为最智慧、口才最好、胆量最大的当数杰兹杰莫诺夫。他不仅在图书馆挂了名，还写得一手漂亮书法，他结识的都是有教养的女士——这些都可以证明他脑袋好使，晓得以何种方式说些什么话。他的胆量就更不必提了，众所周知，他竟敢要求警察分局局长向他赔礼道歉，因为在俱乐部对方把他当"仆人"使唤。警察分局局长还没来得及对这一要求发火，有关杰兹杰莫诺夫胆量过人的说法便传开了，这真是大快人心的一件事……

"谢尼亚，你去吧！不用害怕！就照直这么说呗！你这么样做不会有任何好处，就这么直说！你狗眼看人低，大人，就这么直说！你无法无天！你找别人当你的奴隶吧！我们不比别人傻，大人，我们会把那些自视甚高的浑蛋赶走！用不着不好意思！就这么直说……去吧，谢尼亚……老朋友……只是你要把头收拾一下……就这么直说……"

"我脾气暴躁，先生们……恐怕会说过头。还是让兹拉奇科夫去吧！"

"你说什么呢，谢尼亚，你去好……兹拉奇科夫对付小绵羊还绰绰有余，而且还得喝酒壮胆……他就是个糊涂虫，你不一样，毕竟……你去好，亲爱的。"

杰兹杰莫诺夫梳了梳头，整理了一下衣服，咳嗽了两声，清了清嗓子就去了……大家屏住呼吸目送他。他走进办公室后，站在门口，用颤抖的手摸着嘴唇，心里想，我该怎么开始呢？当他看到了上司秃顶上的那颗熟悉的小黑痣时，他马上感到心很凉，心脏像被带子紧紧地束缚着……背上有一股寒气袭来……其实，这也不算坏，放不开时都会这样，就是不应该胆怯……应该勇往直前！

"呶……你有事吗？"

杰兹杰莫诺夫向前走了一步，使劲地动了一下舌头，但是一个字也没说出，嘴里像有一团乱麻似的。同时，他感到不仅舌头有问题，他的全身各器官也都有了问题……之前的勇气一直往下走，从胸部到腹部，转了一圈，又继续顺大腿下到脚后跟。最后，降到了靴子里……他的靴子很破……完了！

"唉，有事吗？聋了吗？"

"哦，我，我倒也没什么事……顺便来看看您。大人，我听说……听说……"

杰兹杰莫诺夫想竭力控制自己的舌头，但舌头都不听使唤，他说道：

"我听说尊夫人中了一辆四轮马车……彩票，大人……嗯嗯嗯……大人……"

"彩票？可以……我这里还剩五张，全给你？"

"不……不……不要，大人……一张……就够了……"

"五张你全要吗？我问你呢！"

"太好了，大人！"

"每张六卢布……你么，就收五卢布吧……请签字……由衷地祝你中彩……"

"嘻嘻嘻……谢谢……大人……啊啊，非常高兴……"

"出去吧！"

过了一分钟，杰兹杰莫诺夫站在屋子中央，脸通红，眼泪汪汪地向朋友们借二十五卢布。

"诸位兄弟,我只好给了他二十五卢布,但那不是我的钱!是我丈母娘要我付房租的钱……先生们!借给我点钱吧,求你们啦!"

"你怎么哭了?你很快就会有一辆马车……"

"马车……马车……马车对我有什么用?吓唬人吗?我又不是神职人员!再说,真要是中彩了,马车放哪儿呀?能塞哪儿呢?"

他们说了好久。与此同时,这个能说会写的马卡尔一直在做记录。记完之后,便……如此这般……这下话可就长啦,先生们!总之,我们从中可以得出一条教训,那就是千万别造反!

夜莺演唱会

我们在河岸上占了一块地方。前面是一道很陡的褐色土岸,后面则是一大片黑黑的小树林。我们趴在绿油油的草地上,拳头支着下巴,两条腿自由地摆动,自由自在,随心所欲。我们脱了春季外衣,这也不需要付二十戈比的看管费,因为我们附近没有剧场服务员。树林、天空和天边的田野被月光笼罩着。远方,一盏红色的灯发出微弱的红光,忽明忽暗。空气清新、宁静、馨香……这一切都为演唱家的演出提供了条件。只是我们的演唱家夜莺不要考验我的耐心,快点出场才好。可惜的是,它却许久毫无动静……我们期待着,同时开始聆听其他演唱者的歌喉。

首先,布谷鸟开始独唱。它在树上懒洋洋地"布咕、布咕",十来声之后便不再唱了。之后,两只红脚隼在我们头上掠过,发出刺耳的尖叫声。后来,低音歌手黄鹂认真地进行了表演。它的歌声优美,让我们心旷神怡,要不是一群白嘴鸦回巢,我们会一直听下去……它们像一片乌云般朝我们这边飞来，发出嘶哑的"哑哑"叫声，它们落到了树上。它们自己叫了好久也没停下来。

此时，芦苇丛中的青蛙们也"呱呱"地不停喧闹起来。这样的演唱会持续了整整半个钟头。一只昏昏欲睡的鸫鸟开始叫了起来，林间的山鸡和苇莺是它的忠实伴唱。随后是幕间休息时间，周围一片寂静。有时我们身旁草丛里的蛐蛐也会"咻咻"地叫，打破周围的寂静。在幕间休息时，我们变得不耐烦了，已经开始对这位夜莺演唱家颇有微词。天空黑了下来，月亮爬上了树梢，这时音乐会的主角才会出场。夜莺从一棵树上，一下子飞进一丛黑刺李中，尾巴晃动了一阵，就不再动了。它的羽毛是灰色的……通常来说，它不太重视听众，经常是在观众面前穿得像麻雀一样粗俗。（这样不好，年轻的歌者！要知道不是观众为你存在，相反，是你为观众而存在！）大约过了三分钟，夜莺仍旧不出一声，一动也没动……你听，树梢开始沙沙作响，微风吹来，蛐蛐欢快无比，它们好像是一支伴奏乐队一样。这时，我们的夜莺发出了第一声颤音。它开始一展歌喉。无须讳言，它的歌声清脆甜美，既有力量又充满柔情，响彻整个树林，就连伴奏队也听得忘记了演奏，变成了观众。不过，我并不想争夺诗人的饭碗，还是让他们去描绘吧。夜莺深情地演唱着，周围一片静默。只有一次，树林愤怒地咆哮，风也发出嘘声，它们想警告一只大喊大叫的猫头鹰不要妄想压倒我们的夜莺。

当接近黎明时，公爵地主家的厨子来到了这片小树林里。他压低身子，左手按住帽子，屏住呼吸前行。他的右手还拿着一只柳条筐。他的身影时隐时现，不一会儿就在密密的树林中不见了。夜莺的歌声更为轻柔了，突然戛然而止。此时，我们正准备离开。

"瞧这个鬼东西！"我们听见有人说话，不一会儿就看见了公爵家的厨子。他朝我们走来，高兴得眉开眼笑，还让我们看他的拳头。他刚才捉住了演唱的夜莺……真是个可怜的夜莺！愿上帝保佑您，但愿任何人都不会有这样的厄运。

"您捉它干什么呀？"我们问道。

"关在鸟笼里！"

一声长脚秧鸡的啼叫预示着黎明的到来，缺少了演唱家的树林喧闹起来。厨子把夜莺装进了柳条筐，满意地跑回村子。我们也都各自回家了。

窝　囊

前些天我把孩子们的家庭女教师尤丽娅·瓦西里耶夫娜叫到了我的书房里，和她算了一下她的报酬。

"请坐吧，尤丽娅·瓦西里耶夫娜！"我对她说道，"我们来算一下账。您肯定需要钱用，但是您又非常拘礼，自己是不会张口要的……那么好吧，女士，我以前跟您定的是月薪三十卢布……"

"不，四十……"

"哪有的事儿，三十……我这儿都记得清清楚楚……我给家庭女教师的薪水一直都是三十卢布……是这样，女士，您来了两个月……"

"是两个月零五天……"

"没有呀，整两个月……我这儿都有记录。也就是说，我应该付给您六十卢布……还要扣除九个星期日……每逢星期日您是不给科利亚上课的，只休息不干活……还得再加上三个节假日……"

尤丽娅·瓦西里耶夫娜满脸通红，手不自觉地拉扯衣服的边角，但她却一句话也不说。

"加上三个节假日……总共扣除十二卢布……科利亚生病四天，无法上课……您只给瓦丽娅一个人上课……您牙痛三天，我妻子同意您下午不上课……十二加上七等于十九。扣除后还剩……哦，四十一卢布。对吧？"

尤丽娅·瓦西里耶夫娜的左眼泛着眼泪，而且红通通的。她的下巴在颤抖。她神经质地咳嗽起来，用鼻子深呼吸，可就是一句话也不反驳。

"还有年末那天晚上，您还打碎了一只茶杯和一个茶碟。需要扣除两卢布……茶杯是祖传下来的，很贵……算了，愿上帝保佑您！哪能一点损失没有呢？还有，您没细心看管科利亚，他爬到了树上，衣服被撕破了……还要扣除十卢布……还是因为您不细心，一个使女偷走了瓦丽娅的一双皮鞋。您得照看好每一件事情才行。我是给您发工资的。所以，因上述原因，还需要扣除五卢布……一月十号，我提前给您支付了十卢布……"

"我没有呀！"尤丽娅·瓦西里耶夫娜小声说道。

"可是我这有记录呀！"

"唉，那好吧。"

"四十一减去二十七余十四……"

这时她的两眼满是眼泪……长鼻子上都是汗珠。真是个可怜的姑娘!

"我就拿过一次……"她声音发颤地说,"我在您太太那儿只拿了三卢布……再就没拿过了……"

"是这样吗?您看,我可没有这笔钱的相关记录!十四减去三余十一……好了,这是您的工钱,宝贝!喓,拿着:三卢布,三卢布,三卢布,一卢布,一卢布。收下吧,小姐!"

我递给她十一卢布,她接了过去,手发抖地把钱塞进了衣袋。

"麦西。"她还是很小声地说道。

我愤怒地跳了起来,在房间里快步地走来走去。

"您怎么还能说得出'麦西'?"我问道。

"您把钱给我了……"

"但是您要知道,我克扣了您,见鬼去吧,我明明是在抢劫您呀!要知道,我在剥削您的劳动所得!您怎么还能说出'麦西'呢?"

"您已经很好了,在别的人家,根本就不付钱给我……"

"为什么不付钱?这是应该的!好了,我刚才是逗您呢,想提醒一下您……我会如数付您那八十卢布!钱用信封装着!人不能这样软弱呀!您为什么不反驳呢?为什么一句话也不说呢？难道在这个世上，人不应该以牙还牙吗？做人难道能这么窝囊吗？"

她苦笑了，但我从她脸上的表情看得出她的回答是："可以这样。"

我请她原谅，我给她上了残酷的一课，把八十卢布都给她了，这让她十分惊喜。她胆怯地说了声"麦西"，走了出去……我看着她的背影，不禁想起："在这个世上，做一个强者可真是轻而易举呀！"

在催眠术表演会上

大厅里都是人,灯光闪烁。催眠师成了这里的中心人物。这位催眠师虽然身材矮小,长相难看,但是却满脸笑容,神采飞扬。他获得了人们的微笑、掌声和称赞……人们在他面前相形见绌。

他创造了奇迹。他可以让一个人昏睡过去,让另一个人全身僵硬,让第三个人的后脑勺支在椅子边上,脚后跟却放在另一把很远的椅子上……还有个又瘦又高的记者被他拧成了麻花。总之,鬼知道他是怎么做到的。女士们对他尤其崇拜。

每当女人看到他的目光都会神魂颠倒,像被打晕了的苍蝇一样。女人的神经啊!如果世上没有了女人,那么生活会枯燥透顶的。

催眠师展示了他的法术后,来到了我面前。

"我觉得您的气质会容易受外界影响,"他对我说道,"您那么敏感,表情又那么丰富……您可否让我给您催眠呢?"

"睡一会儿没什么不好的,好吧,亲爱的,您试试吧。"我坐在大厅中央的一把椅子上,催眠师坐在我正对面的椅子上,然后握住了我的两只手,用他那吓死人的蛇一般的眼睛死死地盯着我可怜兮兮的双眼。

观众把我们围在中间。

"嘘……先生们!嘘……别发出声音!"

大家都静了下来。我们面对面坐着,看着对方的眼睛……过了一两分钟……我的背上都是鸡皮疙瘩,心跳得厉害,就是不想睡觉……

我们继续坐了五分钟……七分钟……

"他没有被催眠!"有人说,"好!这人不一般!"

我们继续坐着,四目相对……我却一点睡意也没有,连打个盹儿也不想……如果让我看中央或者地方的会议记录,我可能早就睡着了。观众开始小声嘀咕,冷笑起来……此时,催眠师慌了起来,不停地眨眼睛……真是太尴尬了!难道没成功心情还能好吗?上帝,保佑他,赶快让摩耳浦斯来让我入睡吧!

"他没受影响!"刚才那个人说道,"行了!别胡闹了!我已经说过了,魔术都是骗人的!"

当魔术师让我站起来时,我突然感觉到我的一只手里出现了某个东西……我摸出了这个东西,是张钞票。我的父亲是位医生,医生只要一摸就能知道钞票的面额。依据达尔文的遗传理论,我继承了我父亲的许多才能,其中包括这种本事。于是我一下子就知道了这是张五卢布的钞票。随后我立刻就进入了睡眠状态。

"这位催眠师太厉害了!"

在座的几位医生走到我面前,围着我转了又转,看了又看,确定地说:

"是的,他是睡着了……"

此时,催眠师很得意,又继续对我施法术,他的双手在我头上挥动,于是我一边睡觉一边走了起来。

"能否让他的手臂僵硬!"有个人说道。

"可以吗?对,让他的手臂变得僵硬!"

催眠师(他是个胆大的人!)于是拉直我的右胳膊,对它施法:搓揉、吹气、拍打。我的右臂好像不怎么听话,僵直不起来,像一长条破布一样晃晃荡荡的。

"不可能直得了!您快把他叫醒吧,否则会害了他……你看,他多瘦呀,又神经兮兮的……"

正当这时,又有人往我的左手里塞进了一张五卢布面额的钞票……钞票的刺激由左胳膊传到右胳膊,于是右胳膊立刻变僵直了。

"太厉害了！你们看，又直又凉！像僵尸一样！"

"已经没有了知觉，体温骤降，脉搏也相应减弱了。"催眠师说道。

医生们开始为我把脉。

"是的，脉搏很弱。"一个医生说道。

"身体完全被麻痹了。体温下降很大……"

"但是，这如何解释呢？"有位太太问。

一位医生只好耸耸肩，叹了口气，说道：

"这是事实！现在还没有什么好的解释。"

医生们要的是事实，而我要的是十卢布钞票。我的更实惠……所以我还要感谢那位催眠师，我不需要解释。

这个催眠师可真够可怜的了！你为什么追着我不放呢？

追记：哎呀，这简直是太荒谬了！简直是太卑鄙下流了！

我才明白过来，原来那张五卢布的钞票不是催眠师塞的，而是我的上司彼得·费奥多雷奇塞的……

"我之所以这么做，"他说道，"是想考验一下你的品格……"

哎，真是倒霉！

"不好呀，老兄……这可不太好……出乎我的意料……"

"要知道，我家里有儿女，还有妻子……老母亲……还有目前物价又那么贵……"

"这可不好……你还想办报纸……你总是在午宴上滔滔不绝，热泪满面……真丢人啊……我还以为你为人正派，真没想到……你那么贪图钱财！"

没办法我只好把那两张五卢布面额的钞票还给他。还能怎么办呢？名声可比金钱贵重多了。

"我不生气了！"我的上司说道，"就这样吧，江山易改本性难移……可是她是为什么呢？她呢！太奇怪了！她像杏仁奶酪一样温柔、纯洁。那又如何？她也还是抵挡不了金钱的诱惑！为什么她也会睡着了呢？"

我上司提到的"她"，指的是他的妻子玛特廖娜·尼古拉耶夫娜……

柳 树

"勃"与"特"两地之间的驿道有谁走过?

只要是走过的人都会记得科兹亚夫卡河岸上那座唯一的磨坊,安德烈耶夫是它的主人。磨坊不大,只有两个磨盘……这座磨坊已有上百年的历史,目前已经不能用了,看上去就像是个衣衫不整、弯腰驼背,随时都可能倒下的老妪。要不是有一棵粗壮的老柳树支撑着这座磨坊,它早就塌了。柳树有两个人合抱那么粗,它泛着光泽的树叶会落到屋顶和河坝上,下面的柳枝垂进水里,或是耷拉在地面上。这柳树也已经老得弯腰驼背。佝偻的树干上有一个十分难看的黑色窟窿。你若伸手进去,手上就会沾上黏糊糊的蜂蜜。一群野蜂会飞出来,在你头上嗡嗡地蜇你。这树的年龄有多大?它的朋友阿尔希普说:很久很久以前当他在一位老爷家和一位太太家做听差时,这棵柳树就已经很老了。

除了支撑起磨坊以外,这棵柳树还撑着衰老的老汉阿尔希普。他经常从早到晚坐在柳树下面钓鱼。他像柳树一样，老了，背驼了，没牙的嘴就像树上的窟窿。老汉白天钓鱼，深夜里就坐在树下面和老柳树说悄悄话……他们都饱经世上的沧桑巨变。现在就请听他们的故事吧……

三十年前的复活节前的礼拜天，也就是柳树老太婆过命名日那天，老汉照例坐在树下面，欣赏着春色，钓着鱼。周围很安静，只能听见人和树的喃喃絮语以及偶尔响起的鱼游动时的水声。老汉钓鱼钓到中午。中午用钓到的鱼煮了鱼汤。每当柳树的阴影最小的时候就是晌午。此外，老汉根据邮车的铃铛声也能判断出时间。因为中午十二时，由"特"城来的一辆邮车必定经过拦河坝。

这个星期日，老汉阿尔希普照常又听到了铃铛声，于是他放下手中的鱼竿，朝堤坝上看去。一辆三套马车翻过山包，下了坡，马上就要到河坝上了。邮差睡着了，马到了河坝上，不知为何停了下来。饱经风霜的阿尔希普早已对世事不再大惊小怪，但这一次还是让他着实吃了一惊。一件不同寻常的事发生在他眼前。车夫鬼鬼祟祟地东张西望，然后他扯下邮差脸上的布，用短柄链锤朝邮差的面部砸去，邮差马上不动了。他的浅色头发里流出鲜血。车夫从车上跳下来，朝阿尔希普这边跑过来……车夫黝黑的脸变得十分苍白，眼睛呆滞地看着某处。他害怕得浑身打战，跑到柳树前，并没有发现阿尔希普，把邮包藏进了树洞。之后，他跑回大坝跳上马车，用链锤朝自己的太阳穴猛打一下，这让阿尔希普更是大吃一惊。他把流出的血抹了一脸，这才驾马车离开。

"救命，出人命啦！"阿尔希普高声喊道。

很长时间人们都能听得见他呼喊的"救命"引起的回声。

大约六天后，有人来磨坊做侦查。这些人画了磨坊和堤坝的平面图，不知为什么还量了水深。他们在树下吃完饭就乘车走了。他们调查的时候，阿尔希普就一直坐在水轮下，胆战心惊地望着那个里面装有许多盖五个戳寄现金的挂号信的邮包。他每天都想着这些信件，而柳树老太婆白天没有声响，到了夜里却伤心地哭泣。阿尔希普听着柳树的哭泣，暗地里想："真是个傻婆娘！"过了一周，阿尔希普决定带邮包进城去。进城后他向路人询问：

"这儿的官府在哪儿？"

有人告诉他，门口有一个条纹岗亭的黄房子就是。他走进了前厅，见到了一位身穿制服的老爷，制服上的纽扣闪闪发亮。老爷一边吸着烟斗，一边责骂着看守人。阿尔希普走到老爷跟前，紧张不安地向他讲述了老柳树所发生的事。那位老爷接过邮包，解开细细的皮革带子，脸色一会儿白,一会儿红。

"我马上回来!"他说完跑进了自己的办公室。他的办公室里有很多人,这些人跑来跑去,忙碌着,窃窃私语着……过了十分钟,老爷把邮包还给阿尔希普,并对他说:

"老头儿,你找错地方了。你的事要到下条街去办,这里是地方金库,亲爱的朋友!你应该去找警察局才对。"

阿尔希普接过邮包,走了出去。

"邮包怎么变轻了呢?"他想着,"好像比原来少了一半!"

在下条街,阿尔希普看到了门口有两个岗亭的黄房子,他走了进去。那里没有前厅,过了台阶就是办公室。老头儿来到一张桌子跟前,向几名文书讲了邮包的事。那些人夺过他手中的邮包,对着他大声喊。他们派人去找来一个胖胖的大胡子。这个大胡子简单地问了问,把邮包拿进了另一个房间,还把门插上了。

"没有钱呀?"过了一会儿房间里传来说话声,"邮包是空的!告诉那个老头儿,他可以走了。要不就把他抓起来!带他去见伊万·马尔科维奇!算了,还是让他滚吧!"

阿尔希普向他鞠了一躬离开了。过了一天,他又回到了柳树下,河里的鱼又看到了他的灰白胡子。

深秋,阿尔希普仍坐在河边钓鱼……

他脸色难看,就像是枯黄的老柳树。所以,他不喜欢秋季。这时,马车夫来了,他的脸色越发阴沉。马车夫还是没有看见他,直接来到柳树前,把手伸进树窟窿。一些湿湿的、成群的蜜蜂爬上了他的袖子。他胡乱摸了一阵,脸色变得苍白。一个钟头之后,他才到河边坐下,眼睛直直地望着水面。

"邮包在哪儿?"他质问阿尔希普。

阿尔希普起先不出声,尽量躲开这个杀人犯,但过了一会儿又同情起他来。

"我交给官府了!"他说道,"但是,你个蠢货别担心……我只是说,在柳树下拾到了那个东西……"

马车夫大跳起来,大吼了一声,朝阿尔希普扑去。他打了老头儿一顿。打他的脸,把他狠狠地摔在地上,还用脚踹他。打完后,他却没有离开老头儿。他住在了磨坊,跟阿尔希普一起生活起来。

白天他会一直睡觉,一声不吭,到了夜里,他就沿着河坝闲逛。邮差的幽灵也在河坝上漂浮,于是他就跟幽灵交流。一晃春天到了,马车夫却依然一声不吭,继续沿河坝游荡。

有一天夜里,老头儿去找他。

"行了,你这蠢蛋,别再走来走去了!"阿尔希普看着邮差的幽灵对马车夫说，"你走吧！"

邮差的幽灵也这么劝马车夫……老柳树也这么跟马车夫说……

"不行！"马车夫回答道，"我想走，可是脚疼，心也疼。"

阿尔希普扶起马车夫，把他带进城里。老头儿把他领到了下街上的他上交邮包的警察局办公室。马车夫在长官面前下跪，不停地忏悔。大胡子却十分惊讶。

"你别把什么罪名都往自己头上加，笨蛋！"他说，"你肯定是喝多了吧？还主动要抓你进拘留所？这些傻瓜都疯了吗？只会把事情弄得更乱……没找到凶手，这桩案子就算完事了！你还想干什么呀？给我滚出去！"

当阿尔希普提到那只邮包的去向时，大胡子长官笑起来，那几个文书都惊呆了。看来他们早已忘记了此事……马车夫赎罪不成，只好又回到了柳树旁……

为了不受良心的折磨，马车夫最终投河自尽。他的投河自尽搅动了水面上正漂着的老头儿的浮标。现在，老头儿和老柳树都能在河坝上看到两个幽灵……

拔萝卜（仿童话）

很久很久以前，有一个老爷爷和一个老奶奶。他们在年老时生下了一个孩子，取名叫谢尔日。谢尔日长得很特别，脑袋是一个萝卜。谢尔日长大了，老爷爷就揪他的耳朵，可是无论如何也不能把谢尔日揪到上流社会。于是老爷爷又叫来老奶奶。

老奶奶拽住老爷爷，老爷爷拽住谢尔日的萝卜头，可是无论如何却拽不起来。于是老奶奶又叫来了姑妈，她是位公爵夫人。

姑妈拽住老奶奶，老奶奶拽住老爷爷，老爷爷拽住谢尔日的萝卜头，可是无论如何也不能把谢尔日拽到上流社会。姑妈叫来了谢尔日的教父，他是一名将军。

教父拽住姑妈，姑妈拽住老奶奶，老奶奶拽住老爷爷，老爷爷拽住谢尔日的萝卜头。可是无论如何也拽不起来。老爷爷只能忍痛把女儿嫁给了一个很有钱的商人。老爷爷又把女婿叫来了。

富商拽住教父,教父拽住姑妈,姑妈拽住老奶奶,老奶奶拽住老爷爷,他们一起同心协力地拽呀拽呀,最终把谢尔日拽到了上流社会。

这回谢尔日当上了五品文官。

打　赌

[一]

　　一个漆黑的秋夜。老银行家在自己的办公室里踱来踱去，并回想起十五年前也是在一个秋天他举办的一次晚会。在这个晚会上来了很多有识之士，谈了很多有趣的话题。其中，他们谈到了死刑这一话题。这些客人中有不少的学者和记者，绝大多数人对死刑持否定态度。他们认为这种惩罚方法，不适合于基督教国家，已经过时了，而且不道德。依其中一些人的看法，各地都应该用终身监禁来取代死刑。

　　"我不同意你们的看法，"银行家主人说道，"我没尝试过死刑，也没体验过终身监禁，但是如果可以凭经验判定的话，那么我认为，死刑要比终身监禁合乎道德，也更人道。死刑让一个人快速死亡，而终身监禁却是缓慢地折磨死一个人，长痛不如短痛。到底哪一个刽子手更人道些呢？

是用几分钟置您于死地的人,还是在多年间把您慢慢折磨死的人呢?"

"两种刑罚同样都不道德,"一位客人指出,"因为这两种刑罚的目标是一致的,那就是剥夺人的生命。国家不是上帝,它没有权力剥夺生命这种即使之后它想返还也无法返还的东西。"

客人中有一个年轻律师,二十五岁左右。当有人问及他的看法时,他说道:"那么,我当然会选择终身监禁。好死不如赖活着。"

此话引起了热烈的争论。当时银行家年轻气盛,一时激动,用拳头敲桌子,对年轻的律师大喊了一声:

"你说的不对!我出两百万打赌,您在囚室里连五年都待不住。"

"如果您是认真的,"律师回答道,"那么我赌,我不是待五年,而是待上十五年。"

"十五年吗?好呀!"银行家喊了一声,"先生们,我出两百万赌注。"

"我同意!你出两百万赌注,而我用我的自由作赌注!"律师说。

这场野性而荒唐的赌约就这样发生了!银行家当时并不晓得自己有几百万,他娇生惯养又轻浮,为这场赌注而欣喜万分。晚饭后他跟律师开玩笑说：

"年轻人，清醒一下吧，现在还不晚。于我而言，两百万是小事一桩，而您将会冒着失去一生中最美好的三四年的风险。我说的是三四年，因为您不会坐更久的。您这个不幸的人，可千万不要忘记，自愿监禁比必须履行的监禁要煎熬得多。您每分钟都有出来享受自由的权利这一想法会让您在囚室中的生活苦不堪言。我很可怜您。"

现在银行家在房间里踱来踱去，回想起了这一切，问自己："这场赌约是为了什么呀？能有什么利益呢？律师会失去人生当中的十五年，我会扔进去两百万。这场赌约能否向人们证明，死刑比终身监禁好或坏吗？不，真是荒谬又无益之举。从我这方面看，完全是一个饱食终日的人提出的任性要求，而从律师那方面看，就是贪财……"

他继续回想晚会后所发生的一切。双方当时就协商好，律师将在银行家花园里的一个小厢房里受最严格的监视。规定律师在十五年期间没有跨出小厢房门槛看见活人，听见人的声音，收到信件和报纸的权利。他仅被允许有一套乐器，可以读书、写信、喝酒、抽烟。按条约，他只能通过特设的小窗户与外界保持联系，而且不能谈话。他所需的一切书籍、乐谱、酒等等，他都可以写在小纸条上，随便要多少都行，但是只能通过窗户。条约还规定了所有细节：

监禁必须是隔离的，保证律师坐满十五年，即从一八七〇年十一月十四日十二时起至一八八五年十一月十四日十二时止。律师如果有一点点的违规行为，哪怕是比规定期限早走两分钟，银行家即可解除支付他两百万的义务。

根据他的小字条可以判断出在监禁的第一年律师因孤独和烦闷而十分痛苦。无论白天，还是晚上，从他的小屋里经常传出钢琴的声音！他拒绝酒和烟。他写道：酒可以唤起欲望，而欲望是囚犯的最大敌人；此外，没有什么比喝着好酒，却什么人也见不着而更无聊的事了。而烟会破坏他房间里的空气。第一年期间，律师所要的书绝大多数都是内容轻松的读物：复杂爱情纠葛的小说、侦探小说、科幻故事、喜剧等等。

第二年小屋里的音乐停止了，律师在小纸条里只要求经典作品。在第五年又重新听到了音乐，囚徒要酒喝了。那些从小窗口监视他的人说，这一整年他只顾吃喝，躺在床上，经常打哈欠，生气地自言自语。没读过一本书。有时夜里他会坐下写东西，会写好久，快到早晨的时候又把所写的东西统统撕碎。不止一次听见他笑。

第六年下半年，囚徒勤奋地研究起语言、哲学和历史。他贪婪地研究这些学问，以至于银行家勉强来得及订购他所需的书籍。在四年期间按他的要求共订购了大约六百册

书。律师酷爱阅读期间,银行家还收到了自己囚徒的一封信:

> 我亲爱的典狱长!我用六种语言给您写信。请让学识渊博的行家看一下,让他们读完。如果他们找不到任何一个错误,那么我恳求您,在花园里开枪。枪声就代表我的努力没有白付出。各国历代的天才都会说好几种语言,但是在他们心中都燃烧着同样的激情。哦,希望您知道,由于我能了解他们,我的内心正感受到着巨大的非人间所有的幸福!

囚徒的愿望实现了。银行家命令仆人在花园里开两枪。

十年之后,律师一动不动地坐在桌旁,只读一本《福音书》。银行家感到奇怪,一个在四年之内掌握了六百本深奥书籍的人,却花了大约一年的时间读这样的一本简单易懂又不厚的书。读完《福音书》,他又接着读宗教史和神学类著作。

在监禁的最后两年里,囚徒不加选择地读了很多书籍。他有时研究自然科学,有时要求读拜伦和莎士比亚的作品。他的小纸条上,会要求同时送给他化学书、医学书、小说、哲学类或者是神学论文。他的阅读就像是沉船后在海中漂浮,为了挽救自己的生命,他贪婪地时而抓住船的这块碎片,时而抓住另一块!

[二]

老银行家回忆起了这一切,想道:"明天十二点他就会获得自由。按照条约,我应该支付他两百万。如果我支付了,那么一切就都完了,我会破产……"

十五年前,他不知道自己有几百万,现在他害怕问自己,他是钱多还是债务多?交易所活动全凭侥幸、冒险的投机活动,他即使到了老年也依旧脾气暴躁,这使他的事业逐渐地衰落。这个无所畏惧、自视甚高、傲慢的富翁变成了一个平常的银行家,证券的一涨一降都会让他担心。

"该诅咒的赌约!"老银行家嘟囔着,绝望地抓自己的头,"为什么这个人不死了呢?他才四十岁。他会拿走我最后的钱,之后结婚,享受生活,搞证券,而我就得像一个乞丐似的忌妒地看着他,每天听他重复一句话'我要感谢您,让我过上幸福的生活,请准许我帮助您!'不,这太过分了!摆脱破产和耻辱的唯一办法就是这个人死掉!"

钟打了三下。银行家仔细听着:屋子里的所有人都睡了,只听见窗外冻僵的树林哗哗作响。他尽量不发出一点声音,从保险柜里拿出了十五年来他从未碰过的门钥匙,穿上大衣,走出房子。

花园里又黑又冷。下着雨。刺骨潮湿的风在整个花园里呼啸着,让树木不得安宁。银行家仔细看,但是依然看不见地面,看不见白色雕塑,看不见小厢房,他喊了看门人两声。没有人回答,显然,看门人躲避坏天气去了,现在可能正在厢房或者是暖房里睡觉呢。

"如果我有足够的勇气完成我的意图,"老银行家想道,"那么最大的嫌疑将会由看门人承担。"

他在一团漆黑中摸索到了台阶和门,走进了小厢房的前厅,然后摸索着走进不大的过道,点燃了火柴。这里空无一人。有一张没有被子的床,角落里有一个生锈了的黑乎乎的铁炉。通向囚徒房间门上的封条依然完好无损。

当火柴熄灭了,老银行家激动得发抖,摸索到小窗口边张望。

囚徒的房间里点着一支昏黄的蜡烛。他独自坐在桌旁。可以看见他的背、头发和手臂。桌子上,两把扶椅里,桌子旁的地毯上,都是摊开的书籍。

五分钟过去了,囚徒一动也没动。十五年的监禁让他学会了一动不动地坐着。银行家用手指敲窗户,囚徒对这些一点反应也没有。银行家小心谨慎地从门上撕下了封条,把钥匙插进锁孔。生了锈的锁头发出嘶哑的声音，门发出吱吱的声音。银行家期待着此刻能够听到惊讶的喊声和脚步声，但是大约过了三分钟，门后如从前一样安静。他决定走入房间。

一个面目全非的人一动不动地坐在桌旁。这是一具皮包骨的骷髅，一头像女人一样的卷发，胡子乱蓬蓬的。这个人的脸色呈土黄色，脸颊凹陷，背部狭长，他托着自己蓬乱的头的一只手又细又瘦，那模样看上去让人觉得很可怕。他的头发已经灰白，看着他老人般疲惫不堪的脸，谁也不能相信，他才四十岁。他睡着了……在他垂下的头前方放着一张纸，上面写着密密麻麻的小字。

"可怜的人！"银行家想道，"他睡着了，大概，他正梦见那两百万呢！我只要抱起这个半死不活的人，把他扔到床铺上，轻而易举地用枕头憋死他，那么就算是最认真负责的技术鉴定也不会找到使其死亡的蛛丝马迹。但是还是先读一下，他写了些什么吧。"

银行家从桌子上拿起了那张纸，读到了下面一段内容：

明天中午十二点我将重获自由，重获与人交往的权利。但是在离开这间屋子，重见天日之前，我认为有必要跟您说几句话。面对注视着我的上帝，凭我纯洁的良心,我告诉您:我蔑视自己、生命和健康。蔑视你们称之为世间幸福的一切。

十五年来,我专注地研究了人世的生活。真的,我没有看见自然和人群,但是在你们的书中我喝着香浓的美酒,唱着歌,在森林里追逐鹿群和野猪,喜欢和女人谈情说爱……你们天才的诗人魔法般创造出的飘在空中的美女们,仿佛云朵一样。她们经常在夜里拜访我,对我低声讲神奇的故事,我听得陶醉。在你们的书中我爬上了厄尔布鲁士和勃朗峰,从那里看见了每天清晨太阳如何升起,每天晚上太阳如何染红了天空、海洋和山峰。我从那里看见了,在我的上空闪电是如何划破乌云。我看见了绿色的森林、田野、河流、湖泊、城市,听见了塞壬女妖的歌曲和牧笛的演奏,触摸到了魔鬼的翅膀,它们飞来跟我谈论上帝……在你们的书中我坠入了无底深渊,创造过奇迹,杀过人,烧毁了城市,宣扬新宗教,征服了无数个王国……

你们的书让我变得聪明。不知疲倦的人类思想千百年来所创造的一切,都浓缩成一团,藏在了我的头颅里。我知道,我比你们所有人都要聪明。

我蔑视你们那些书,蔑视世间的所有幸福和智慧。一切都是微小的、短暂的、虚幻的、骗人的,就如同海市蜃楼一样。即使你们傲慢、聪慧又美丽，但是死亡会彻底消灭你们，就如同消灭地下的老鼠一样，你们的后代、你们的历史、你们的不朽天才终将随地球一起冻结成冰或者烧毁。

你们都失去了理智，走上了歪门邪道。你们把谎言当真理，把丑变成美。你们会惊讶，如果因为某种情况苹果树和橙树上不结果实，突然长出了青蛙和蜥蜴，或者玫瑰散发出马的汗味。我对你们这些宁愿为人间而舍弃天国的人感到奇怪。我不想了解你们。

为了以实际行动表现出我对你们赖以生活的一切的蔑视，我拒绝接受那两百万，我曾对它像对天堂一般梦寐以求，现在我蔑视它。为了放弃这一权利，我会在规定期限前五小时离开这里，以此来违反条约……

银行家读完所有这些内容，把纸放到桌子上，吻了一下怪人的头，哭了起来，走出了小厢房。即使是在交易所大输特输之后，他都不曾像现在这样如此地鄙视自己。他回到家，躺到床上，但是激动和眼泪让他久久无法入睡。

第二天早上，脸色苍白的看门人起来告诉他，他们看见，在小厢房里的人从窗户爬到了花园里，走向了大门，然后就不知去向了。银行家和仆人们立刻前往小厢房，确认囚徒逃跑的事实。为了不引起多余的言论,他从桌子上取走了那份放弃权利的声明,回到房间,把它锁进了保险柜。